失物之书

失之牛勿

The Book of Lost Things
John Connolly

之书

〔爱尔兰〕约翰·康诺利——著

安之——译

21世纪新畅销译丛

人民文学出版社

PEOPLE'S LITERATURE PUBLISHING HOUSE

著作权合同登记号 图字 01-2018-3307

Copyright © 2006 by John Connolly
Published in agreement with Darley Anderson Literary,
TV and Film Agency，through The Grayhawk Agency.

图书在版编目(CIP)数据

失物之书 /(爱尔兰)约翰·康诺利著;安之译.
—北京:人民文学出版社,2018(2020.12 重印)
(21 世纪新畅销译丛)
ISBN 978－7－02－014186－9

Ⅰ.①失… Ⅱ.①约… ②安… Ⅲ.①长篇小说-爱
尔兰-现代 Ⅳ.①I562.45

中国版本图书馆 CIP 数据核字(2018)第 086588 号

责任编辑　马爱农
特约策划　周　展
封面设计　汪佳诗

出版发行　人民文学出版社
社　　址　北京市朝内大街 166 号
邮政编码　100705
网　　址　http://www.rw-cn.com
印　　刷　上海盛通时代印刷有限公司
经　　销　全国新华书店等
字　　数　226 千字
开　　本　890 毫米×1240 毫米　1/32
印　　张　9.125
版　　次　2009 年 4 月北京第 1 版
印　　次　2020 年 12 月第 2 次印刷
书　　号　978-7-02-014186-9
定　　价　69.00 元

如有印装质量问题,请与本社图书销售中心调换。电话:010－65233595

本书献给成年人珍妮弗·利亚德和即将长大成人的卡梅伦·利亚德、阿利斯泰尔·利亚德。

每个大人心里都住着一个孩子；而每个小孩心里，都有个未来成人在静静等候。

更深刻的意义蕴藏于我童年时听来的童话故事，而不是生活教我的真理。

——席勒（1759—1805）

你能想象的一切都是真的。

——毕加索（1881—1973）

文学是虚幻的，可是这种虚幻，具有真实力量。《失物之书》，就是对这一力量的信念。

——文学评论家　严锋

学会体谅，就可以从黑暗中走出来。

——作家　毕飞宇

只有怀抱赤子之心，才能明白《失物之书》中藏着的欢喜和忧愁。阅读这个故事，有一种失而复得的感动，犹如童年一夜之间复活。

——演员　袁泉

这的确是不可复制的作品。《失物之书》最迷人的地方是，在这样一部既可以称为寓言又可以叫作魔幻，既是童话又是写实的作品中，作者自始至终保持了干净灵魂，好像一直穿着校服还是人生第一张脸。

——书评人　毛尖

这个故事在人们心中各自成长出不同的果实，我们摘下来，或者品尝到带着血腥甜味的刺激，或者品尝到黑巧克力般醇厚微苦的思考，或者香脆的一点幽默……如果你的人生曾经经历过挚爱的亲人死亡，读完这本书，会让你品尝到翻涌在心里厚重的酸涩。

——漫画作者　寂地

康诺利直接踏进施了咒的森林，沿着林间蜿蜒路径所走出的旅程，跟格林兄弟构思出来的内容同样险恶又令人忐忑……以耳熟能详的传统故事，灵活自如地呈现出我们这个有时残酷无情的世界，正是这个寓言体成长故事的优势所在。

——《每日邮报》

《失物之书》以清晰且引人入胜的方式写成，延续自 J.M. 巴利（《彼得·潘》作者）至 C.S. 刘易斯（《纳尼亚传奇》作者）最棒的英国童话传统，是一本迷人、魔幻、设想周全的书。

——《独立报》

《失物之书》探讨的主题是恐惧。书中的主角戴维的生命中，有太多的事物令他忧心害怕，书本是他最大的慰藉，也是他克服生命关卡最终的解答。作者康诺利说这本小说是他创作生涯最完美的成就，我则认为《失物之书》是近年来台湾地区出版的小说当中最不能错过的一本。

——博客来网络书店图书部经理　喻小敏

现实与虚幻世界如此交融不分，《失物之书》直叫人不寒而栗。

——《每日快报》

本书的写作风格简约、优雅、老式，而且撼动人心……一个紧扣心弦、无情又忧郁的故事。

——《周日论坛报》

康诺利本身就是一个经典。

——《书单》

康诺利的遣词用句，如歌如诗。

——《休斯敦纪事报》

幽暗华美，高潮迭起，令人如痴如迷。

这本精彩的成长小说让人汗毛直竖。

引人入胜！

透过出色想象力所写出的动人寓言，谈的是失落的苦闷，以及青少年时期的苦痛。

老童话故事的新诠释，想象力丰富，写来优美动人。

康诺利让自己的想象力尽情驰骋，创造了一个近乎魔幻的世界，以简练、优雅十足的散文风格，将这个世界描写得栩栩如生。

《失物之书》紧抓噩梦的滑溜表面……机智、悬疑又可怖。

笔锋遒劲、力道十足的作家。读这本书的时候，我背脊直发冷。这本书真不可思议。

《失物之书》故事华美奇特、想象力诡谲怪诞，却又透出丰富的人性美，结局极具诗意，简直妙不可言。

目录

一 所有找到的和所有失去的

从前——故事都这么开头——有一个孩子，他失去了妈妈。

其实，很久以前他就开始失去她了。夺去她生命的疾病，那个偷偷摸摸的坏东西，在身体里面逐渐侵蚀她，慢慢耗掉她体内的光，所以在弥留的每一天里，她眼里的光越来越黯淡，皮肤越来越苍白了。

当她这么一丁点一丁点被偷走的时候，男孩渐渐害怕了，怕最终失去整个的她。他想要她留下。他没有兄弟，也没有姐妹，他爱爸爸，但说实在的，他更爱妈妈。一想到生活里没有妈妈，他就觉得难受极了。

这个叫戴维的男孩，做了他能做的一切，好让他的妈妈活下来。他祈祷。他尽量表现好一点，那样她就不用为他犯的错而受到惩罚。他在家里走动的时候，尽量静悄悄的，跟玩具兵玩打仗游戏的时候，也把嗓门压得低低的。他发明了一套例行规定，尽其可能地按照那套规定行事，因为他有点儿相信，妈妈的命运和他的行为联系在一起。起床的时候，他总会让左脚先落地，然后才是右脚。刷牙的时候，他总是数到二十，数完马上停止。浴室里的龙头和门上的把手，他都是接触一定的次数：单数糟，双数好，二、四、八特别棒，不过他对六不感兴趣，因为六是三的两倍，三是十三的个位数，而十三实在很差劲。

要是他脑袋撞在什么东西上，他就再撞一下好保持双数，有时他的脑袋瓜儿像是在墙上弹了几下，闹得他数不清了，有时因为头发违背他的意愿，掠了下儿墙，他就不得不撞了一下又一下，撞到脑壳发疼、头晕恶心为止。整整一年，也就是在妈妈病情最严重的日子里，早上从卧室到厨房的第一件事，直到晚上的最后一件事，他都遵守着不变的规定：一小本《格林童话选》，一本折了角的漫画杂志《磁铁》，书漂漂亮亮放在杂志正中间，晚上就一块儿整齐放在他卧室地毯的一角，早上就放在他最喜欢的厨房板凳上。就这样，戴维为使妈妈活下来贡献着他的力量。

每天放学回家，他就站在她身旁，如果她感觉有劲儿，就跟她说说话，其余时候，只是看着她睡，数着她每一次吃力的、艰难的呼吸，希望她活下来，和他在一起。他常常会带一本书来，如果妈妈醒着，头还不算很难受，她会叫他大声念给她听。她有自己的书——浪漫传奇，神秘故事，还有那种厚厚的黑皮的里面全是小字的小说——但她喜欢听他念些更加古老的故事：神话，传说，童话，里面有城堡、寻宝和危险而会说话的动物。戴维不反对。虽然他已经十二岁，不算是小孩子了，但他仍喜爱这些故事，而妈妈听他讲这些故事会很高兴，这又让他更加喜爱它们。

妈妈生病以前常常告诉他，故事是活的。它们和人，和猫、狗活着的方式不一样。人活着，不论你在意还是不在意；而狗会使劲儿引起你的注意，如果你没有对它十分留意的话。猫呢，如果它们乐意，很善于假装人根本不存在。不过那完全是另外一回事。

可故事就不同：它们活在讲述中。假如没有被人类的声音大声朗读过，没有被一双睁得大大的眼睛在毯子下面随着手电筒的光追寻过，它们在我们这个世界就不算真正地活过。它们像鸟嘴里的种子，只等掉落土中，或是写在纸上的歌谱，渴望乐器将它们从作品变成活生生的存在。它们静悄悄的，希望有机会露面。一旦有人开始读它们，它们就能带来变化。它们能在想象中生根，能改变读它们的人。故事想要被阅读，戴维的妈妈轻轻地说。它们需要被阅读，这就是它们拼命从它们的世界来到我们的世界的原因。它们希望我们赋予它们生命。

这就是戴维的妈妈被疾病带走以前告诉他的事情。她说话的时候手里常常拿着一本书，手指在封面上深情地划过，就像有的时候戴维和爸爸说了什么话或做了什么事，让她想到自己多么在意他们时，她用手指抚摸他们的脸颊那样。妈妈的声音对戴维来说像是一首歌，一首不断展现出即兴的灵感和闻所未闻的精妙技巧的歌。当他渐渐长大，音乐对他来说越来越重要（尽管从来没有书那么重要），他觉得妈妈的声音不只是一首歌，更像是一种交响乐，能够在那些熟悉的主题和旋律中，随着她心情的不同或忽起的念头而产生无穷的变化。

年复一年，对戴维来说，读一本书越发成了一种单独的体验，直到妈妈的病将他们两个人都带回到他的幼年时期——只是角色发生了转变。尽管如此，在妈妈生病以前，他常常会轻轻走进妈妈读书的房间，微笑着跟她打个招呼（妈妈总是微笑回应），然后在旁边坐下，沉浸在他自己的书中，如此，尽管他们各自沉溺于单独的世界里，却分享着同样的时间和空间。看着妈妈阅读时的表情，戴维能够分辨出这本书里的故事是不是在她的心里，而她是不是走进了故事之中，而且他能再次记起她曾经说过的一切：故事，童话，以及它们支配我们、我们同样控制它们的那种力量。

●

戴维永远记得妈妈死的那一天。当时他在上学，正在学习——其实也没好好学——怎样细读一首诗，他脑子里尽是长短格、五步格，这些名词跟生活在早已消失的史前时代的怪异恐龙的名字没什么两样。校长推开教室的门，走到英语老师本雅明（学生们也叫他"大笨钟"，因为他那副大块头，还有他总是习惯从马甲衣兜里拿出怀表，用深沉的语调，向不守规矩的学生宣布那慢悠悠过去的时间）身边。校长跟本雅明老师悄声说了些什么，本雅明老师严肃地点了点头，他回过头面对全班，目光搜寻到戴维的眼睛，同时声音也变得比平常说话温和。他点了戴维的名字，告诉他可以准假，并让他收拾书包跟校长走。这时戴维已经知道发生什么事了，在校将他带到校医室以前，在校医给他端茶来以前，在校长站在他面前，看起来仍很严厉，可显然是想对他这个失去母亲的孩子温柔一点，在他一边把茶送到唇边一边想要说话，结果烫了嘴唇，使他顿时想起自己仍活着，可是没有妈妈了……在此以前，他已经明白了。

即使那些不停不休重复着的规定，也不能够使她活下来。他后来一直在想，是不是哪个规定出错了，或者哪天早上他数错了什么，或者他应该加上一个什么动作，兴许能够使状况有所改变。现在都没用了。她走了。他应该待在家里的。上学去的时候，他总是很担心，因为如果他离开妈妈，就无法掌握她是不是能活着。那些规定在学校不管用，因为很难执行，学校有学校的纪律和规定。戴维尝试过用学校的规定来代替，可是它们究竟不同。现在，妈妈为此付出了代价。

直到这会儿，戴维才哭了起来。他为自己的失误感到羞愧。

●

后来的那些天里，都是些模糊的记忆：邻居，亲戚，摸摸他的头发给他一先令的高大奇怪的男人们，还有哭泣的时候将戴维搂在胸前，弄得他一鼻子香水和樟脑丸味儿的穿黑衣的胖女人们。他一直待到深夜，挤在客厅的一个角落里，那儿，大人们正在轮流讲他妈妈的故事，可这个妈妈他不认识，他们讲的是个奇怪的人，她的过去跟他完全没有关系：一个小孩，在姐姐死的时候不哭，因为她不相信，一个对她如此重要的人会永远消失不再回来；一位少女，曾离家出走一天，因为父亲对她犯的一个小小的错很不耐心，对她说要把她送给吉普赛人；一位美丽的红衣女子，被戴维的爸爸从另一个男人的鼻子底下偷了去；一位白衣仙子，在自己的婚礼上，众目睽睽之下，用玫瑰的刺戳破拇指，将血滴在婚纱上。

当戴维终于睡着的时候，他梦见自己成为那些故事的一部分，参与了妈妈每个阶段的生活。听着那些属于另一时代的故事，他不再是个孩子，而是这些故事的见证人。

●

棺材合上之前，在丧事承办人的屋子里，戴维最后一次见到妈妈。她看起来既有点不同，又跟以前一样。她更像是成年的那个她，疾病到来之前的那个妈妈。她盛装打扮，像她以前礼拜天去教堂的时候，还有她和戴维的爸爸一同外出晚餐或看电影的时候那样。她躺在那里，身上是她最喜爱的蓝色长裙，两手交叉握在胸前，指间缠绕着玫瑰花环，而戒指已经被取掉。嘴唇红红的。戴维站在她身旁，用手指触摸妈妈的手，感觉凉凉的，湿湿的。

爸爸来到他的旁边。屋子里只剩下他们父子俩，其他人都已经退到外面。一辆车正等着送他们父子去教堂，那车很大，黑色的，开车的人戴着一顶尖顶帽，不苟言笑。

"可以跟妈妈吻别了，儿子。"爸爸说。戴维抬头看看他。爸爸的眼睛潮湿，眼眶红红的。第一天的时候爸爸哭过，当时戴维从学校回到家里，爸爸拥住他，答应他一切都会没事，然后就再没哭过，直到现在。戴维看着看着，一滴大大的眼泪不争气地涌出来，慢慢滑落在脸颊上，他别过头去面朝妈妈，倚着棺材，俯下身，吻了妈妈的脸。

她闻起来有股药味或别的什么气味，戴维不愿去想，他能在她的嘴唇上尝到那味儿。

"再见，妈妈。"他低声说。他眼睛刺痛。他很想做点什么，可是不知道怎么做。

爸爸将一只手搭在戴维肩上，然后俯身轻轻地吻了吻妈妈的唇，将脸颊跟妈妈的贴在一起，低声说了些什么，戴维听不到。他们离开了她。等到棺材被丧事承办人和他的助手们抬着再次出现的时候，它紧紧地关闭着，唯一表示那里面是戴维妈妈的，是盖子上的一块小金属牌，上面标着她的名字和生卒年月。

那天夜里他们把她一个人留在了教堂。如果可以，戴维会待在那儿陪她。他想知道妈妈有没有感到孤单，她知不知道自己在什么地方，她是已经去了天堂，还是要等牧师念完最后的那些话、棺材被置入地下以后她才会去。他不喜欢去想她一个人待在那里面，被木头、黄铜和钉子封起来的事，可这些又不能跟爸爸说。爸爸不会理解，而且这想法说出来总会影响到什么。他无法一个人待在教堂，于是回到自己的房间，尽力去想象妈妈此刻的情形。他将窗帘放下，关上卧室的门，这样屋子够黑，他就可以在里面尽情想象了。然后他爬到床底下。

床很低，下面的空间很窄。床在屋子的一角，于是戴维挤一挤，直到感到左手摸到墙，才紧紧地闭上眼，静静地趴下。过了一会儿，他试着抬头，结果重重地撞在托着床垫的板子上。他用手去推，可是床板钉得很牢。他抬手向上，想把床举起来，可是它太重了。灰味儿和尿壶的气味使他开始咳嗽，咳得两眼流泪。他决定从床底下爬出去，可是要把自己弄出去比刚才挤进来要难得多。他打了个喷嚏，头"梆"地撞在床底，撞疼了，顿时一阵慌乱，光脚在木地板上乱扑腾，想要找个抓手。终于抓到了，他利用床板将自己往外拽，直到够到床边，这才又挤了出来。他爬起来，身体靠在墙上，大口喘气。

死亡就是这样的：你困在狭小的空间里，永远受到一股巨大力量的压迫。

●

妈妈在一月的某个早晨下葬。地面冷硬，吊丧的人们都穿大衣、戴手套。棺材被置入墓中的时候显得那么短小。他的妈妈活着的时候看起来总是那么高挑，是死亡将她变小了。

●

后来的几个星期里，戴维尽量使自己沉浸在书里，因为他对妈妈的记忆和书、和读书密不可分地交织在一起。她的书，一些被视为"合适"的，都留给了戴维，他发现自己正尝试读一些读不懂的小说和不押韵的诗。有时他会向爸爸讨教，可是爸爸似乎对书没什么兴趣。在家的时候，他总是埋头于报纸，烟斗里细细的烟缕从报纸上冒出来，像印第安人发出的信号。他着迷于当下世界发生的变化，尤其是最近，因为希特勒的军队正横跨欧洲，他们国家受到的战争威胁越来越切近了。戴维妈妈曾经说过，爸爸以前读过很多书，可是渐渐丢掉了让自己进入故事的习惯。现在他爱读报纸上印刷的长长的专栏，每个字都由专人精心写就，创造一些东西——几乎是一出现在报亭就失去意义的东西，而上面的新闻在被阅读之前就已经旧了、死了，很快地被外面的世界发生的事件所湮没。

书里的故事憎恶报纸里的故事，戴维的妈妈会说。报纸上的故事就像新捕到的鱼，只要注意保持新鲜就行，这根本不是长久之事。它们像沿街叫卖晚报的报童，大声吆喝不罢休，而故事——真正的故事，正规创作的故事——则像藏书甚丰的图书馆里古板却对你有帮助的图书管理员。报纸上的故事虚幻如烟，其生命短暂如蜉蝣过隙。它们从不生根，却像野草般在地面蔓延，从真正该得到注目的故事那里偷走阳光。戴维爸爸的心里装满了尖厉的此起彼伏的声音，他仔细倾听哪一个声音，它就会听不到，马上被另一种喧闹代替了。这就是妈妈笑着跟他低声耳语的内容，而爸爸，咬着烟斗皱眉头，他知道他们在谈论他，却不愿意让他们知道自己被他们惹毛了。

于是，剩下戴维来保护妈妈的书了，他还把当初打算买给他的那些也算在一起。都是些有关骑士、战士、龙、海兽的，有民间故事，有神话传说，因为这些都是戴维妈妈当姑娘时喜欢的故事，而他后来也读给她听过——那时疾病正渐渐掠走她，使她的声音变成低语，呼吸变得如砂纸在枯木上打磨般粗重，直到最后所有的努力都显得多余，她停止了呼吸。妈妈死后，戴维试着避开那些老故事，因为它们和妈妈联系太紧，不忍心去读，可是那些故事不容易摆脱，它们总是呼唤戴维。它们好像在他身上认出了什么东西，连他也开始相信，是一些新奇的、丰富的东西。他听见它们在说话：先是轻声，后来大声，越来越引人注意。

这些故事非常古老，跟人类一样古老，而它们之所以留传至今，是因为它们真的非常有力量。这是一些被束之高阁很久之后仍会在你脑中回响的书，它们既是对现实的逃避，又是一种可供选择的现实。如此古老又如此奇特的是，它们得到一种独立于由它们占据的书页之外的存在。古老的传说与我们平行并存，妈妈曾经这样告诉戴维，可是有时候，隔绝两个世界的那堵墙变得薄而脆，于是两个世界开始相互混杂在一起。

就在这时，麻烦开始了。

就在这时，坏事降临了。

就在这时，"扭曲人"出现在戴维面前。

二　罗斯和莫伯雷医生，细节的重要性

奇怪的是，戴维记得，妈妈死后不久，他竟有一种近乎放松的感觉。没有别的词可以形容这感觉，这让戴维觉得自己很差劲。妈妈死了，再也回不来了。牧师的训诫不管用，说什么妈妈现在生活在一个更好、更快乐的地方，她的痛苦从此结束了。牧师还告诉戴维，尽管他看不见妈妈，可妈妈将永远与他相伴。这么说也没有用。一个看不见摸不着的妈妈，不可能在夏天的傍晚陪你散步，从她那似乎无穷无尽的自然知识里掏出各种树和花的名字；不可能辅导你做作业，当她倾着身体纠正一个错字或者揣摩一首没读过的诗的时候，她熟悉的气味钻进你的鼻孔；也不可能在寒冷的周日下午和你一起读书，炉火闪亮，雨水敲打着窗和屋顶，屋子里充满木炭和小圆饼的味道。

然而此刻，戴维又想起，在最后的几个月里，妈妈并没有做这些事情。医生给她服的药使她软弱无力，病恹恹的，不能集中精力做哪怕最简单的事情，更别提出门散步了。最后那段时间里，有时候连她还认不认识他，戴维都没有把握。她开始有种古怪的味道，不是难闻，而是奇怪，像很久没有穿过的旧衣服。半夜里她会痛得哭喊起来，爸爸就抱着她，尽量安抚她。如果她很不舒服，就会打电话请医生来。到后来她病情严重到不能再待在家里，一辆救护车来把她带到了医院，那其实算不上是个医院，因为从来没有谁在那里病愈，从来没有人从那里再回到自己的家。相反，他们只是越来越安静，到最后，只剩下完全的寂静和空空的病床——他们曾经躺过的。

　　那家不算医院的医院离戴维家很远，但每隔一天的傍晚，爸爸都要在下班回家陪戴维吃过晚饭之后去那儿。戴维每周至少两次，坐着他们那辆老"福特8"同去，尽管往返的路程占去他不少的时间，因为他得先做完作业，吃过晚餐。爸爸也很累，戴维不懂爸爸哪来的那么多能量，每天早晨早起，为他做早餐，目送他上学，然后自己上班，回家，泡茶，辅导戴维解决所有难题，看望妈妈，再回到家，和他吻安，最后在上床之前还要看一个小时报纸。

　　有一次戴维半夜醒来，他喉咙很干，下楼来拿一杯水上去喝。他听见客厅里有打鼾声，一看是爸爸，在扶手椅上睡着了，报纸散落一地，脑袋耷拉在椅子边上。当时凌晨三点，戴维不太确定该怎么做，但最后他还是叫醒了爸爸，因为他想起自己有一次在长途火车上睡得稀里糊涂，结果后来好长时间都脖子疼。爸爸看起来有点吃惊，还有一点烦，因为被吵醒了，不过他还是从扶手椅上起来，上楼去睡了。戴维还确信，爸爸不是第一次这么和衣不上床地睡着。

　　所以，戴维妈妈的死，意味着不再为她而痛苦了，同时也意味着不再有那长长的旅程了——往来那幢大大的黄色建筑，人们从那里消失无踪，不再在椅子里睡着，不再有仓促的晚餐。剩下的只有一种死寂，就像有人把闹钟拿去修，过一段时间才开始意识到缺少了它，因为它轻轻的、不断重复的"滴答"声消失了，而你想念至极。

　　只是放松的感觉过了几天便消失了，接下来的感觉是愧疚，因为他为不用再做妈妈的病要求他们做的所有事情而感到高兴。这愧疚感持续了好几个月也没消失，反而越来越强烈，戴维开始希望妈妈仍在医院。假如她还在那儿的话，他就每天去看望她，即使每天早起赶作业也不怕，因为现在他根本不忍去想象没有妈妈的生活。

　　上学对他成了件难事。在夏天到来，暖暖的微风把他们吹得如蒲公英的种子般四散之前，他就跟朋友们疏离了。有传言说，到九月开学的时候，所有的男孩子都将从伦敦疏散到乡下，不过戴维爸爸答应过他，不会把他和别人一样送走。爸爸说，别忘了，现在只剩下他们两个了，他们俩得在一起不分离。

爸爸雇了一位霍华德太太，负责打扫房屋、做做饭、熨熨衣服。戴维放学回家，霍华德太太都在，可她太忙，不跟他讲话。她要和空袭预防队一同训练，还要照顾自己的丈夫和孩子，所以没空和戴维聊聊，问问他这一天过得怎么样。

霍华德太太四点以后就离开，而戴维爸爸在大学工作，最早要到六点才回家，有些时候还会更晚。就是说，戴维一个人窝在空荡荡的家里，做伴的只有无线电和他的书。有时他坐在爸妈以前的卧室，妈妈的衣服仍旧放在其中一个衣橱里，礼服和裙子优雅地排成一排，如果你眯缝着眼睛看去，它们就跟人的样子似的。戴维用手指拨动它们，弄出窸窸窣窣的声音，这么做的时候他发现衣服摆动的样子跟妈妈穿着它们走路的姿态一样。然后他往后一躺，枕在左边的枕头上，那是妈妈常睡的一边，他尽量枕在妈妈曾经枕过的位置上，那一块的枕套上有点脏，颜色稍暗，很容易分辨。

要驾驭这个新的世界实在太痛苦了。他是那么努力。他保留了那些规定。他数得那样仔细。他忍受着各种规矩，可生活欺骗了他。这个世界不像他读的故事中的那样，在那个世界里，善有善报，恶有恶报。只要你沿着路途坚持走出森林，你就会获救。假如有人生病，就像某个故事里那个老国王，那么他的儿子们就会被派到外面的世界去寻找救命药，生命之水，只要其中一个儿子够勇敢、够忠诚，国王的性命就有救了。戴维一直很勇敢，妈妈更勇敢，可到底，还是不够。这是一个没有善恶报应的世界。戴维越想到这些，就越不想成为这个世界的一部分。

他仍坚持执行他那些规定，尽管不像以前那般严格。他只愿意接触门把手和水龙头两下，先左手，再右手，只为保持双数。早起下床或上楼梯时，还是尽量先落左脚，不过这个不难。他不确定现在不再遵守一定的规定的话会发生什么事，他想可能会对爸爸产生影响。或许，坚持执行这些规定可以保全爸爸的性命，尽管他并没有能够保住妈妈。现在只剩他们两个了，重要的是不要错过机会。

就在这时，罗斯进入了他的生活。突发性晕厥也开始发作了。

●

第一次是在鸽子广场[1]。那是星期天的中午，他和爸爸在皮卡迪里的大众餐厅吃完中饭之后，走进广场喂鸽子。爸爸告诉他，"大众"很快就要关门了，这令戴维很难过，因为他觉得那是家非常豪华的餐厅。

戴维妈妈过世已经五个月过三周零四天了。那天一起在"大众"吃午饭的还有一位女士。爸爸介绍说她叫罗斯[2]。罗斯很瘦，有着黑色的长发和红艳的嘴唇。她穿的衣服看起来价值不菲，金钻首饰在她的耳朵和颈上闪闪发光。她声称吃得很少，不过那个下午还是把她那盘鸡肉吃掉了大半，还为之后的布丁留了肚子。戴维看她觉得眼熟，后来知道她就是妈妈过世的那家算不上医院的医院的负责人。爸爸跟戴维说，罗斯把妈妈看护得非常非常好，只是没有，戴维心想，没有好到把妈妈救活。

罗斯想着法儿地跟戴维讲话，问他的学校和朋友，问他一般放学后傍晚喜欢做什么，可戴维很少搭腔。他不喜欢罗斯看爸爸的样

---

1 Trafalgar Square，指伦敦最大的广场特拉法加广场，这里鸽子成群，所以也称它为"鸽子广场"。
2 Rose，人名，作为单词意指"玫瑰"。

子，不喜欢她直接叫自己的名字，也不喜欢自己说了什么聪明有趣的话的时候被她摸手，甚至不喜欢爸爸在她面前努力表现出聪明有趣的样子。总之不对劲儿。

从餐厅溜达出来的时候，罗斯挽着爸爸的手臂，戴维走在他们前边一点儿，而他看起来很乐意他一个人走。他不知道这是怎么一回事，也可以说是他告诉自己不知道这是怎么一回事。到了鸽子广场，他一声不吭地从爸爸那儿接过一袋鸽食，把鸽子吸引到自己这边来。鸽子们顺从地奔着新的食物发放者而来，它们的羽毛被这个城市的垃圾和煤烟染得乌黑，眼神空洞而愚蠢。爸爸跟罗斯站在旁边安静地聊天，戴维看见他们以为他没注意的时候快速地吻了对方。

事情就在这时发生。突然间戴维的胳膊伸展开去，鸽食犹如一条细线散落在上面，两只颇沉的鸽子跑来他袖子上啄食，接下来他已经平躺在地上了，爸爸的外套在他脑袋下面，而好奇的旁观者——还有受惊的鸽子们——盯着他看，厚厚的云的剪影映在他们脑后，像浅薄的气球。爸爸说他晕过去了，如果不是他脑袋里有以前未曾听过的声响和耳语，还隐约记得一片森林和狼嚎，戴维会觉得爸爸说得没错。他听见罗斯问需不需要她帮忙，爸爸回答不用，他会带戴维回家让他睡下。爸爸叫了辆出租车把他们送到自己的车那里。开车前他告诉罗斯，稍后他会打电话给她。

那天夜里，戴维躺在房里的时候，脑袋里的低声细语里加入了书的声音。他不得不用枕头蒙住耳朵，赶走那些不停不休的谈话声——最古老的故事从沉睡中醒来了，它们要寻找一个生长的地方。

●

莫伯雷医生的办公室在一幢有着大露台的房子里，位于伦敦市中心一条绿树成荫的街道，非常安静。办公室地板上铺着昂贵的地毯，墙壁上挂着大海航船的画。一位头发雪白的老年秘书坐在候诊室里一张桌子后面翻整文件、打字以及接电话。戴维坐在旁边的一张大沙发上，爸爸在他身旁。一座落地式大摆钟在角落里"滴答"走着。戴维和爸爸都不说话，大半原因是因为屋里太安静，他们说点什么都会被桌子后面那位女士旁听，可是戴维却还感到，爸爸在生他的气。

鸽子广场那次之后，戴维又有两次突发性晕厥，一次比一次昏迷的时间长，一次比一次在他脑子里留下更多奇怪的印象：一座城堡，城墙上旗帜飘扬；一片森林，长满了树皮会流血的树；还有一个没看清楚的身影，弯腰驼背，肮脏可怜，在那个怪异世界的阴影里四处游荡，等待着什么。戴维爸爸带他去看过家庭医生本森先生，可本森先生没发现戴维有什么毛病，他把戴维送到一家大医院看专家门诊。专家用光照他的眼睛，做了脑部检查，问了他一些问题，又问了爸爸更多的问题，有些是关于戴维妈妈和她的死。医生跟爸爸谈话时让戴维等在外面，爸爸出来的时候一脸怒容。这就是他们最终来到莫伯雷医生办公室的原因。

莫伯雷先生是位精神病医生。

秘书办公桌旁响起了一声蜂鸣声，她朝爸爸和戴维点了点头。

"他可以进去了。"她说。

"去吧。"爸爸说。

"你不跟我一块儿吗？"戴维问。

爸爸摇了摇头，戴维明白他已经跟莫伯雷医生谈过了，大概是电话里说的。

"他想单独见你。别担心，我会等你结束。"

戴维跟随秘书走进另一间屋子。这间比候诊室还要大，还要豪华，有着柔软的靠椅和长榻。墙上排列着书，但和戴维读的那些不

一样。戴维觉得他一来就能听见书跟书之间在说话。它们说的大部
分他听不懂，可是它们说得很——慢——很——慢，好像它们要说
的话非常重要，或者听它们说话的人是笨蛋。有些书听起来是在争
论什么，用那种乌拉——乌拉——乌拉的腔调，就是无线电里专家
人士讲话的样子：他们轮流发言，周围聆听的是其他专家人士，演
讲者就拼命展示自己的聪明才智。

戴维被书搅得心神不宁。

一个灰头发灰胡子的矮个男人坐在一张古董桌子后面，那桌子
对他来说显得太大了点。他戴着一副矩形眼镜，有根金色的挂链防
止它滑掉。颈上死死地打着个红黑相间的蝴蝶结领结，一身深色衣
服松垮垮的。

"欢迎你，"他说，"我是莫伯雷医生，你一定是戴维吧。"

戴维点点头。莫伯雷医生请戴维坐下，然后飞快地翻阅桌上的
一个笔记本，不管他看到哪儿，都用手在胡须上拽啊拽。看完，他
抬起头，问戴维怎么样。戴维说他还好。莫伯雷医生问他肯定很好
吗？戴维说他肯定。莫伯雷医生告诉戴维，爸爸很担心他，又问他
想不想妈妈。戴维没有回答。莫伯雷医生说他很担心戴维的突发性
晕厥，他们得一起试试找出其中的原因。

莫伯雷医生拿给戴维一盒铅笔，请他画一幢房子。戴维拿着
笔，先认真地画上墙和烟囱，接着添上窗户和一扇门，然后，他开
始聚精会神地为房顶添加一片一片小小的波浪形的石板瓦。这时莫
伯雷医生对他说可以停下，但他还一心投入于添加瓦片的动作中。
莫伯雷医生看看戴维，又看看画，他问戴维，有没有想过用彩色铅
笔作画？戴维说，还没画完，等到把瓦都加到屋顶上以后，他打算
把它们涂成红色。莫伯雷医生问戴维——很慢很慢地，就像他那些
书说话时一样——为什么石板瓦那么重要。

戴维纳闷，莫伯雷先生究竟是不是真正的医生？医生应该很聪

明啊，可莫伯雷先生看起来不是太聪明。很——慢——很慢地。戴维解释道，如果没有屋顶上的瓦片，雨会进来的，所以，它们跟墙同样重要。莫伯雷医生问他是不是害怕雨打进屋子。戴维回答说，他不喜欢被淋湿，外面没那么糟糕，特别是如果你穿好防雨的衣服的话，但大多数人不会在家里穿雨衣。

莫伯雷医生有点糊涂了。

接着他请戴维画一棵树。戴维又拿起笔，卖力地画起树枝，然后开始有条不紊地为每根树枝添加树叶。刚画到第三根树枝，莫伯雷医生又叫他停下来。这时莫伯雷医生脸上出现了一种表情，就是戴维的爸爸有时绞尽脑汁想完成周日报纸上的填字游戏时那样子：突然站起身，大叫"啊哈"，手指朝空中一指，看起来对自己一点也不满意，就像动画片里疯狂的科学家。

然后，莫伯雷医生问了戴维很多问题，他们家，他妈妈，他爸爸。他又问起戴维晕倒的事。能不能记得一点什么？晕倒之前是什么感觉？失去知觉之前闻到什么味儿没有？之后头疼吗？以前头疼过吗？现在头疼不疼？

然而在戴维看来，莫伯雷医生没有问到最重要的问题，因为他太相信，晕厥使戴维完全失去了知觉，恢复意识之前他根本什么都不记得。可那不对。戴维想告诉莫伯雷医生每次晕过去时他看见的奇怪场景，可医生已经又开始问关于妈妈的问题了，戴维不想再谈起妈妈，更别提是跟一个陌生人了。莫伯雷先生也问起过罗斯，问戴维对她什么感觉，戴维不知道怎么回答。他不喜欢罗斯，不喜欢爸爸跟她在一起，但是不能告诉莫伯雷先生，万一他去告诉爸爸呢。

会见结束之前，戴维哭了起来，他都不知道是怎么回事。事实是他哭得很厉害，以至于鼻子开始流血，而他一看见血就被吓住了。他尖叫哭喊起来。他倒在地上，开始发抖，脑袋里有一盏白灯在发光。他用拳头砸地毯，听见书们啧啧着表示不赞成，这时莫伯雷医生打电话呼救，戴维的爸爸冲进来，然后一切变成了黑暗，看起来发生在一瞬间的事情，实际上经过了很长的时间。

戴维听到黑暗里传来一个女人的声音，他想，这听起来好像妈妈。一个影子近了，但不是个女人。那是个男人，一个长脸扭曲人，终于从他那个世界的阴影里现身了。

他微笑着。

三　新房子，新生儿，新国王

事情的来龙去脉是这样的：

罗斯怀孕了。戴维和爸爸在泰晤士河边吃薯片，船只匆忙来往，空气中弥漫着油和海草的混合气味，爸爸把这个消息告诉了戴维。当时是一九三九年的十一月，街上比往常多了一些警察，到处都是穿制服的人。沙袋抵窗堆起，长长的带刺铁丝四处盘绕，仿佛有毒的泉水四处流淌。拱起的安德森防空洞[1]星星点点布满各家花园，公园里修起了战壕。似乎每个空着的地方都贴上了白色海报：关于灯火管制的提醒，英王发布的命令，还有这个国家所有的战时指令。

戴维认识的小孩大多数在此之前已经离开这个城市，他们群集在车站，外套上系着小小的棕色的行李标签，去往农场或是陌生的城镇。他们的离去使这个城市显得更加空虚，也增加了紧张期待的感觉，这种感觉似乎操纵着所有留下的人的生活。很快，轰炸机即将到来，城市将隐蔽在夜色之中，使他们的任务更加艰巨。暂时的停电令城市更加黑暗，你甚至可能找出月亮上的凹坑。天堂里挤满了星星。

去河边的路上，他们看见更多的阻拦气球在海德公园里充气，一旦充足了气，它们就被放到空中，下面用钢索固定。那些钢索能够阻止德国人的轰炸机飞得过低，也就是说，他们只能在比较高的高空投掷炸弹，这样一来，轰炸机就不一定能击中目标了。

1　The Anderson shelter，一九三八年为防范第二次世界大战的爆发，在英国内政部的要求下设计建造，一般在花园中，可供六人使用。以掌玺大臣约翰·安德森爵士之名命名。

气球的形状像巨大的炸弹。爸爸说这真是讽刺，戴维问他什么意思。爸爸说，就是很好笑，用来保护城市免受炸弹和轰炸机之灾的东西却做得跟炸弹一样。戴维点点头，他觉得这是很奇怪。他想到德国轰炸机里的人们，飞行员使劲儿躲避来自地面的防空扫射，一个男人蹲伏在轰炸瞄准器边，城市从他下面掠过，戴维想知道，他在投掷炸弹以前有没有想到过房屋和工厂里的人。从高空看，伦敦只是一个模型，里面有玩具似的房屋，细窄的街上有微型树木。也许只有这样你才能投下炸弹：假装城市不是真的，它在下面爆炸的时候，没有人会被炸到，没人会死。

戴维使劲儿想象自己在轰炸机里——一架英国轰炸机，也许是"威灵顿"中型或"惠特利"重型——飞过一个德国城市，炸弹准备就绪。他会把弹药投掷下来吗？毕竟是战争啊。德国人真坏，人人都知道，他们发动了战争。这跟操场上的"战争"一样：一旦你挑起，你就要受到责备，你就不要抱怨之后发生的事情。戴维想，他会把弹药投下来的，但他不会去考虑下面有人的可能。只有一些工厂和造船厂在黑夜里的影像，当炸弹落下并把这些地方炸得粉碎的时候，在里面上班的人们正安安稳稳待在家里的床上。

一个念头一闪。

"爸爸，假如气球让德国人瞄不准目标的话，那他们的炸弹就会乱丢，是这样吗？我是说，他们是想击中工厂，对不对，但是他们瞄不准，所以他们会随随便便把炸弹扔下来，希望能击中。他们不会就因为气球而先回去，第二天晚上再来的。"

爸爸好一会儿没回答。

"我想他们并不在乎，"爸爸还是说话了，"他们要摧毁人们的精神和希望。假如他们能沿途炸毁飞机厂和造船厂，那最好不过。欺凌弱小的人就是这么干的，他在开始地面杀戮之前，先使你软下来。"

他叹一口气。"我们得谈点事情，戴维，一些重要的事。"

他们刚从莫伯雷医生那儿回来。这次会见，医生又问戴维想不想妈妈。当然想。真是个愚蠢的问题。他想念妈妈，并因此而难过，这不用哪个医生来告诉他。不过很多时候，莫伯雷医生说的话他很难理解，一部分原因是他用的词戴维不懂，但主要原因是，他的声音现在几乎全被他书架上那些书发出的嗡嗡声给淹没了。

书们弄出的声音越来越清楚。他明白，莫伯雷医生无法听到他听到的，否则他在办公室里工作一定会发疯。有时候，当莫伯雷医生问了一个书们赞同的问题，它们就异口同声地"嗯嗯嗯……"，像是男声合唱团在练习一个单音。如果他说了什么它们不同意的话，它们就会嘀嘀咕咕地骂他。

"放屁！"

"废话！"

"这人是个白痴。"

一本封面烫金印着"荣格"[1]名字的书简直是怒了，竟让自己倒下书架，掉在地毯上，气得直冒烟。莫伯雷医生见书掉下来，惊讶极了。戴维曾想告诉医生书们说些什么，可又觉得让医生知道他听见书说话不是个好主意。听说有人因为"脑子有问题"而被送进精神病院去，戴维可不想被"送进去"。不管怎么说，他现在并不是总听见书们说话了，只是难过和生气的时候听得到。戴维尽量保持镇静，尽可能地想一些美好的事情，不过有时很难，尤其是和莫伯雷医生或罗斯在一起的时候。

此刻坐在河边，他的整个世界将要再次发生改变。

"你快要有个小弟弟或者小妹妹了，"爸爸说，"罗斯快要生宝宝了。"

---

1 Jung，荣格（1875—1961），瑞士著名心理学家、精神分析学家，是现代心理学的鼻祖之一。

戴维停止吃薯片。全不是味儿了。他感觉到脑子里开始发紧，一瞬间觉得自己会从凳子上滚下去再次晕厥，但他还是让自己坐得笔直。

"你要跟罗斯结婚吗？"他问。

"我希望是那样。"爸爸说。戴维已经听见罗斯和爸爸商量这事了，就是上星期罗斯来家里的时候，他们以为戴维睡了，其实他站在楼梯上，听了他们的谈话。他有时会那样，可是谈话一结束，听见接吻的声响或者罗斯低低的压着嗓子的笑声，他就上床睡觉。最近的一次他偷听的时候，罗斯说到"人们"以及这些"人们"说了些什么，还说她不喜欢他说的那些话。就是那一次，他们说了结婚的事，但戴维没听到更多，因为爸爸正好离开房间去把壶放在炉子上，戴维只顾躲着，怕被看见他在楼梯上。他想爸爸已经有点怀疑了，因为过了一会儿他就上楼检查戴维是不是睡了。戴维闭着眼睛装睡，看来让爸爸很满意，不过他很紧张，不敢再去楼梯了。

"我只想让你知道一些事，戴维，"爸爸正跟他说着，"我爱你，而且永远不会变，无论是跟谁一起共同生活。我也爱妈妈，永远爱她，但最近几个月来，跟罗斯在一起，对我帮助很大。她人很好，戴维。她喜欢你。给她一个机会，好吗？"

戴维没有应声。他艰难地吞下薯片。他一直想有个弟弟或妹妹，但不是现在这样子。他想跟爸爸妈妈一起有个弟弟或妹妹。这不对劲。这不是真正的弟弟妹妹，是罗斯生的，没法一样。

爸爸用胳膊搂住戴维的肩膀。"好了，你有什么话要说吗？他问。

"我这会儿想回家。"戴维说。

爸爸仍然用胳膊搂住戴维一小会儿，然后胳膊垂了下来，很轻的样子，好像有人从他身体里放走了一团空气。

"好，"他很难过，"那我们回家。"

●

半年之后，罗斯生了一个小男孩，戴维跟爸爸离开他在这儿长大的房子，去和罗斯还有他新出生的弟弟乔治同住。罗斯住在伦敦西北边一幢大豪宅里，有三层楼高，房前屋后都有花园，四周树林环绕。据戴维爸爸说，这房子是她们家几代传下来的，至少有戴维家房子的三倍大。戴维一开始不想搬过去，可是爸爸慢慢跟他解释了原因：这儿离他新的工作地点近一些，因为战争的缘故，他在那儿的时间会越来越多。如果他们家离上班的地方近一点，他就有更多时间见到戴维，兴许有时候还能够回来吃午饭。爸爸还告诉戴维，伦敦城越来越危险了，这儿远离市区，比较安全一点。德国人的飞机就要来了，虽然爸爸相信希特勒最终将被打败，但在战事有所转机以前，情况只会越来越糟。

戴维不完全确定爸爸现在做什么养家，他知道爸爸数学很棒的，直到前一阵子，他都一直在一所很大的大学做老师。最近他离开了大学，开始去为政府工作，就在城外一座老乡间别墅里。那里有军营驻扎在附近，有士兵看守大门、巡逻地面。通常当戴维问起爸爸的工作，爸爸只说是为政府做些数据核对工作。但是到他们终于搬去罗斯家的那天，爸爸似乎觉得还应该跟戴维多讲些事情。

"我知道你喜欢故事，喜欢书，"跟着搬家的货车出城的时候，爸爸说，"我想你一定想问，我为什么不像你那样喜欢它们。其实，在一定程度上，我喜欢故事，而且这是我工作的一部分。你知道吗？有时候一个故事看起来是跟一件事有关的，可实际上它完全是有关另一件事情的。故事里隐藏着意义，它需要被梳理出来。"

"就像《圣经》故事一样。"戴维说。每逢礼拜天，牧师都会解说大家之前大声念过的故事。戴维常常不听，因为那牧师实在太无趣，可牧师从戴维觉得非常简单的故事中看出的那些东西，让他很惊讶。实际上，牧师似乎喜欢把故事弄得比它们本身复杂得多，大概因为那样可以显得他讲得时间更长吧。戴维对教堂不怎么在乎，为了妈妈的事，为了罗斯和乔治进入他的生活，他还恼着上帝呢。

"但有些故事的意义并不能被所有人理解，"爸爸继续说道，"它们的意义只为某一类人而存在。因此，那个意义是精心隐藏起来的，可以用词语来隐藏，也可以用数字，有时候两者都用，但目的是一样的：为了阻止其他的人解释它，找出它。除非你知道密码，否则它没有意义。

"瞧，德国人运用密码传递消息，我们也是。有些密码非常复杂，而有些看起来非常简单，尽管它们通常才是最难解的。得有人设法解开密码，这就是我的工作。我努力去了解人们所写的故事中不想让我了解的隐秘的意义。"

他转身面对戴维，把手放在他肩上。"我相信你，"他说，"千万不要跟任何人说我做的工作。"

他将一个手指放在嘴唇上。

"最高机密，小子。"

戴维模仿爸爸的动作。

"最高机密。"他重复一遍。

他们继续向前。

●

戴维的卧室在房子的顶层，一个矮小的房间，是罗斯替他选的，因为屋里满是书和书架。戴维自己的书和其他更古老更古怪的书共享书架。他尽可能地为自己的书安排最好的位置，最后决定按照书的尺寸和颜色摆放，那样显得好看很多。不过也意味着，他的书得跟老早就待在那儿的书混在一起，于是一本童话书最后被一本讲共产主义历史的书和一本一战最后几次战役调查的书挤在了中间。戴维曾经想读一点共产主义方面的书，主要因为他完全不明白共产主义是什么。他读进去三页，然后就没了兴趣，里面那些"生产资料归工人所有"、"资本家剥削"都快让他睡着了。那本一战历史倒是好一点，至少有很多从图片杂志上剪下来的老式坦克图，插在不同的书页里。还有一本沉闷的法语词汇课本，一本关于罗马帝国的书，罗马帝国这本有很多很多有趣的图画，而且好像很乐于描述罗马人对其他民族的暴行以及其他民族对罗马帝国的报复。

在这些书里面，戴维的希腊神话跟邻近的一本诗集同样大小，同样颜色，有时候他想拿希腊神话，却抽出了诗集。只要他给它一个机会，他会发现有些诗不赖。其中有一首诗写某种骑士——在诗里，他被称为"少爷"——和他寻找一座黑暗的城堡并发现其中的秘密的故事。不过那首诗看起来结尾不怎么对劲，那骑士到达城堡，完了，就这些。戴维想知道城堡里有什么，既然他到了城堡，那么发生了什么事？可那诗人显然认为这不重要。这让戴维纳闷，写诗的是怎样一种人呢？随便谁都明白，只有当骑士到达城堡的时候，这诗才开始有趣起来，可是就在这节骨眼上，诗人却一甩手，转而写别的去了。也许他原本是想再回来继续写的，只是后来忘记了，或者大概他根本写不出那样一个足够吸引人的城堡怪物吧。戴维仿佛看见了诗人，他四周都是小片的纸，上面写着许多关于人和动物的想法，都被划掉或者潦草带过了。

狼人

龙

非常巨大的龙

巫婆

非常巨大的巫婆

小巫婆

戴维想在诗集当中为野兽画一幅像，可是发现画不出来，看似容易做来难，因为怎么画都看着不合适。于是他改成用魔法把蜷伏在他想象中结满蛛网的角落里的半成形动物给召了出来，在那个想象中的角落，他所恐惧的一切事物都在黑暗中蜷曲着，一个在另一个上面滑动。

戴维一开始将书放入书架空处时，就知道了房间里的一点变化：新来的书在以往那些旧书中间，看起来、听起来都极不舒服。它们露出吓人的样子，用含糊低沉的语调跟戴维讲话。那些老书用牛皮或皮革装订，其中一些书里的知识早就被遗忘了，或者因为科学以及随着探索的进展发现了新的真理，使它们变成了错误的知识。装着这些旧知识的书从来也不认为它们已经贬值。它们现在还不如故事书，因为一定程度上，故事是有意编造的、不真实的，而其他这些书生来就是为了更伟大的事的。男人和女人们努力创作，用他们所知道的一切和他们对世界所有的认识来填满这些书。他们被误导了，他们曾作过的大部分假想现在一文不值，这几乎是那些老书无法承受的事实。

有一本宣称——在仔细研究了《圣经》的基础上——世界将于一七八三年走向末日的伟大的书，早就开始装疯卖傻了，它拒绝相信现在的时代是一七八二年以后的时代，因为那样一来就等于承认，它的内容是错的，它的存在仅仅是出于纯粹的好奇，除此之外什么都没有。一本写当前火星社会的薄薄的小书——作者用一架特大望远镜，以及肉眼，在压根没有运河的地方看出了运河的河道——常常喋喋不休，说什么火星人已经撤到星球表面以下，现在正秘密修建巨大的发动机。它目前待在一排给聋子用的手语书中间，幸好它们听不见那家伙在说什么。

但是戴维还发现，有些书跟他的相似，是些厚厚的配有插图的大部头，童话故事和民间故事，里面的色彩也很丰富。刚搬过来的那段日子里，戴维把注意力转移到它们身上，他躺在窗边的箱凳上，眼睛朝下盯着外面的森林，仿佛在等待故事里的狼、巫婆和怪物从下面突然现身，因为书里描述的森林和这房子周围的树林实在太像了，几乎不可能认为它们不是同一个，而书里遣词造句的特点又加强了它们给人的印象。有的故事是用笔添写上去的，里面的图画不知是哪个毫无艺术天赋的人小心翼翼画出来的。戴维在书上找不到那位作者的名字，有些故事也很陌生，但能够和那些他几乎用心去懂的故事相互呼应。

在一则故事里，一位公主在巫师的诅咒之下，被迫夜晚跳舞白天沉睡，可是她没有得到王子或聪明的仆人的帮助而死去了，结果她的幽灵回来折磨那巫师，折磨得他自己跳进一个地下深渊，被里面的火烧死。一个小女孩，穿过森林的时候受到狼的威胁，当她逃离的时候，她遇到一个手持斧头的林中人。但在这个故事里，林中人不只是杀死了狼，也没有把女孩送回家，没有。他割下狼头，然后把女孩带回他的屋子——在树林最茂密、最阴暗的地方，他把女孩留在那儿，直到她长大嫁给他。尽管在被囚禁的这些年里，她从未停止过为父母而哭泣，但还是成了他的新娘，婚礼是由猫头鹰操办的。她还生了他的孩子，林中人把他们养大，教他们猎狼和找寻在森林中迷路的人。他让他们杀掉男人，拿走他们口袋里值钱的东西，只留下女人交给他。

戴维不分昼夜地读这些故事书，身上裹着毯子以免着凉，罗斯的房子从来就不暖和。风从窗框上的裂缝、从合不上的门缝钻进来，把打开的书页弄得沙沙作响，仿佛是在书中翻找它自己急于知晓的知识。房前屋后大片覆盖着的常青藤，在过去的几十年里早就破墙而入，所以藤枝从戴维房间的天顶角上蔓延下来，或者缠绕在窗台下面。一开始，戴维试过用剪子剪断藤蔓，丢掉残枝，可过不了几天，常青藤又卷土重来，似乎比以前更密更长，更加顽强地攀附在木头和石灰上。虫子也开掘了洞穴。于是，自然世界与屋内世界之间的界限就变得模糊不清了。戴维发现，甲壳虫在他的壁橱里聚集，蜈蚣在他的袜子抽屉里探险。夜里，他听见老鼠在木板后面轻快跑动。仿佛自然世界把戴维的房间当成它自己的了。

更糟的是，当他睡着的时候，那个他称之为"扭曲人"的怪物经常来到他的梦中，从一座和他窗外的林子酷似的森林走过。那扭曲人会向前走到树林的边缘，凝视着远处一片宽阔的草坪，那儿矗立着一幢房子，跟罗斯家的一样。他会在梦中跟戴维说话。他的笑容带着嘲弄，他说的话戴维弄不懂。

"我们在等。"他说，"欢迎您，殿下。新王万福！"

四　乔纳森·塔尔维，比利·戈尔丁，以及住在铁轨边的人

戴维的房间结构很奇怪。屋顶很低，而且错落杂乱，在不该倾斜的地方倾斜，为蜘蛛们提供了充分的织网空间。不止一次，戴维急着去翻书架上比较暗的角落的时候，发现自己满脸满身都是蜘蛛网，这也惹得织网的小家伙急忙撤退到角落里，心怀恶意地潜伏下来，只顾想着为蛛网复仇了。在房间的一个角落，有一只木制玩具箱，另一个角落是个大衣橱，在它们之间立着的是个屉柜，顶上有一面镜子。房间里刷成了淡蓝色，所以天色好的时候，这房间看起来就像外面世界的一部分，尤其还有常青藤穿墙进来闲逛，偶尔也有虫子成为蜘蛛的食物。

那扇单独的小窗俯瞰着草坪和树林。如果站在箱凳上，戴维能看见教堂的尖顶和附近村庄的房顶。伦敦城静卧在南方，不过也可以说它在南极洲，因为这些树和这个林子将房子完全掩藏在世界之外了。窗边箱凳是戴维最喜爱的读书地儿。书们还是互相轻言细语，但现在，戴维如果心情好的话，他只消说一个字就能叫它们安静。不过，他读书的时候，它们还是愿意保持安静的，好像只要他沉迷于故事，它们就高兴。

又是夏天了，因此戴维有的是时间读书。爸爸曾想鼓励他和住在附近的孩子交朋友，他们中有些是从城里疏散到这儿的，可戴维不愿意跟他们混在一起，而他们也一样，他们从戴维身上看见了忧伤和冷漠，这让他们躲得远远的。于是，书代替了其他孩子的位置。特别是老的童话书，因为手写添加的故事和新画的插图而显得怪异、邪恶，这使戴维对那些故事更加着迷。它们也让他想起妈妈，不过是以一种

非常美好的方式，而且不论使他想起妈妈的是什么，也会同样使罗斯和她的儿子乔治无法与他靠近。当他不读书的时候，这个位置给了他一个完美的角度，可以看到这个园子里另一处稀罕物：紧靠着树林边的一方沉园[1]，就嵌在草地里。

这沉园看起来像是一个空着的游泳池，沿着四级石头阶梯而下是一个绿色的长方形，边上围着一条石板路。草地由园丁布里格斯先生定期清理，他每周四来为树木作一次护理，在需要的地方向大自然伸出他的援助之手。但是沉园的石头部分已经年久失修，墙上都是大裂缝，有个墙角的石雕已经全部碎掉，露出一个大大的洞，要是戴维想从那儿钻过去都没问题，不过他每次都是仅仅把头伸进去而已，从不多钻进去一点儿。沉园上方又暗又霉，满是各种各样看不见的虫物跑来跑去。戴维的爸爸曾经提出，要是他们觉得确实有必要的话，这沉园倒很适合做成一个防空棚。不过到目前为止，他也只是想办法在花园小屋里堆了一些沙袋和瓦楞铁皮，这让布里格斯先生很恼火，现在他每次拿工具时都不得不绕过那些沙袋和铁皮。沉园成了戴维户外的私人空间，特别是他不想听书说话以及避免罗斯善意却不受欢迎地干预他的生活时。

戴维跟罗斯的关系不好。虽然他总是尽量按爸爸交代的那样，表现得有礼貌，可他就是不喜欢她，对她现在成了他的世界的一部分充满怨恨。她已经取代，或者正试图取代妈妈的位置，这已经够烦人了，可事情还不仅仅如此。她在当时定量配给的窘迫情况下还尽量每餐做他爱吃的菜，这让戴维很生气。她想让戴维喜欢她，却弄得戴维更加讨厌她了。

戴维还认为，罗斯的存在，转移了爸爸的注意力，他不再记得妈妈了。他已经忘了她，已经跟罗斯以及他们刚出生的孩子牢牢地

---

1 Sunken garden，"沉园"，或称"床园"、"低洼花园"。下沉式花园，地面比周边均低，注重俯视效果。

绑在了一起。小乔治是个任性的孩子，他太爱哭，总好像是不舒服，所以当地的医生就成了家里的常客。爸爸和罗斯太宠他，甚至被他闹得几乎每夜都睡不成觉，两个人都脾气暴躁、疲惫不堪。结果就是，戴维在越来越多时候选择自己待着，他既感激乔治为他提供了充分的自由，又为没人理会他的需要而烦闷。不过无论如何，他有了更多的时间读书，这倒不是坏事。

随着戴维读旧书的热情提高，他想了解它们之前的主人的愿望越来越强烈，要知道它们以前一定属于一个像他这样的什么人。终于，他找到了一个名字，乔纳森·塔尔维，写在其中两本书的封面里面，他很好奇，想知道点儿关于他的事情。

于是有一天，戴维忍着对罗斯的厌烦，来到厨房。罗斯正在那儿干活，那天布里格斯先生的妻子，管家布里格斯太太去伊斯特本看妹妹了，所以她得自己做家务。从外面就能听到鸡圈里的母鸡在咯咯叫，早些时候戴维已经帮布里格斯先生喂过它们了。他还帮忙查看菜园以防兔子的破坏，还检查鸡圈有无任何可能放狐狸进来的洞。上个星期，布里格斯先生还用陷阱在房子附近捕杀了一只狐狸。那狐狸几乎被陷阱弄掉了脑袋，戴维说了几句，为它感到难过。布里格斯先生责备了他，说要是狐狸进了鸡圈里，肯定会把所有的母鸡都咬死，可是戴维还是难受，他看见了那死掉的动物，舌头从小而尖锐的牙齿中间伸出来，一处毛皮撕裂，它本想咬断那里逃出陷阱的。

在桌子一头坐下并问候罗斯之前，戴维刚为自己做了一杯博里克柠檬汁。罗斯放下正在洗刷的盘子，回过头来跟戴维讲话，因为高兴和惊讶而脸上放光。戴维原计划尽量表现好一点，希望能从她那儿多听一点儿，可是罗斯，大概是对她和戴维之间这种无关吃什么、什么时候上床睡觉而且不是板着面孔只说单音节词的谈话不习惯，立刻抓住机会建立他俩之间沟通的桥梁，于是乎，戴维的表现能力并没有施展开。她在抹布上把手擦干，在他身旁坐下。

"我很好，谢谢。"她说，"就是有点累，乔治，还有所有的事情，不过都会过去。拖了这么久是有点奇怪。我敢说你也有同感，我们四个突然间就一起被扔到一块儿了。不过我很高兴你能在这儿。这房子一个人住太大了点儿，可我的父母希望把它留下。它……对他们很重要。"

"为什么？"戴维问。他尽量不让自己显得很感兴趣。他不想让罗斯发现他来找她说话的唯一原因是想要了解这房子，尤其是他那个房间以及里面的书。

"嗯，"她说，"这房子很长时间以来都归我们家所有。我的爷爷奶奶盖了这房子，然后和孩子们住在这里。他们希望它留在这个家里，而且一直都有孩子们住在这儿。"

"我房里的那些书是他们的吗？"戴维问。

"有些是，"罗斯说，"另一些属于他们的孩子：我爸爸，爸爸的妹妹，还有——"

她停顿了一下。

"乔纳森？"戴维提醒道。罗斯点了点头，她看起来很伤心。

"是的，乔纳森。你从哪儿知道他的名字？"

"有些书上写着呢。我正想知道他是谁。"

"他是我的伯父，我爸爸的哥哥，可是我没见过他。你的房间以前是他的卧室，很多书都是他的。如果你不喜欢那些书，我很抱歉，我以为那房间对你来说很不错。我知道那儿有些暗，可里面有那么多书架，当然，还有书。我应该考虑得更周到些。"

戴维有些不明白。

"可是为什么？我很喜欢那房间，也喜欢那些书。"

罗斯转过身。"哦，没什么，"她说，"没关系。"

"不，"戴维说，"请你告诉我。"

罗斯变得温和起来。

"乔纳森消失了。他才十四岁。那是很久以前的事了,爷爷奶奶仍然把他的房间布置得跟原来一模一样,因为他们希望他能回到他们身边。可他从没回来过。还有个孩子跟他一起消失了,一个小女孩。她的名字叫安娜,是我爷爷一位朋友的女儿。那位朋友和妻子一同丧生于火灾,于是我爷爷把安娜带回来跟他们住在一起。安娜七岁。我爷爷觉得让乔纳森有个小妹妹,而安娜有个大哥哥照顾她是件好事。他们一定是迷路了,我不清楚,总之,发生了什么事情,他们从此消失不见了。这事非常非常让人难过。他们找了很久,搜寻了树林和河,沿着可能的足迹找遍了附近所有的城镇,甚至去伦敦张贴他们的画像,能去的地方都去了,可是没有一个人说曾经见过他们。

"那时,他们还有另外两个孩子,我爸爸和一个妹妹,凯瑟琳,可是爷爷奶奶忘不了乔纳森,从来没有停止过对乔纳森和安娜回家的期待。特别是我爷爷,再也没有从他们失踪的事情里回过神来,似乎对发生的事情非常自责。我觉得他认为他应当保护好他们两个。我想他壮年早逝就是因为这个原因。到我奶奶去世的时候,她交代我爸爸不要动那个房间,将那些书留在原处,说,万一乔纳森会回来呢。她从没放弃希望。她也关心着安娜,可是乔纳森是她的长子,我想,在她度过的每一天里,她都站在卧室的窗前往外看,希望看见他从花园的小路上走来——他长大了,可仍然是她的儿子——给她讲述能够解释他失踪的好玩的故事。

"我爸爸照她说的做了,将那些书保持原样。后来,我父母去世,就由我来做这事。我一直想有一个自己的家庭,我想我是觉得,乔纳森那么爱他的书,他一定愿意有一天另一个男孩或女孩住在他房里,欣赏那些书,而不是让它们烂掉,没有人读。现在,那是你的房间,但如果你想搬到其他房间的话,可以。还有很多地方。"

"乔纳森长什么样？你的爷爷奶奶给你讲过他的事吗？"

罗斯想了想。"哦，我曾经像你一样好奇，而且问过爷爷关于他的事。我想，我对他作过不少研究。我爷爷说，他很安静，喜欢看书，你能猜到的，就跟你一样。有一件事很有趣：他最爱童话故事，可是也被它们吓着，而且让他最害怕的恰恰是他最喜欢的故事。他怕狼，我记得爷爷有一次是这么跟我说的。乔纳森会做噩梦，梦见狼追赶他，而且不是普通的狼——因为它们来自他那些故事，所以它们会说话。它们很聪明——他梦里的狼，也很危险。我爷爷试着把他那些书拿走，因为他的噩梦那么可怕，可是乔纳森不愿意离开他的书，于是爷爷最后总是会让步，把书还给他。有的书很旧，它们归乔纳森所有的时候就很旧了。我猜有一些还很值钱，如果不是很久以前有人在上面写了字的话——有些字和画并不是书里本来有的。我爷爷以为，那肯定是把书卖给他的那个人的杰作，他是伦敦的一个书商，一个古怪的人。他卖了很多童话书，但我觉得他不是很喜欢孩子。我想他只是喜欢吓唬他们。"

此刻罗斯正盯着窗外，沉溺于对她爷爷和失踪的伯伯的回忆之中。

"我爷爷在乔纳森和安娜失踪之后回到那家书店。我猜他是觉得有孩子的人会去那儿买书，兴许他们或他们的孩子知道点关于两个失踪孩子的事。但是当他带着疑问走到那条街上时，他发现那书店不见了。被木板封得严严实实，没人住在里面，也没人在那儿工作，甚至没人能告诉他书店老板，那个小个儿男人发生了什么事。大概他是死了。我爷爷说，他非常老，非常奇怪。"

门铃响起，打断了戴维和罗斯之间这段融洽的时光。是邮差，罗斯去招呼他。再回来的时候，她问戴维想不想吃点什么，戴维说不。他已经在生自己的气了，就算他了解了一些情况，可怎么能减少对罗斯的反感呢？他不想让罗斯觉得他们之间一切都好转了，因为根本没有。于是他把罗斯一个人丢在厨房，回到自己房间。

回房的途中，他顺道去看了看乔治。那孩子在小床上很快地睡着了，大大的充气帽和充气用的泵歪在一边。他在这儿，这并不是他的错，戴维试着对自己说，他并没有要求来到这个世上。戴维仍然不能让自己用恶劣的态度对待他，而每一次看见爸爸抱着这个新来的家伙的时候，他的心里有什么东西撕裂了。他就像是一个符号，象征一切错误、一切改变的符号。妈妈死后，只剩下戴维和爸爸，于是他们更加亲近，因为他们俩只有对方可以依靠。而现在，爸爸还有罗斯，还有一个刚出生的儿子。而戴维，好啦，他再也没有其他亲人。只剩他自己了。

戴维离开乔治，回到他的顶楼，把下午的时间都用来翻阅乔纳森·塔尔维的旧书。他坐在窗边，想着很久以前乔纳森就坐在这个位置。他曾走过相同的走廊，在同一个厨房里吃饭，在同一个客厅里玩耍，甚至在戴维现在的床上睡觉。也许，在同一时间的某个地方，乔纳森正在做着所有的事情，戴维和乔纳森此刻正于不同的历史阶段，占据着相同的空间位置，因此乔纳森像个看不见的幽灵走过戴维的世界，却不知自己每夜在跟一个陌生人分享同一张床。这念头让戴维打颤，然而一想到两个如此相像的男孩可以这样分享和接触，他又觉得很开心。

他想知道，乔纳森和小女孩安娜究竟发生了什么事。可能他们是逃跑了——尽管戴维这个年龄已经明白，故事里的潜逃和现实中一个十四岁男孩拖着个七岁的女孩逃跑是有很大区别的。如果他们出于什么原因逃跑了，那么用不了很长时间，他们就会又累又饿，后悔出逃。爸爸跟戴维说过的，假如他迷路了，就找警察，或者请哪个大人帮他找警察。但他不会找单独待着的男人，一般求助于一位女士，或者在一起的男人和女人，最好是找带着自己孩子的男人和女人。爸爸会说，你怎么小心都不为过。难道乔纳森和安娜遭遇了那种事吗？他们是不是跟不该搭腔的人说了话？是不是有人不想帮助他们，反而拐走了他们，然后藏在一个谁也找不到的地方？那个人为什么要那样做？

躺在床上，戴维觉得这些问题一定有答案。在妈妈最后一次离开家住进那家不算医院的医院之前，他听见她跟爸爸说起过一个叫比利·戈尔丁的当地男孩的死，那孩子有一天在放学回家的路上突然不见了。比利·戈尔丁跟戴维不在同一所学校念书，也不是戴维的朋友，但戴维知道他长什么样，因为比利是个很棒的足球运动员，礼拜六的上午总在公园踢球。人们说，有个阿森纳[1]的人来找戈尔丁先生谈过，希望比利长大后加入他们俱乐部，但也有人说那是比利编出来的，根本没有那回事。之后比利就失踪了，警察连续两次在礼拜六上午来到公园，找任何可能知道比利情况的人谈话。他们也找戴维和爸爸谈过，可戴维帮不上忙，第二次之后，警察就再也没来过公园了。

然后，过了几天，戴维在学校听说比利·戈尔丁的尸体在铁轨边被人发现了。

那天晚上他准备上床睡觉时，又听到爸爸妈妈在他们卧室里说话，他这才知道，原来比利被发现时全身赤裸，警察逮捕了一个男人，他和母亲一同住在离发现尸体处不远的一间干净的小屋里。戴维从爸爸妈妈说话的样子可以知道，比利死前遭遇了非常可怕的事，跟那间干净的小屋里的男人有关。

那天晚上，戴维的妈妈格外费力地从她的房间走过来，为了亲亲戴维。她紧紧地抱着他，再次提醒他不要跟陌生人讲话。她对戴维说，放学必须直接回家，如果有陌生人接近他，给他糖果，或者

---

1 Arsenal，英国著名足球俱乐部，一八八六年成立。

答应会给他一只鸽子当宠物，只要他跟他走，那么戴维就要尽量快步往前走；如果那个人还想跟着他，戴维就要立即走到能看见的第一家人家去，告诉他们发生了什么事。不管怎样，他都不能，绝不能跟陌生人走，无论陌生人说些什么。戴维告诉妈妈，他不会的。他答应妈妈的时候想到了一个问题，不过他没问。她看起来够担心的了，戴维不想叫她过于担心，以至于都不让他出去玩儿了。可一直到妈妈关了灯，留他一个人待在黑暗的房间，那个问题还一直留在心里：

可是，如果他迫使我跟他走怎么办呢？

现在，在另一间卧室，他想起了乔纳森·塔尔维和安娜，不知道是不是有一个住在干净小屋里的人，一个跟母亲住在一起、口袋里总有糖果的人，强迫他们跟他一块儿去了铁轨边？

在那儿，在黑暗里，他以自己的方式，跟他们玩耍。

●

那天傍晚吃饭的时候，爸爸又谈起战争。戴维好像还是没觉得这战争跟他有什么关系，所有的战事都发生在遥远的地方，尽管他们去电影院时从新闻片中看到过一些。战争听起来那么令人兴奋，可现实中却很不一样，比戴维原先预想的无趣多了。没错，倒是常有一队一队的喷火式战斗机和飓风式战斗机从房顶上飞过，英吉利海峡上空也总有飞机混战。德国轰炸机已经对南区的飞机场进行了反复的袭击，甚至在伦敦东区的克里波门圣吉尔斯教区丢了炸弹（用布里格斯先生的话说，就是"典型的纳粹行为"，但按照爸爸比较理智的解释，这是拆东墙补西墙，是为了破坏泰晤士港炼油厂）。尽管如此，戴维觉得自己和所有这些事都离得很远。这些要是发生在花园里可就不一样了。在伦敦，虽然谁也不会靠近飞机残骸，但人们纷纷捡了炸毁的德国飞机碎片作为纪念品，而逃脱的纳粹飞行员则经常给市民带来骚动。而在这里，尽管离伦敦只有五十英里，却非常宁静。

爸爸把放在盘子旁的《每日快报》折起来。报纸比以前薄了许多，只剩下六个版面了。爸爸说，因为他们已经实行纸张配给了。《磁铁》七月已经停刊，这使戴维失去了比利·邦特[1]，不过每个月还有《男孩天地》，他总是把它们按期整理好，跟那几本《战斗机》靠在一起。

"你要去打仗吗？"晚餐一结束，戴维就问爸爸。

"不，我不该那么想。"爸爸说，"我更习惯在现在的岗位上为战争做点事。"

"最高机密。"戴维说。

爸爸冲他笑了。

"对，最高机密。"他说。

不过戴维想想还是发抖：爸爸有可能是间谍，或者至少对间谍很了解。如果这样，也算是战争中唯一有趣的事了。

那天晚上，戴维躺在床上，看着窗外漫进来的月光。天空净朗，月光明亮。过了一会儿，他闭上眼，他梦见狼和小女孩，还有一座破旧城堡的老国王，在他的宝座上很快入睡了。铁轨顺着城堡延伸，一些身影在旁边高高的草丛中移动。那里有一个男孩和一个女孩，还有那个扭曲人。他们从地球表面消失。戴维闻到了橡皮糖和薄荷糖球的味道，还听见了小女孩的哭声，接着那哭声被奔驰而来的火车的长鸣湮没了。

---

1 Billy Bunter，英国作家查尔斯·汉密尔顿于一九五八年起为《磁铁》周刊所写系列小说里的一个胖学童，《磁铁》于一九四五年二月十五日由于纸张短缺而停刊。战后，汉密尔顿写了一系列新的小说，但邦特已不再是主要角色。

五　入侵者，一些变化

终于，进入九月的时候，扭曲人从梦中森林进入了戴维的世界。

这个夏天漫长而紧张。爸爸待在上班的地方的时间比在家的时间还多，有时候连续两三个晚上都不能睡在自家床上。天一黑，回家对他来说很困难了。所有的路标都已经挪了位置，那样可以在德军入侵的时候起到阻碍作用，戴维爸爸白天开车回家时都不止一次迷路了，如果他夜里开车不打车灯的话，谁知道他会开到哪儿去？

罗斯正在体会做母亲的难处。戴维想知道，如果当初他也像乔治这样任性，妈妈是不是也觉得不容易。戴维希望不至如此。形势的重迫使得罗斯对戴维非常容忍，这让他的情绪一低再低。他们现在几乎不跟对方说话了。戴维看得出，爸爸对他和罗斯的耐心几乎是压抑着的。前一天晚饭时候，罗斯把戴维无伤大雅的评论当成冒犯，两人开始斗嘴，爸爸终于爆发了。

“你们两个就不能想个办法和平相处吗？就知道大吵大闹！”爸爸大声说。“我回家不是为了看到这些，我要是喜欢的话，可以在上班的时候享受压力和吵架比赛！”

坐在高高的童椅上的乔治哭了起来。

“好啊，看看你干的好事。”罗斯说着，把餐巾往桌上一扔，往乔治那边走去。

爸爸双手掩面。

“好，都是我的错。”他说。

“反正不是我的错。”罗斯回应。

两个人的眼睛同时朝戴维看过去。

"什么？"戴维说，"你们都怪我？好！"

他踩着重重的脚步离开餐桌，扔下吃了一半的饭菜。他还饿着呢，不过那炖菜全是素菜，只在上面铺了一层恶心的廉价香肠片作为点缀，他知道剩下的明天还归他吃，可他才不在乎，反正热过一遍也不会比现在更难吃。往房间走的时候，他希望能听到爸爸的声音，勒令他必须回去把饭吃完，可是没人叫他回去。他艰难地在床上坐下。实在等不了了，暑假快点结束吧！他已经在房子附近的学校发现了一个地方，待在那儿总比每天和罗斯、乔治待在一起要好。

戴维不经常去莫伯雷医生那儿了，主要是没人有空送他去伦敦。总之他的突发性晕厥没有再发作，大概那病已经去无踪了。他没再摔倒在地，也没再突然地失去知觉，可是，更奇怪、更令人不安的东西出现了，简直比书能说话还要奇怪，戴维对书说话几乎已经习惯了。

醒着做梦——戴维只会这样描述那怪事儿。感觉像是深夜某些时候，你在看书、听收音机，有那么一会儿开始犯困，于是睡着了，开始做梦；有些时候明显你不觉得自己睡着了，于是世界突然间变得非常奇怪。戴维正在房间里玩着，正在读书，或者正在花园里散步，一切都会发出微弱的光。墙会消失，书会从手上掉落，花园会变换成山和高大灰色的树，他会发现自己在一片没来过的陆地上，一个充满阴影和冷风的昏暗模糊的所在，有的时候，还能闻到浓重的野兽气味。有时，他甚至能听到声音，它们呼唤他的时候，觉得有点熟悉，不过只要他想集中精力，那幻觉就立即结束，然后他会回到自己的世界。

最奇怪的一件事是，有个声音听起来像妈妈，是其中说话声音最响亮最清晰的那一个。她从黑暗之外呼唤他。她呼唤他，对他说她还活着。

醒着做梦的怪事总是在沉园附近发生得最强烈，戴维觉得很烦，就尽可能离房子的那个地方远一点儿。实际上，戴维被折腾得都想去找莫伯雷医生了，假如爸爸有空帮他约时间的话。戴维想，兴许，还是得把听见书说话的事告诉他，这两件事可能是有联系的。不过接着戴维又想起了莫伯雷医生关于妈妈的那些问题，有一次还记起了要把他"送进去"的威胁。每次戴维对他说想念妈妈的时候，莫伯雷医生就会接着说，失去和悲痛都是自然的事情，你得尽力去克服。可是，为妈妈的死感到难过是一回事，听到她的声音从沉园的阴影里传来、在倾颓的砖墙后面说自己还没死，又是另外一回事。戴维拿不准莫伯雷医生会怎样反应。他可不想遭到"处理"，可那些梦实在可怕。他想阻止它们。

到了开学前最后一段日子。厌烦了这房子，戴维去房子后面的树林散步。他拾起一根长枝条挥斩高高的草丛，发现灌木中有张蜘蛛网，就拿了些小树枝去引蜘蛛出来。他把一根碎枝扔到靠蛛网中央的地方，可是没有动静，戴维想起，是因为树枝不会动。惊动蜘蛛的是昆虫在网上的挣扎呀，这让戴维觉得，大概蜘蛛比其他这么小的东西要聪明得多吧。

他往回看看房子，看见了他卧室的窗户。墙上蔓延的常青藤几乎包围了窗框，使他的房间看起来就像是外面自然世界的一部分。现在他从远处看，发现只有他的窗外常青藤最厚，而且它几乎不怎么往这面墙上其他的窗户上生长。它也不像惯常的那样从墙面下边往上蔓延，而是直接而准确地沿着一条细细的路径到达戴维的窗口。跟童话故事里面那根指引杰克找到巨人的豆茎一样，这常青藤似乎很明确要往哪里去。

接着，一个身影开始在戴维房间里晃动。他看见一个身影从玻璃窗边走过，身上穿着和森林一样绿色的衣服。有那么一瞬间，他确信是罗斯，或者也许是布里格斯太太，然后他想起，布里格斯太太已经去了乡下，而罗斯很少进他的房间，如果要去也会事先征得他的同意。也不是爸爸，房间里那人的身影跟爸爸的不同。其实，戴维想，那个身影谁的也不是，就这样，句号。那个身影有点驼背，仿佛是因为习惯了鬼鬼祟祟，所以变得身体扭曲，脊背隆起，胳膊像长拧了的树枝，手指保持抓取的姿势，时刻准备把看到的东西抓过去。他长着细长的鹰钩鼻子，头上戴着一顶歪歪扭扭的帽子。他从戴维的视线中消失了片刻，再次出现的时候手里拿着一本戴维的书。他迅速地翻着书，接着发现了他感兴趣的，于是停下来，似乎要开始看书了。

突然，戴维听见婴儿房里传来乔治的哭声。那身影扔下书，侧耳去听。戴维看见它的手指向空中张开，仿佛乔治像待摘的苹果一样挂在它面前似的。看起来它在同自己争论接下来该怎么做，因为戴维看见它左手放在尖尖的下巴上轻轻划着。它一边考虑，一边眼光往下扫过自己的双肩，然后瞄向下面的树林。它看见了戴维，僵了那么一下，接着屈身蹲到地板上。但只那么一瞬，戴维看见了它黑得像煤似的眼珠，嵌在灰白的脸上，那脸又长又瘦，像是在架子上拉开过似的。它的嘴很豁，嘴唇的颜色非常非常暗，像发酸的陈年葡萄酒。

戴维奔向房子。他冲进厨房，爸爸正在那儿看报纸。

"爸爸，有人在我房里！"他说。

爸爸抬起头，惊奇地望着他。

"什么意思？"

"有一个人在上面。"戴维坚持说道，"我在树林里散步，我往上看我的窗口的时候他就在那儿。他戴顶帽子，他的脸真的很长。然后听见宝宝哭他就停下了他正在做的事情，就在那儿听着了。他看见我看着他，就想躲起来。拜托，爸爸，请你一定相信我！"

爸爸皱起眉头，放下报纸。

"戴维，如果你开玩笑……"

"没有，是真的！"

他跟着爸爸上楼，手里还攥着树枝。房间的门关着，爸爸开门之前停顿了一下。然后他走近跟前，转动门把。门开了。

那一刻，什么动静都没有。

"看，"爸爸说，"什么也没——"

什么东西撞在脸上，他爸爸大叫一声。一阵恐慌的悸动，不知什么东西"砰"的一声撞在墙上的巨响。最初的慌乱刚过去，戴维瞥一眼爸爸那边，看见入侵者是一只鹊，羽毛是黑白杂点的，正试图逃离房间。

"出去，把门关上，"爸爸说，"这是害鸟。"

戴维一听，立即出门，不过他还是很害怕。他听到爸爸打开窗子，呵斥那只鹊，逼它往窗口飞，一直到后来听不到鹊的声音了。爸爸打开门，身上有些汗。

"嗯，把我们俩都吓着了。"他说。

戴维往房间里看去。地板上还留着几根羽毛，除此以外什么都没有。没有任何鸟的痕迹，也没有他看到的小个儿陌生人留下的印子。他走向窗口。那只鹊停栖在沉园破碎的石料上，瞪着眼睛似乎在回应戴维的凝视。

"只是一只鹊儿，"爸爸说，"你看到的就是这个。"

戴维想争辩，但他知道，如果他坚持说有其他东西来过这儿，比一只鹊要大得多、凶得多，爸爸肯定会说他在犯傻。鹊儿没有戴歪帽儿，也不会伸手去抓哭泣的婴儿。戴维见过他的眼睛，他的驼背的身体，还有他长长的、抓取姿势的手指。

他又回望沉园，鹊儿不见了。

爸爸戏剧性地叹了口气。

"你还是不相信只是一只鹊儿，是吗？"他说。

他两腿跪在地上检查床底，打开衣橱，走进隔壁的浴室查看，甚至瞄了瞄书架后面，那儿有个大大的缺口，足够放进戴维的手。

"看见没有？"爸爸说，"就是一只鸟而已。"

但他发现，戴维还是不信，于是，他俩一起检查了顶楼所有的房间，又去了楼下的房间，直到确定待在这房子里的人只有戴维、爸爸、罗斯和宝宝。然后爸爸离开戴维，回去看报纸。回到卧室后，戴维在窗边的地板上捡到一本书。是乔纳森·塔尔维那些故事书中的一本，翻开的地方正是《小红帽》。书里的插图是一只狼矗立在小红帽面前，爪子上沾着外婆的血，狼牙毕露，正要吃这个小外孙女。有人，应该是乔纳森，用黑色蜡笔在狼的图像上乱画了几笔，好像是被它的吓人的样子给搅得心神不宁。戴维合上书，把它放回书架。做这些事的时候，他注意到屋里的寂静。没有低语，所有的书都很安静。

假设一只鹊能把书从书架上弄下来，戴维想，可是它不能从锁着的窗户进入房间。有别的人来过这儿，他肯定。在古老的故事里，人们总是自己变形，或是被变形成动物和鸟。会不会是扭曲人把自己变成了鹊儿好逃过检查？

不过他没有走远，没有。他先只飞到沉园那么远的地方，然后才消失。

那晚戴维躺在床上半睡半醒的时候，妈妈的声音从夜色中的沉园传来，呼唤着他的名字，叫他不要忘了她。

于是戴维明白，那个时刻很快就要到来，那时他会进入那个地方，最终面对里面的一切。

六　战争，两个世界之间的路

第二天，戴维和罗斯爆发了一场最激烈的争吵。

这场争吵酝酿已久，早就山雨欲来风满楼了。罗斯还在给乔治喂奶，就是说她不得不夜里起床照顾他。可即使是吃饱之后，乔治还是会辗转翻身哭闹，这时爸爸就算在身边，也实在帮不上忙，有时会因此跟罗斯吵几句。他们往往从很小的事情开始——爸爸忘了把菜放好，或者他鞋底的灰带到厨房来了——很快发展为咆哮比赛，最后以罗斯掉泪、乔治大哭着和他妈妈一唱一和收场。

戴维觉得爸爸看起来老多了，也比以前显得疲惫，他为爸爸担心，很想爸爸在身边。那天早上，就是吵得最凶的那个早上，戴维站在浴室门口，看着爸爸刮胡子。

"你工作真的很卖力。"他说。

"我想是的。"

"你总是很累。"

"我因为你跟罗斯不和才累。"

"对不起。"戴维说。

"唔……"爸爸说。

他刮完胡子，用池子里的水洗掉肥皂泡，然后拿一块粉色的毛巾把脸擦干。

"我不再像以前那样老见到你了，"戴维说，"就这样。我想念你在身边的时候。"

爸爸对他微笑，轻轻揪了下他的耳朵。"我知道，"他说，"但我们都得作出牺牲，外面还有更多的人，男人和女人，他们在作着更大的牺牲。他们每天拿生命去冒险，而我有责任尽我所能去帮助他们。我们要查出德国人有什么计划，以及他们是怎样怀疑我们的人的，这很重要。这是我的工作。别忘了，我们在这儿，很幸运，而伦敦那边就艰难得多了。"

之前的一天，德军猛烈攻击了伦敦市区。听爸爸说，同一时刻，谢佩岛上空有上千架飞机在混战。戴维想知道现在的伦敦是什么样子，是不是满街都是烧毁的房屋和碎石？鸽子还在特拉法加广场上吗？他猜它们还在那儿，鸽子还没有聪明到能转移到别的地方。也许爸爸说得对，他们幸运地远离了那里，但戴维还是有点儿觉得，要是现在住在伦敦会非常刺激——有时会很恐怖，不过很刺激。

"到时候，战争会结束，然后我们都可以回去过正常的生活。"爸爸说。

"什么时候？"戴维问。

爸爸显得有些为难。"不知道。不会太久。"

"几个月？"

"不止，我想。"

"我们会赢吗，爸爸？"

"我们在坚持，戴维。此时此刻，我们只有这样做最好。"

戴维让爸爸自个儿穿戴去了。爸爸出门之前，他们一起吃了早餐，但罗斯和爸爸没怎么说话。戴维知道他们又开始吵架了，于是等爸爸上班走了以后，他决定比平常更加不按罗斯的规矩办事。他到自己的房间里待着，和玩具士兵玩了一会儿，之后躺在房子后面的阴凉地儿看书。

罗斯在那儿找到了他。虽然书打开放在胸前，可戴维的注意力早就集中在别的地方了。他盯着草坪的那一边，沉园所在的位置，目光定格在砖墙的洞上，似乎要看出那里边的动静。

"你在这儿啊。"罗斯说。

戴维抬眼看着她。太阳照着他的眼睛,所以他只好也斜着眼。"你要干吗?"他问。

他本来不是要这样说的。听起来好像粗鲁无礼,但他不是那样的,或者并没有比以前的态度差到哪儿去。他想他应该问,"有什么要我帮忙?"或者甚至要先说一句"是的"或"当然",或者就说"哈罗",而不是他刚才说的,但是他想到这些的时候已经太晚了。

罗斯眼睛下面开始泛红。她的皮肤原是苍白的,这样一来显得额头和脸上比以往有了更多的皱纹。而且她长胖了许多,戴维觉得这跟生孩子有关。他问过爸爸这事,爸爸告诉他,千万,永远不要对罗斯提这茬,不论什么情况都不行。他很严肃的样子,实际上,他用了"比我们的生命更值得"这个说法,来强调戴维把他的看法装在肚子里的重要性。

此刻,罗斯显得更胖、更苍白也更疲惫,她站在戴维身旁,就算眼睛对着太阳,他也能看到她升腾的怒气。

"你竟敢这样对我说话!"她说,"你成天闲坐,埋头看书,对这个家里的生活没有任何贡献。脑袋里还尽装着无礼的字眼。你以为你是谁!"

戴维想要道歉,但是他没有。她这么说不公平。他曾经主动帮忙做事,可罗斯几乎总是拒绝,主要原因是,好像他找罗斯的时候不是乔治正在闹腾,就是她手里正在忙别的事。布里格斯先生负责照看花园,戴维一直帮他扫地、耙草,但那些都在户外,罗斯没法看见他做的事情。家里的清洁和大部分厨房的事由布里格斯太太包了,可是只要戴维想帮一把手,布里格斯太太就把他轰开,还说,有他在,就又多了一样绊手绊脚的东西。很简单,对他来说,最好的选择就是尽可能地离所有人远一点。况且,这也是他暑期的最后几天了。村里的小学因为缺乏师资已经将开学时间推迟了好几天，可爸爸似乎肯定，最迟下个星期开头，戴维就能坐在新课桌后面了。到那时候，一直到放期中假[1]，他都得白天待在学校，晚上回家做作业。他的学习时间将和爸爸的上班时间一样长了。他怎么就不能在可以放松的时候放松一下呢？现在他的怒气一点不比罗斯的少。他站起来，发现自己跟罗斯一样高。在他弄清楚自己在扯些什么之前，一些话冲口而出——夹杂着半真半假的抱怨、辱骂和自打乔治出生以来他心里憋着的所有怒火。

"不，你以为你是谁？"他说，"你不是我妈妈，你不能那样对我说话。我本来不想来这儿住，我想跟我爸爸住在一起。我们自己待得好好的，可是你来了，现在又有了乔治，你觉得我碍了你的事！哼，是你碍了我的事，碍了爸爸的事。他还爱着我妈妈，就像我一样。他还想着她，他根本就不会像爱我妈妈那样爱你，永远别想。你做什么说什么都没关系。他还爱她。他，还，爱，她！"

罗斯打了他。一巴掌扇在他脸上。打得不重，而且，一意识到自己在做什么，她立即收了手，可是那一巴掌足够让戴维站立不稳。他脸颊刺痛，眼里涨满泪水。他站在那儿，惊愕地张着嘴巴，拂袖而去，跑向他的房间。他没有回头，即使她在身后叫他、说"对不起"，他也没回头。他锁上背后的门，她来敲门的时候也不开。过了一会儿，她走了，再也没有回来。

戴维待在房间里，直到爸爸回来。他听见罗斯在大厅对爸爸说话，爸爸的声音逐渐高起来，罗斯想让他冷静一点儿。楼梯上响起脚步声，戴维知道要发生什么事。

"戴维，把这门打开。马上，打开！"

1　half-term，英国学期中的中间假，一般为两到三天。

戴维一听就照做了，他转开刚才紧上的锁，然后在爸爸进门的时候迅速闪到一边。爸爸的脸气得发紫，他手一抬，像是要打戴维，接着似乎又想清楚了点儿。他喉咙咽了一下，深深吸一口气，接着摇摇头。再说话的时候，他的声音出奇地冷静，这比刚才显而易见的发怒更让戴维担心。

"你没有权力那样对罗斯讲话。"爸爸说，"你要尊重她，就像你尊重我一样。我们所有人的境况都很艰难，但那不能成为你今天行为的借口。我还没有想好该怎么处置你，或者该怎么惩罚你。如果不是太迟，我会把你扔到寄宿学校去，那时你就明白在这儿有多么幸运了。"

戴维想说话："可是罗斯打——"

爸爸抬起手。"我不想听。要是再开口，你会遭殃的。现在你就待在房里。明天也不许出去。不许看书，不许玩玩具。门必须开着，如果让我逮着你看书或者在玩的话，我发誓，我会用皮带抽你。坐到床上去，想想你说的话，想想当你可以恢复一个文明人身份的时候，打算怎么向罗斯表示歉意。我对你失望了，戴维。我把你养大，是盼着你表现得更好一点。我和你妈妈，我们都一样。"

说完，他离开了。戴维沉沉地仰头躺在床上。他不想哭，可是没忍住。这不公平。他那样对罗斯说话是不对，可是她打他也有错。泪水流淌的时候，他又开始感觉到书架上有书的低沉的声音。他早已习惯了，所以几乎可以做到不再注意它们，就像不去注意树林里的风声和鸟叫一样，可是现在，那声音越来越大。一股焦糊味飘来，就像火柴擦着或电车的电线冒火花的时候气味一样。他咬紧牙关，第一阵痉挛发作了，可是没有人看见。一道大裂缝出现在房间里，从眼前的世界分裂开来，戴维看到世界之外一个不同的空间。是一座城堡，城垛上飘着旗帜，士兵列队前进，穿过城门。接着那座城堡消失，取而代之的是另一座，它被倒下的树木包围着，比第一座城堡更暗，形状更模糊。俯视全城的是一座孤单的高塔，像根手指般指向天空。顶楼的窗口亮着灯，戴维感觉有什么东西在里面，闪念之间觉得它既陌生又熟悉。它用妈妈的声音呼唤他。它说：

戴维，我没有死。来啊，来救我。

●

戴维不知道自己昏迷了多久，或者是不是从什么时候接着睡着了，他睁开眼睛的时候，屋里已经黑了。嘴里一股金属的味道，他意识到是咬过舌头。他想去找爸爸，告诉他晕厥发作的事，可又觉得从他那儿肯定得不到多少同情。况且，房子里一点声音都没有，他猜大家都已经睡觉了。月亮仍在那里，将月光洒在一排一排的书上，可是这会儿它们安静下来了，只有从比较蠢笨沉闷的书那边偶尔传来的鼾声。有一本讲煤炭委员会历史的书，无人青睐，总被束之高阁，它尤其的没意思，还有个臭习惯，爱大声打呼噜，然后拼命咳嗽，声音跟打雷似的，同时还会腾云般从书页里冒出一阵黑灰。戴维这会儿听到它又咳嗽了，但他察觉到有一些老书确实没有睡着，是那些有着古怪、隐秘的童话故事的、他极喜爱的书。他感觉它们正等待某件事发生，尽管他说不清将要发生的是什么。

戴维确信他又做梦了，不过他记不太清梦见了些什么。有一件事可以肯定：那梦并不是令人愉快的，只留下恍惚不安的感觉和右手手掌的麻痛，就像被有毒的常青藤刺了似的，脸颊上也有相同的感觉。他无法摆脱一个念头：在他昏迷的时候，有什么讨厌的东西接触过他。

他还穿着白天的衣服，于是他爬下床，摸黑脱下衣服，换上干净的睡衣裤。回到床上，他抱着枕头，扭来扭去想找个舒服的姿势快点睡着，可是没有睡意。躺在那儿闭着眼，他注意到窗子还开着。他不喜欢开着窗，即使窗关着都很难把虫子挡在外面，而他最不希望发生的事情就是，他睡着的时候，那鹊儿飞回来。

戴维从床上起来，小心翼翼靠近窗口。有东西缠在他光着的脚上，他一惊，抬起脚来。是一根常青藤的蔓，它的新芽沿着内墙生长，绿色的指爪爬上衣橱，爬过地毯，攀上屉柜。他跟布里格斯先生说过，那园丁答应要搬个梯子，从墙外把常青藤清除出去，可到现在也没弄。戴维不愿意碰到常青藤。那侵占房间的架势，使它看起来几乎像个活物。

戴维找到拖鞋，穿在脚上，然后跨过常青藤，走到玻璃窗边。这时，他听见一个女人的声音在叫他的名字。

"戴维。"

"妈妈？"他半信半疑。

"是的，戴维，是我。听我说，别害怕。"

但是戴维很怕。

"求求你，"那个声音说，"我需要你的帮助。我被困在这儿了。我被困在这个奇怪的地方，不知道怎么办。请过来，戴维，如果你爱我，就过来。"

"妈妈，"他说，"我害怕。"

那个声音又说话了，但这次微弱了一些。

"戴维，"它说，"它们要把我带走。别让它们把我从你身边带走。求求你！跟着我，带我回家。跟我穿过花园。"

听完这些，戴维不再害怕了。他抓起睡袍就跑，尽量快，尽量不弄出动静。下了楼，到了外面草地上。在黑暗中他停住了脚步。夜空中有些骚动，一阵低沉的、不规则的"噗噗"声从高空中传来。他抬头望去，只见黑暗中有什么在闪烁，像坠落的流星。是一架飞机。他一直盯着那光，直到来到通往沉园的台阶旁，并且尽快地走过阶梯。他不想有片刻的停顿，因为一旦停顿下来，他就会考虑此刻正在做的事情，而如果他考虑，就会因为害怕而停滞不前。向墙洞跑去的时候，他感觉到脚下的草被踩倒了，而空中那光越来越亮。这会儿飞机开始发出红色的光，喷气引擎的噪声划过夜空，戴维停下来，看着它下坠。它迅速地往下坠，燃烧着的碎片随之散落。它那么大，不应该是战斗机，而是一架轰炸机。戴维想，它坠落到地面时，他能认出机翼的形状，还能听到残存的引擎发出的绝望的残响。它变得越来越大，直到最后仿佛塞满了整个天空，使他们的房子显得矮小无比，橘红色的火焰点亮了夜晚的天空。它直直冲向沉园，火光舔舐着机身上的纳粹标志，仿佛是天堂上的什么东西在坚决阻止戴维在两个域界之间动摇。

　　已经有人为他作了选择。他不能再犹豫了。他逼着自己穿过墙上的裂缝，进入黑暗之中，仿佛身后的世界已成地狱。

七　守林人，斧头的作用

砖头和灰泥不见了，现在戴维手指摸到的是粗糙的树皮。他在一棵树的树干里面，前面是一个拱形的洞，洞外铺满了影影绰绰的树木。树叶落下，打着旋儿慢慢落到林地上。多刺的灌木和有棘的荨麻低低地覆盖着地面，可是戴维没有看见花。那是一幅绿色和褐色构成的风景，看起来一切都被一种奇怪的半亮不亮的光照着，就好像黎明即将到来，或者暮色正要降临。

戴维待在黑乎乎的树干里边，一动不动。妈妈的声音消失了，现在只剩下树叶之间摩挲的沙沙响和远处水流过石头的潺潺声。没有德国飞机的影子，甚至没有任何痕迹显示它曾经存在过。他想往回走，跑回房子里叫醒爸爸，告诉他自己看到了什么。可是，发生了白天那事之后，他还能说什么，爸爸怎么还会相信他呢？他需要找点证据，能够代表这个陌生世界的证据。

于是戴维从树干上的一个洞口走了出去。天上没有星光，星群被厚厚的云遮挡了。空气开始闻起来新鲜而干净，但当他深深吸气的时候，他捕捉到一点别的什么感觉，是某种让人不太舒服的东西。戴维几乎能在舌头上呷摸到它：感觉像金属，有铜味和腐烂的味道。他想起那天和爸爸一起在路边发现的那只死猫，它皮开肉绽，闻起来很像这个陌生世界里夜晚空气的味道。戴维开始打战，并不全因为冷。

突然，他察觉身后响起一阵巨大的轰鸣声，一股热气随之袭来。他扑倒在地，滚到一边，这时树干开始膨胀变粗，树干上的洞越来越阔大，直到变得像一个入口，通向一个宽阔的、由树皮连接而成的洞穴。火舌在洞的深处蹿动，接着，像嘴巴一张吐出一块无味的食物似的，那洞穴喷出了德国轰炸机还在燃烧着的部分机身，一名飞行员的身体还困在下面的吊舱残骸中，机枪正对着戴维。飞机残骸在树丛中冲出一条烧得发黑的路，然后停在一片林中空地上，继续喷出浓烟，火还烧得正旺。

戴维站起来，掸掉衣服上的树叶和灰尘。他尽可能地靠近正在燃烧的飞机。这是一架德国 Ju88 多用途轰炸机，他能根据吊舱识别。他看见了炮手的尸体，此刻在火焰中几乎拧成了一团。戴维想知道有没有哪个飞行员还活着。那个被困住的尸体卡在吊舱内破损的玻璃上，烧焦的头颅上，惨白的牙齿从嘴里龇出来。戴维以前从未这么逼近地目睹过死亡，更别提像现在这样暴力刺激、散发出气味而且尸体发黑。他不禁想到那个德国人的最后瞬间——困在火烧火燎的热焰中，皮肤在灼烧。他感到一阵同情，为那个死去的人，他的名字他无从知道。

什么东西飕飕作响经过他的耳朵，仿佛一只夜虫兴奋地爬过。紧接着是噼啪爆裂的声响。又一只夜虫嗡嗡而过，不过戴维早已平趴在地上，匍匐着，准备躲避"点303"子弹的扫射。他发现地面上有个坑，立即一跃而入，用手盖住头，尽量把自己放平，直到这一阵枪弹扫射停止。一直到确定枪弹全部射光之后，他才敢把头又抬起来。他小心翼翼地站起身，审视着周围。火焰和火花朝天空迸射。他第一次意识到这座森林里的树有多大，比他家房后的林子里最老的橡树还要高，还要粗。这些树的树干是灰色的，完全没有枝丫，在至少比他人头高出一百多英尺的地方，它们一下子膨胀成巨大的、几乎赤裸的冠状物。

从变成碎片的飞机主体上掉下一个盒子样的黑色物体，此刻正躺在离戴维不远的地方，还微微冒着烟。它看起来像一架老式相机，但一边装着轮子。他能认出一只轮子上印着的德文"瞄准点"，盒子下方有个标签，写着"上附有色镜片"。

这是一个轰炸瞄准器，戴维曾经看过图片，德国飞机就是用它来选中地面目标的。也许那就是现在躺在残骸里燃烧着的那个人之前的任务：当他俯卧在吊舱里的时候，城市就在他的身下。戴维对他的一点怜悯之心渐渐消退。这轰炸瞄准器使他们干过的那些事更真实，也更可恶了。他想起挤在安德森防空洞里的那些家庭，孩子们哭喊不停，大人则希望空中打击最好离他们远远的；还有躲在地下车站里的人群，听着爆炸声，当炸弹震得地面摇晃的时候，他们的头上落满灰尘。

而他们还算幸运的。

他使劲一脚踢在轰炸瞄准器上，右脚踢射，又准又狠。听见盒子里玻璃破碎的声音，他知道是里面装置精密的透镜碎了，感到一阵满足。

现在兴奋劲儿过去了，戴维把手插在睡袍衣兜里，打算把四周的环境看得清楚点儿。离他所站的地方大概四五步远的距离，有四朵绚丽的紫花峭立在草丛中。到现在为止，这是戴维第一次看到真实的颜色，它们的叶子是黄色和橙色的，花心朝向戴维，酷似睡梦中的婴儿脸庞。尽管是在森林的昏暗之中，戴维却能分辨出它们阖起的眼睑、微张的嘴唇和一模一样的一对小洞——鼻孔。它们跟他以前见过的花都不一样。要是能够带一朵回去给爸爸看，就一定能说服他，这个地方的确存在。

戴维向那些花靠近，枯死的落叶在他脚下发出"嘎扎嘎扎"的碎裂声。他正要弯下腰去，这时，一朵花的眼睑打开，露出了小小的黄色眼睛。接着它的嘴唇张开，发出尖锐的声音。立刻，其他几朵花都醒了，然后，整齐得像同一个人似的，它们合上周身的叶子，露出坚硬、长了倒刺的背面，上面还有某种黏黏的残留物闪着微弱的光。似乎有什么在提醒戴维，碰到那些倒刺可不是件好事。

他想起荨麻和有毒的常青藤，它们已经够毒的了，谁知道这里的植物会用什么样的毒来保护自己？

戴维皱起鼻子。风正把燃烧的飞机的气味从他身边吹走，现在让人恶心的是另外一种味儿。先前就闻到的那股金属的味道到这儿更明显了。他往森林深处走几步，只见落叶底下有个凸起的不规则形状，点点蓝色和红色说明有东西给勉强遮盖在下面。粗略看去，是个人形。戴维凑近一点，能看见衣服，还有下面的毛皮。他皱皱眉。是个动物，一个穿衣服的动物。还长了爪子，还有像狗那样的腿。戴维想瞧一眼它的脸，但它没有脸。它的脑袋被整整齐齐从身体上割了下来，应该是不久以前的事，因为从动脉喷出的一条长长的血线还在林地上。

戴维捂起嘴巴，免得吐出来。几分钟之内两次看到尸体，他的胃开始翻江倒海。他跨步离开尸体，回到他来时的那棵树旁。正在此时，树干上的那个大洞在他眼前消失了，那树缩回到之前的大小，树皮在他的注视下长起来，盖过豁口缝，彻底盖住了返回他原来世界的路。它成了这森林大树中的一棵——这里满是大树，树和树之间几乎没有差别。戴维用手指摸、按、敲，希望找到一个办法，让通向他以前生活的大门再次打开，可是一切都没有改变。他快要哭了，可他知道，只要一哭，所有的一切都会消失不见，他将变成一个离家出走、充满恐惧却无能为力的小男孩。于是他没哭，朝周围看看，发现一个大而平的石块，有一端从土里迸出。他把它挖出来，用最尖利的一边去凿那棵树的树干——一下，两下，一下又一下，直到树皮断开，掉到地上。戴维想他是感觉到树在战栗了，就像一个人突然受到强烈震撼时那样。树皮里边白色的树浆变成红色，那看起来像极了血的东西开始从伤口渗出，顺着树皮上的纹路和裂缝往下淌，流到地面上。

一个声音在说："别那样。树不喜欢。"

戴维转过身。一个人站在离他很近的树影下。他高大魁梧，肩膀宽宽的，头发又短又黑，脚上的棕色皮靴几乎长及膝盖，身穿一件用各种兽皮做的短外套。他的眼睛非常绿，这使他看起来简直就是这森林的一部分变成了人形。一把斧头架在他右边肩膀上。

戴维丢掉石头。"对不起，"他说，"我不知道。"

那人沉默地向他致意。"是的，"他终于开口了，"我想你是不知道。"

他朝戴维走过来，男孩本能地往后退几步，直到他发现手蹭到树上。在他的碰触之下，它再一次表现出些微的战栗，不过不像之前那么明显，似乎它已经渐渐从伤痛中恢复过来了，而且现在确信，由于这个正在走近的陌生人的出现，它不会再受那样的伤害了。戴维却对那人的靠近满怀疑虑——他带着斧头，是那种看起来好像能把头颅从身体上割下来的斧头。

这会儿那人已经从阴影中走了出来，戴维能更清楚地观察他的脸。他想，这人看似冷酷无情，但也有些宽厚的样子。男孩觉得这是个可以信任的人。他开始放松了一点，不过眼睛还盯着大斧头，留了几分小心。

"你是谁？"戴维说。

"我应该问你同样的问题。"那人说，"这片森林是我照看的，我从来没有在这儿见过你。另外，回答你的问题：我是守林人。我没有其他的名字，或者说，没有值得你知道的名字。"

守林人走近燃烧的飞机。火快要熄了，只剩飞机的框架暴露在林地上，看起来像是某种大火之后被遗弃的巨兽骨架，烤熟的肉从骨头上剥得精光。那炮手的尸体已经看不太清了，已经成了纠成一团的金属和机器零件中间黑漆漆的一块。守林人纳闷地摇摇头，然后从残骸那边走开，回到戴维身旁。他越过戴维，把手放在受伤的树的树干上。他仔细地看了看刚才戴维制造的伤口，然后轻轻抚拍它，仿佛是轻拍着一匹马或一只狗。他跪下来，拾起就近的石头，擦掉苔藓，把它们塞进树洞里压紧。

"还行，老伙计。"他对着树说，"伤口会很快复原的。"

戴维头顶上高高的树枝摇动了一阵，而其他的树都静静的。守林人将注意力转回到戴维身上来。

"现在，"他说，"该你了。你叫什么名字？在这儿做什么？这儿可不是小男孩单独闲逛的地方。你是坐这个……东西……来的吗？"

他用手指指飞机。

"不，它跟着我来的。我叫戴维。我是穿过那棵树的树干来的。那儿有一个洞，可它不见了。这就是我为什么凿树皮的道理。我想割开一条路进去好回家，或者至少做个记号，那样我也好再找到它。"

"你穿过这树来的？"他问。"从哪儿来？"

"一座花园，"戴维说，"角落里有一道小裂缝，我就在那儿找了一条路，从那儿来到这儿。我以为听到了我妈妈的声音，于是就跟着来了。现在那条回去的路消失了。"

守林人又指着飞机残骸问："那你怎么带着那个来的？"

"当时那儿在打仗。它从空中掉下来的。"

守林人兴许被这消息惊了一下，但没有表现出来。

"里面有一具尸体，"守林人说，"你认识他吗？"

"他是炮手，飞行员之一。我以前从来没有见过他，他是个德国人。"

"他现在死了。"

守林人又用手指去触摸那棵树，轻轻摸索着它的表面，似乎想从手指皮肤下面找到那道真能变成入口的树缝。"照你说的，这儿再也没有门了。不过你想在树上做记号是对的，虽然办法有些笨拙。"

他伸手从外套褶层里拿出一个小小的粗线团，解开，直到线的长度令人满意为止，然后缠在树干上，又从一只小皮袋里倒出一种灰色的黏东西，涂抹在刚才缠的线上。那东西闻起来一点也不好受。

"这玩意儿能防止鸟兽咬线绳。"守林人解释道。他拾起斧头，"你最好是跟我走。"他说，"明天我们再决定拿你怎么办，不过现在我们得保证你的安全。"

戴维没挪步。他还能闻到空气中的血腥和腐烂的味道，而现在他能就近观察斧头，他觉得他能认出上面的红色痕迹。那人的衣服上也有红色的印子。

"我想问一下，"他尽量表现出无知的样子，"如果你就照管这森林，那你干吗要一把斧头？"

守林人看着戴维，脸上的表情简直可以说是有趣，仿佛他看透了男孩想要掩藏真实意图，但还是很欣赏他的狡猾。

"斧头不是为树林准备的，"守林人说，"是用来对付住在森林里的物事儿的。"

他抬起头，用力吸一口气。他用斧头指着无头尸体的方向。

"你闻到了。"他说。

戴维点点头。

"我还看到了。是你干的吗？"

"是我。"

"它看起来像是人，但它不是。"

"不，"守林人说，"不是人。我们可以稍后再谈这事。对我，你没有什么可害怕的，但是这里有些其他的东西是我们两个都有理由害怕的。现在走吧。它们的时间快到了，热气和灼烧的肉味会引它们来这儿。"

意识到别无选择，戴维跟着守林人离开了。他很冷，而且拖鞋湿了，于是守林人把自己的外套给他穿上，然后把他扛到自己肩上。戴维很久没有体会被人扛在肩膀上的滋味儿了。他现在太重了，爸爸扛不动了，可那守林人丝毫不觉得是负担。他们穿过森林，树木在他们前面似乎无限地伸展。戴维想留意路上的新景观，可守林人跑得飞快，戴维只有抓牢的份了。在他们头顶上空，云朵暂时分开，月亮露出来，那么红，像极了夜的皮肤上一个大大的窟窿。守林人加快脚步，大步大步地越过林地。

"我们必须赶快，"他说，"它们就要来了。"

正说着，一声嗥叫从北方传来，守林人开始奔跑。

八　狼，以及比狼更糟的

森林在朦胧的灰色、褐色和冬季残存的绿色中一晃而过。多刺的树木划过守林人的外套和戴维的睡衣裤，戴维不止一次地迅速低下头，以免脸被高丛灌木扫到。嗥叫声已经停止，但守林人一刻也没有放慢脚步。他不说话，于是戴维也保持沉默。不过戴维吓坏了，他试了一下扭头往后看，结果差一点失去平衡摔下来，他再也不试了。

当守林人停下来，像是在聆听的时候，他们还在森林的深处。戴维差一点要问他发生了什么事情，但想想觉得最好还是别吭声吧，听听看是什么让守林人停下了脚步。脖子上传来一种刺痛的感觉，头发竖了起来，于是他确信他们是被监视了。接着，模模糊糊地，他听见右边有树叶掠过，左边有细枝折断。他们身后有动静，仿佛是地下的对手正在轻手轻脚接近并包围他们。

"抓紧，"守林人说，"就在那儿。"

他朝右边疾跑，离开平缓的林地，奔进一丛蕨类灌木中，顿时，戴维听到身后的林子爆发出一阵喧嚷，激烈的追击再度开始。他的手被划了一道口子，血流出来滴到地上，睡裤也从膝盖到脚踝破了一个大洞。一只拖鞋丢了，夜晚的凉气袭着他的光脚趾；又冷，还要抓紧守林人，他的手指发疼，可是他并没有把手松开。他们跑过另一片灌木丛地，现在正在一条崎岖不平的小路上，小路沿坡蜿蜒而下，通向一处看似花园的地方。戴维向后瞟了一眼，感觉像有两个灰白色的眼球在月光中隐约发光，还有一块厚厚的毛皮。

"别回头看，"守林人说，"怎么都行，就是别回头。"

戴维又掉头朝前。他害怕了，而且现在觉得非常不安，不该追着妈妈的声音来到这个地方。他只是一个小男孩，身上只有睡衣裤和一只拖鞋，蓝色旧睡袍外面套的还是陌生人的外套，他哪儿也不该去，他就该待在自己的卧室里。

树渐渐变细，戴维和守林人现在来到一片精心照看下的林地，这里种植着一排一排的蔬菜。蔬菜前面立着一幢村舍，四周围着低木栅栏，是戴维见过的最奇怪的村舍。房子是用森林里砍来的木头建造的，中间一扇门，一边一扇窗，屋顶斜下去的一端是一柱石头烟囱，不过像这样的普通村舍都有这么一柱烟囱立在房顶倾斜的一端。夜晚的天空下，它的剪影像只刺猬，因为房子周身嵌着木质和金属的尖刺，削尖的木棒和铁杆钉在木头之间，或者穿透木头。他们走近一点，戴维又看见墙上的玻璃片和尖石头，甚至屋顶上也有，所以这房子在月光中闪着亮光，仿佛镶嵌了钻石。窗户紧紧闩住，大铁钉穿门而出，这样的话，如果谁重重地撞在门上，就意味着眨眼被刺穿的危险。这不是村舍——这是一座堡垒。

他们穿过栅栏，眼看靠近房子就安全了，这时，一个身影从房子的墙后面出现，向他们走来。它的外形很像一头高大的狼，只是，它上半身穿着花哨的白色和金色相间的衬衣，下半身是一条鲜红色的马裤。接着，就在戴维盯着它的当儿，它直起后腿，像人那样站立起来。显然，它不只是个动物，它的耳朵尖虽然被几簇毛发遮挡着，但形状基本上跟人的一样，而且口鼻也比狼的要短。它缩起嘴唇，露出尖牙，冲他们发出威胁的嗥叫，不过，还是从它的目光里，最能感受到狼与人之间的争斗。那双眼睛不是属于动物的，它们狡黠，却有自我意识，且充满着饥饿和欲望。

这时，另一群跟它类似的东西从森林里出现了。有的穿着衣服，大半都是烂外套、破裤子，它们直起身来用后腿站立；而更多的那群还是普通的狼的样子，它们身形稍小一点，四腿着地，在戴维看来，它们既野蛮，又没有思考能力。最让戴维感到害怕的，是那群模仿人的做派的东西。

守林人将戴维放下。

"待在我身边。"他说，"只要有事情发生，就跑到那房子里去。"

他轻轻拍了下戴维的后腰，戴维感觉到有个东西落在外套口袋里。他尽可能小心翼翼地用手去摸外套，假装手冷，伸到衣兜里取暖。他的手伸进兜里，摸到一个大大的铁钥匙的形状。戴维攥紧拳头握住钥匙，仿佛他的性命全在这钥匙上——实际上他也已经认识到，情况的确如此。

站在房子边的那个狼人很留意戴维，它盯着他的样子很吓人，戴维给逼得只能看着地面，看守林人的后颈，或者看其他任何地方，就是不敢和那双既熟悉又生疏的眼睛对视。狼人一只长爪摸着房子墙外的一根尖刺，像是在检验那玩意儿有多厉害，然后，它说话了。它的声音低沉，混杂着唾沫和怒吼，但是戴维能清清楚楚地理解它说的每一个字。

"我知道你很忙，守林人，"它说，"你在加固你的地盘。"

"这森林在发生变化，"守林人回答道，"有了些外来的东西，很可疑。"

他换只手握斧子，那样握得更紧。如果说狼人注意到这个动作暗含的威胁，那么它也并没有表现出来。相反，它仅仅是咆哮着表示同意守林人的说法，就好像它跟守林人是傍晚散步时意外相遇的两个邻居。

"整个土地都在变化，"狼人说，"老国王无法控制他的王国了。"

"我没那么聪明，无法判断这种事情。"守林人说，"我从来没有见过国王，他也没有跟我商量过管理国土的事情。"

"也许他应该这样做。"狼人说。它看起来几乎是在微笑，只是那笑容里丝毫没有友善。"毕竟，你照看这些树木，仿佛这里就是你自己的王国。你不该忘记，还有其他的人想要争得统治它们的权力。"

"我照看这个地方所有的活物，并给予它们应有的尊重。不过，人统治它们，是物界的规则。"

"那么，也许到建立新规则的时候了。"狼人说。

"那是什么样的规则？"守林人问。戴维能够听出他嘲讽的语气。"狼的规则，食肉动物的规则？你直立行走的事实并不能让你成为一个人，你耳朵上戴金，也不能使你成为一个国王。"

"还有很多王国存在着，还有很多的国王。"狼人说。

"你不会统治这里的，"守林人说，"如果你要尝试，我会杀了你，还有你所有的兄弟姐妹。"

狼人张开下巴，开始咆哮。戴维吓得发抖，可守林人丝毫不为所动。

"好像你已经开始了。林子里那个，是你的劳动成果吧？"狼人满不在乎地问道。

"这些树木是我的。我的劳动成果遍布树林。"

"我说的是那具尸体，可怜的费迪南德，我的侦察兵。他看起来是丢了脑袋。"

"那是它的名字？我还没有机会问它呢。它太急于撕开我的喉咙，所以我们没能聊一会儿。"

狼人舔舔它的嘴唇。

"它饿了。"它说，"我们都饿了。"

它的目光从守林人身上挪到戴维身上。它和守林人说话的当儿就不停地看着这男孩，不过这次目光停留的时间更长。

"食欲不会再困扰它了，"守林人说，"我已经帮它解除了负担。"

然而费迪南德早已被丢在一边，狼人的注意力现在全部集中在戴维的身上。

"你来的路上有什么发现？"狼人说，"看来你已经发现了一个奇怪的同类，森林里一块新鲜的肉。"

一线细长的口水在它说话的时候从它的嘴角垂下来。守林人一只手放在戴维肩上护着他，把他揽得更近一点儿，同时右手紧紧握住斧头。

"他是我弟弟的儿子，来这儿和我同住的。"

狼人前爪落地，后颈上的毛高高竖起。它用力吸一口气。

"你瞎说！"它怒吼着，"你没有兄弟，没有家人。你一个人住在这个地方，一直都是！这个孩子不是我们这块地方的。他带来了新的气味。他是……不一样的。"

"他是我的，我是他的保护人。"守林人说。

"森林里起火了。有个奇怪的东西在那儿燃烧。那东西是跟他一起来的吗？"

"这个我不知道。"

"你不知道的话，兴许这小子知道，他能跟我们解释这东西打哪儿来。"

狼人冲一个手下点点头，一个黑乎乎的东西凌空飞来，落在戴维脚边。

是那个德国炮手的头，整个变成了灰黑和焦红。他的飞行员头盔和头皮熔在了一起，戴维又一次瞥见他的牙齿——仍然紧锁在死去的歪曲的面孔里。

"我们稍稍尝了尝，"狼人说，"味道像灰，还像发酵的东西。"

"人不吃人，"守林人觉得恶心，"你们的行为已经显示了你们的本性。"

狼人并不理睬。

"你没法保证这孩子的安全。别人会知道他。把他交给我们吧，我们会把他藏得严严实实。"

然而狼人的眼睛揭露了它的谎言，这野兽身上的一切都在表示着饥饿和需要。它的肋骨从灰色的毛皮下面凸出来，白色衬衣之下清晰可见，它的四肢也很瘦。它的同党们也快饿死了，此刻，它们无法抵抗食物的诱惑，正慢慢靠近戴维和守林人。

猛地，右边一阵响动，低等狼群中的一只，耐不住吃的欲望，一跃而起。守林人一转身，斧头扬起，一声尖利的吠叫，之后那狼的尸体应声落地，脑袋几乎与身子割开。狼群中发出一阵噪叫，它们扭动着，转着身，激动而又沮丧。狼人盯着跌落在地的尸体，然后转身冲着守林人，它嘴里的每一颗利齿都历历可见，背上颈毛根根竖起。戴维以为它会扑向他们俩，然后其他的狼会跟上来，把他们撕成一块一块，然而这东西模仿人类的一面征服了动物性的一面，它控制住了怒气，再次直立起来，摇了摇头。

"我警告它们保持距离，可是它们太饿了。"它说，"有新的敌人了，还有新的食肉动物来跟我们抢吃的。而且，它们跟咱们可不一样，守林人。我们不是动物。而那些东西不会控制它们的强烈欲望。"

守林人和戴维朝着房子后退，尽量想接近一点，房子能够保证他们的安全。

"不要欺骗你自己了，畜生。"守林人说，"没有'咱们'这一说。我宁愿跟树上的叶子、地下的尘土同道，也不跟你和你的同类有任何瓜葛。"

一些狼已经上前，开始分食它们跌倒在地的同伴，但穿衣服的那一群没有加入。它们饥渴地看着尸首，可是，跟它们的头领一样，它们尽量保持着虚假的自我控制。不过，它们的自我控制管不了多久，戴维能看见它们的鼻孔在血腥味里不停地翕动，他敢肯定，假如没有守林人在这儿保护他，狼人早就把他撕成碎片了。低等狼群是食肉动物，愿意以自己的同胞为食，而模样像人的那一群，它们的胃口比其他的狼要糟得多。

狼人考虑着守林人的回答。在守林人身体的掩护下，戴维已经从衣兜里掏出了钥匙，正静悄悄地准备把它插进锁眼。

"假如我们之间没有契约，"它仔细考虑着说，"我就问心无愧了。"

它转头看着它那群乌合之众，开始嗥叫。

它咆哮道："是进食的时候了。"

正当狼人前爪落地，弓腰蜷身，准备跃起的时候，戴维将钥匙插进了锁眼，开始转动。

一声警告的吠叫从森林边缘的一头狼那里传来。那畜生掉头朝向那还未露面的威胁，它引起了其他同伙的注意，连它们的头领也在这关键的几秒钟里分散了注意力。戴维冒险瞥了一眼，看见一个什么东西紧贴着树干移动，像蛇一样盘绕着那棵树。那狼后退着离开，轻声哀嚎着。它转移的这当儿，一根长长的常青藤从下面的树枝上伸展开，一下子绕在狼的脖子上。它紧紧抓住狼皮，猛地把它拉到高高的空中，那畜生徒然地蹬着腿，喘不过气来。

一时间，在一阵绿色枝条的扭动中，整个森林都像是活了起来，藤蔓缠绕着狼和狼人的腿脚、口鼻和喉咙，把它们抛向空中或绊倒在地，将它们越缠越紧，直到一切挣扎停止。狼群立即开始应战，它们猛咬猛嗥，可是在这样的敌人面前它们毫无抵抗力，而那些能够反抗的已经开始撤退。戴维感觉到钥匙的转动，这时狼群的首领正把头摇来摆去，在吃肉的渴望和逃生的欲望之间饱受折磨。大片的常青藤正按自己的方向伸展长度，爬过菜园的湿地。它必须快速作出抉择，是吃还是死。只见那狼人朝着戴维和守林人作最后狂暴的一吼，转身摆尾向南奔去。而此时守林人已经从门缝把戴维推到了安全的屋子里去，门在他们身后牢牢关闭，把森林边缘传来的嗥叫和死亡的声音锁在了外面。

九 路普以及它们的来历

当一道温暖的橘红色光线悄悄爬过小小村舍的时候，戴维来到一扇闩上的窗前。守林人已经把门闩好了，很安全。在把木头扔进石头壁炉准备生火以前，狼群已经逃走。如果说他在为外面发生的事情而心烦，那么他并没有表现出来。他显得格外平静，那平静传递了一点给戴维。他应该感到害怕，甚至可以说是精神上受了伤，毕竟他受到了会说话的狼的威胁，目睹了活生生的常青藤的进攻，还有德国飞行员烧焦的脑壳落在他脚边，被尖利的狼牙啃掉了一半。然而，他现在仅仅是糊涂了，另加一点点好奇。

戴维感到手指和脚趾刺痛。屋里越来越暖和，鼻子开始流鼻涕，他丢开守林人的外套，在睡袍袖子上擦鼻子，之后又觉得有点不好意思。那睡袍绝对的一副可怜相，可现在是他惟一的外衣了，在它目前破烂的状况下再添污秽，实在不怎么明智。除去睡袍，他还剩一只拖鞋，一条撕破了、沾了泥的睡衣短裤，还有一件睡衣衬衫，跟那几样相比，简直还跟新的一样。

他身边的窗户由窗闩后面的一层内窗隔着，留一横条窄窄的缝，能从里面往外看。透过这条缝，他看见狼的尸体正被拖进森林，有的后面还拖着血迹。

"它们越来越大胆，越来越狡猾了，要杀死它们越来越难。"守林人说。他来到窗边跟戴维站在一块儿。"一年前它们还不敢这样跟我冲突，也不敢惹我所保护的人，但现在它们比原来多了很多，并且每过一天，它们的数量都有所增加。很快它们就会照它们许诺的那样，占领这个王国。"

"常青藤袭击了它们。"戴维说。他还是不太相信眼睛所看到的。

"森林，或者说至少是这座森林，有保护自己的方式。"守林人说，"那些畜生本是非自然的，威胁到了物界的秩序。森林不希望它们存在。我想这跟国王有关，还有他日渐衰弱的权力。这个世界正在分崩离析，每一天都变得更加奇怪。路普¹就是目前出现的最危险的事物，因为它们有着人类和兽类最恶的本性，它们争夺霸权。"

"路普？"戴维问，"你这样称呼那些像狼的东西吗？"

"它们不是狼，尽管狼追随它们。它们也不是人，尽管它们需要达到某种目的的时候会直立行走，它们的头领用珠宝和漂亮衣服来打扮自己。它称自己为'勒洛伊'²，它聪明而又野心勃勃，狡猾而又粗野残忍。现在它要跟国王作战。我从途经森林的路人那儿听来一些故事。他们说有浩大的狼群队伍穿过这片土地，白色的狼来自北方，黑色的来自南方，都听从它们的兄弟的召唤，就是灰色的狼，还有它们的领导者，路普。"

戴维坐在火炉边，听守林人讲了一个故事。

●

守林人的第一个故事

很久以前，森林的边上住着一个女孩。她活泼可爱，聪明伶俐。她披着一顶红色的斗篷，这样，如果她迷了路，就很容易被找到，因为一顶红色的斗篷在树和灌木丛中间总是很显眼的。时间一年一年过去，小女孩出落成一个女人，长得越来越漂亮。许多男人都想娶她做自己的新娘，可是她统统拒绝了。对她来说，

1　Loups，法语中意为"狼"。
2　Leroi，法语中 Le Roi 意为"国王"，此处当是狼人头领自许。

没有谁足够好，她比她遇到的所有男人都更聪明，他们根本没法跟她比。

女孩的外婆住在森林里的一幢村舍里，女孩经常去看望她，给她带去一篮子面包和肉，还要陪她待上一会儿。当外婆睡着以后，披红斗篷的女孩就去树林里漫步，品尝林子里的野生浆果和奇异果实。有一天，当她走进一片阴暗的小树林时，一只狼来了。它提防着她，想悄悄经过，不让她看见。可女孩的感觉太敏锐了，她看见了狼，当她注视他的眼睛时，爱上了他奇特的眼神。它转身离开，她紧随其后，走进森林深处，比以前任何时候都走得远。那狼想走到无踪可循、无路可走之处把她甩掉，可是女孩走得太快了，跟了一里又一里，追踪还在继续。最后，狼被追得烦了，转身面对着她。它露出尖牙，发出警告的咆哮，但是她不害怕。

"可爱的狼，"她低声地说，"你不必怕我。"

她伸出手放在狼的脑袋上，手指在它的皮毛上滑动，让它平静。狼也看见她有着一双美丽的眼睛（看着它的时候更加美丽），一双温柔的手（抚摸它的时候更加温柔），还有两片柔软、鲜艳的唇（接触它的时候更加柔软鲜艳）。女孩身体前倾，她吻了狼。她扔掉红斗篷，丢开花篮，和那动物睡了。他们的结合造出了一个比较像人而不像狼的东西。他就是第一个路普，名叫勒洛伊的那个。之后，更多的接踵而来。其他的女人也被披红斗篷的女孩骗来了。她漫步在森林路上，碰见从那里经过的女人，就用成熟而多汁的浆果和能使皮肤焕发青春的纯净泉水诱惑她们。有时候她走到小镇或村庄的边上，等待某个女孩经过，然后假装呼救，把她骗进林子里去。

后来，有些人是心甘情愿跟她走的，因为世上就有一些梦想着跟狼睡觉的女人。

没有人再看见她们。过一段时间，路普会攻击这些创造了它们的女人，在月光下吃掉她们。

这就是路普的来历。

●

故事说完，守林人到墙角床边一只橡木柜子里找了一件戴维能穿的衬衫，一条只稍微长一点点的裤子，还有一双鞋，只是有一点儿松，多套一双粗羊毛袜就能穿。鞋是皮的，一看就知道很多年都没人穿过，戴维想知道它打哪儿来，因为显然这曾经是一个孩子的鞋。但当他想问守林人的时候，守林人转过身，忙着摆出面包和奶酪，为他们准备吃的。

吃饭的时候，守林人更加详细地问了戴维一些问题，关于他怎么进入森林，关于他抛在身后的原来那个世界。戴维要说的有很多，但守林人看来不怎么爱谈战争和飞机，他感兴趣的是戴维和他的家，还有他妈妈的事情。

"你说你听到她的声音。"他说，"但她已经死了，怎么会这样？"

"不知道。"戴维说，"可那就是她。我知道是她。"

守林人看来不相信。"我很久没见过有女人从森林经过了。假如她在这儿，那么她是走别的路来到这个世界的。"

作为回报，守林人跟戴维说了很多目前他所在的这个地方的事儿。他说起国王，那国王曾经统治这个地方很长时间，但他现在老了，累了，不再能够控制他的王国，现在实质上已经成了一个隐士，独居在东边他的城堡里。守林人还谈到路普，它们指望像人类那样统治别的种群；还有新的城堡，出现在这个王国里边远的地方，是黑暗之地，属于那些隐藏起来的恶魔。

然后他说起一个骗术精灵，他没有名字，跟王国里其他生物都不一样，连国王都怕他几分。

"是个扭曲人吗?"戴维突然问道。"是不是戴一顶歪歪扭扭的帽子?"

正嚼着面包的守林人停下来。"你怎么知道?"他说。

"我见过他，"戴维说，"他在我的卧室里。"

"那就是他。"守林人说，"他偷小孩儿。那些小孩儿会从此消失不见。"

守林人说起扭曲人的时候那样子让戴维觉得难过，甚至有些生气，他开始想，勒洛伊，那个路普的首领，它做错了吗? 也许守林人有过自己的家，可是发生了不好的事情，使他现在就剩下自己一个人了。

十　骗术精灵与骗术

那一晚，戴维睡在守林人的床上。床上有干浆果和松果的气味，还有守林人身上皮毛的气味。守林人在火炉边的椅子上打盹儿，斧头放在手边，炉火将熄，明灭的火光投射在他的脸上。

戴维花了很长时间才睡着，尽管守林人向他保证这房子是安全的。窗户上的缝给遮上了，还有一个铁盘，上面扎了小洞，放在烟囱管道往上一半的位置，防止森林里的人或动物什么的从这儿进来。外面的森林好安静，然而并不是安宁或睡眠时的静。守林人告诉过戴维，森林在夜间发生变化：一旦昏暗的光线最终消失，那些半成形的生物和来自地下深处的生命就把森林变成它们的殖民地，大多夜间活动的动物要么会死，要么学会比以前更加留心别被捕食。

男孩感觉到交织在一起的几种情绪。恐惧，那是当然的，还有锥心的后悔，不该愚蠢到离开自己安全的家，来到这片陌生的土地。他想回到他所熟知的生活中去，不管有多么困难，但他也想再多了解这里一点，况且还没有找到可以解释听到妈妈声音的原因呢。这事会发生在死者身上吗？要么他们途经这个地方，现在正在去往另一个地方的路上？妈妈是不是被困在这里？可能是弄错了吗？也许是她不愿意死去，所以现在她守候在这儿，希望有人找到她，带她回到所爱的人身边。不，戴维不能回去，现在还不能。树上做了记号，他能找到回家的路，只要他查出关于妈妈以及这个世界和妈妈之间的关系就好。

他想知道爸爸是不是还想念他，这个念头让他泪湿双眼。那架德国飞机的撞击声会把大家都吵醒，花园可能已经被军队或空袭预防队封锁了，人们很快就会发现戴维不见了。这会儿他们有可能正在寻找他。他不在，会使他在爸爸的生活中变得更重要，一想到这儿，他有一种满足感。也许现在爸爸更多操心的是他，而不是工作、密码和罗斯、乔治了吧。

可是，假如他们不想他呢？假如因为他的消失，生活变得更容易了呢？爸爸和罗斯能够组成一个新的家庭，不再为以前那个家庭的多余孩子而忧心，只是每年想念一次，比如，每年到他消失的日子的前后。而到后来，连这点念想也不再存在的时候，他就会被忘记得差不多了，他只会被偶然顺便想起，就像罗斯的大伯乔纳森·塔尔维，只有当戴维问起的时候，有关他的记忆才偶尔复活。

戴维努力推开这些念头，闭上眼睛。后来终于睡着了，他梦见了爸爸、罗斯，还有他刚出生的同父异母的弟弟，还有一些从地底下钻洞上来的东西，等待着由别人的恐惧使它们成形。

而在梦乡的黑暗角落，一个影子跳动着，把它歪歪扭扭的帽子抛向空中，很快乐。

●

戴维在守林人做早餐的声音中醒来。他们在另外一面墙边的小桌旁吃了硬硬的白面包，喝了粗糙的茶杯里盛着的浓浓的红茶。外面，天空中只有一些似有若无的微光。戴维想，这会儿其实还是大清早呢，太早了，连太阳都没出来，可是守林人说，已经很久没有真正见到太阳了，这个世界一直以来就是这个亮度。这让戴维纳闷，是不是莫明其妙地来到了遥远的北方，一个在冬季连续数月都是黑夜的地方，不过，就算是在北极，漫长而黑暗的冬季之外，还有夏天无休无止的白昼为之平衡呢。不，这儿可不是北极，这儿是别处。

吃完，戴维在一只碗里洗手洗脸，用手指使劲儿把牙齿弄干净。洗完之后，他开始执行他的小惯例——触摸和计数。直到觉察到屋里的安静，他才意识到守林人坐在椅子上静静地瞧着他。

"你在做什么？"守林人问。

这还是第一次有人提出这个问题，戴维一时语塞，努力想为他的行为提供一个合情合理的解释。最后，他打算实话实说。

"这是一些规则，"他简单说道，"是我的例行规定。一开始做这些，是为了保护妈妈不受伤害。我以为这很管用。"

"那么，有用吗？"

戴维摇摇头。

"不，我想没用。或者也许是有一点用的，只是还不够。你一定觉得这很奇怪吧，我猜你是觉得，这么做，我很奇怪。"

他不敢正视守林人，害怕会在他的眼睛里看到什么。于是他盯着碗，看见自己的倒影在水面上变得扭曲。

终于，守林人开口了。"每个人都有自己的例行常规，"他温柔地说，"但那些常规必须有个目的，能够产生我们看得见的、并从中获得安慰的成效，否则它们一无用处。没有这些作用，这些规定就变成了笼中困兽无休止的踱步，即使这些规定本身不是疯狂的表现，至少也是失常的开始。"

守林人站起来，给戴维看他的斧子。

"看这儿，"他用手指指着斧刃说，"每天早晨，我都要确保我的斧子干净锋利。我会看看房子，检查门窗是否安全牢固。我照看我的土地，处理杂草，确保土壤湿润。我步行走过森林，清理那些必须保持通畅的路。哪儿有树被弄伤了，我尽力修补受伤的地方。这些是我的例行常规，把这些做好，我觉得很享受。"

他将一只手轻轻搭在戴维的肩膀上，戴维在他脸上看到了理解。"规则和惯例是好的，可是得让你满足。你真的能说你通过触摸和计数获得了满足感吗？"

戴维摇头。"不。"他说，"可要是不做，我会觉得害怕。我怕可能会发生的事情。"

"那就找一些做起来能让你感到安全的规定吧。你跟我说过你有个刚出生的弟弟，那就每天早上去看看他。看看你的爸爸，你的继母。照料花园里的花，还有窗台上花盆里的。看看有没有人比你更脆弱，尽你所能地给予他们安慰。让这些成为你的例行规定，以及影响你生活的规则吧。"

戴维点点头，随即转头避开守林人，不让他看出他的想法。也许守林人是对的，可戴维无法让自己为罗斯和乔治做那些事。他会尝试接受其他一些相对简单的职责，可要保证这些侵犯了他生活中的人的安全，对他来说有点过分。

守林人拿起戴维的旧衣服——挂破了的睡袍，弄脏了的睡衣裤，沾满泥巴的一只拖鞋——放进一只粗布口袋，然后把口袋往肩上一扛，打开房门。

"我们要去哪儿？"戴维问。

"我们要把你送回你自己的地方。"守林人说。

"可树上的洞消失了。"

"那我们就试着让它再出现。"

"可我还没找到我妈妈呢。"戴维说。

守林人悲伤地望着他。"你妈妈已经死了。你自己告诉我的。"

"可我听见她了！我听见了她的声音。"

"也许是吧，或者是什么比较像她的声音而已。"守林人说，"我可不想了解这片土地的一切秘密，不过我告诉你，这是个危险的地方，而且一天一天越来越危险。你必须回去。那路普勒洛伊说的有一件事是对的：我无法保护你。我只能保护我自己。来吧，现在是上路的好机会，因为夜兽睡得正沉，而白天活动的坏家伙们还没醒来。"

戴维明白自己在这件事上别无选择了，于是跟着守林人从房子里出来，走进森林。守林人一次一次停顿下来聆听，并且抬手示意戴维保持安静。

"路普和狼在哪儿呢？"走了大约一个钟头后，戴维终于发问了。他所看到的活物只有鸟和昆虫。

"怕是不远了。"守林人答道，"森林中有其他地方，它们受到的攻击会少一些，它们会去那里觅食，迟早它们会再来，把你偷走。所以你必须在它们回来之前离开这儿。"

一想到勒洛伊和它的狼群会突袭他，用嘴和爪撕扯他的肉，戴维就浑身发抖。他开始明白在这个地方找妈妈可能会付出的代价了，可是，送他回家看来是已经决定了，至少现在是定了。他总能再来这里的，只要他想。别忘了，沉园还在，如果德国飞机坠毁的时候没有将它彻底毁坏的话。

他们来到周围是高大树木的那块空地，当初戴维就是通过这些树进入守林人的世界的。刚走到跟前，守林人猛地停下，戴维差点撞到他身上。他谨慎地从守林人背后张望，想看看是什么让他停了下来。

"哦，不。"戴维大口喘气。

每一棵树，凡是眼睛所能看到的，都用线绳做了记号，而每根绳子上面，戴维能闻到，都涂上了一模一样的难闻的东西，就是守林人用来防止动物咬绳子的那玩意儿。根本无法分辨哪棵树是戴维的世界与这个世界之间的连通之门了。他走近一点儿，试图找到当初从那儿走出来的那个树洞，可每一棵树都差不多，所有的树皮都是光滑的。似乎连能够用来区分它们的树洞和树瘤都被添上了，或被改动了。那条曾经蜿蜒穿过森林的小路也消失得无影无踪，所以守林人也没有方向可循了。甚至，德国人的飞机残骸也无处可见，它坠落之时在地上铲出的印痕也早已填平。戴维想，无论如何也得很多很多人，花上几百个钟头，才能完成这个任务吧，怎么仅仅一个晚上，就收拾得这样了无痕迹？

"谁会这么干呢？"他问。

"骗术精灵，"守林人说，"一个戴着歪歪扭扭的帽子的扭曲人。"

"可是为什么，"戴维问，"他不会只拿走你系在树上的线绳？效果不是一样的吗？"

守林人想了一下，然后回答说："是，不过那样他就会觉得不好玩，而且也无法制造一个好故事了。"

"故事？"戴维说，"你在说些什么？"

"你是故事的一部分。"守林人说，"他喜欢创造故事，喜欢把故事攒起来去讲。这么做就能编一个非常好的故事了。"

"可我怎么回家呢？"戴维问。现在他返回自己世界的路已经不在了，他突然很想回到那里，尽管当守林人不顾他的意愿要撵他回去的时候，他什么也不想，只想留在这个新世界里找妈妈。这事儿太特别了。

"他不想让你回家。"守林人说。

"我没对他做过什么，"戴维说，"他为什么要把我留在这儿？为什么他这么卑鄙？"

守林人摇着他的脑袋。"我不知道。"他说。

"那谁知道？"戴维问。他沮丧得几乎想大声喊叫。他开始期盼身边有个人能够比守林人知道得多一点儿。虽然守林人擅长砍狼头，也很会给一些人家并不想要的建议，可他看来是跟不上这个王国的变化了。

"国王，"守林人终于说出来了，"国王应该知道。"

"可是，我想你对我说过，他已经不再管事，很久都没人见过他了。"

"那也不是说他对正在发生的事情一无所知。"守林人说，"他们说国王有一本书，《失物之书》。那是他最重要的东西。他一直把它藏在王宫的大殿里，严禁任何人翻阅，除他之外。我听说那本书里有国王所知道的一切知识，每当遇到麻烦或者疑惑的时候，国王就会向它求助。说不定，该怎么送你回家这个问题，答案就在书里面呢。"

戴维努力想看懂守林人脸上的表情。不知道为什么，他有个强烈的感觉：守林人并没有向他透露关于国王的全部真相。没等他继续问下去，守林人把装满戴维旧衣服的麻袋扔进一丛矮灌木中，开始沿着他们来的方向往回走。

"它会成为路上的累赘，"他说，"我们还有很长的路要走。"

带着渴望的心情，最后看一眼这长着无数无名树木的森林，戴维转过身，跟着守林人回到他的屋子。

待他们离开，万籁俱寂的时候，一个身影从一棵古老的大树蜿蜒纵横的根下钻出来。他驼着背，手指弯曲，头上戴着一顶歪歪扭扭的帽子。他飞快穿过老树身下的矮树，一直来到一丛灌木中，灌木丛中点缀着饱满的、打霜之后更加甜润的浆果，可是他对果实视而不见，倒是看上了躺在树叶里的一个粗糙、肮脏的麻布袋。他钻进去，拿起戴维的睡衣，脸伏在上面，深深吸一口气。

"迷失的男孩，"他小声地自言自语，"迷途而来的孩子。"

说完，他抓起麻袋，消失在森林的阴暗处。

十一 在森林里迷路的孩子们和他们的遭遇

戴维和守林人回到房子里，一路平安无事。他们在家把食物装进两个皮袋子，又从流经屋后的河里打了水，灌满两个锡制水壶。戴维看见守林人跪在河边，查看湿地上的一些痕迹，可他什么也没对戴维说。戴维顺便瞟了两眼，觉得很像是一只大狗或一头狼留下的脚印。每个脚印里都还有些水，所以戴维知道，这是不久前刚留下的。

守林人带了他的斧子，另外还有一张弓、一袋箭和一把长刀，全副武装。最后他从储藏柜里取出一把短刃剑，只稍顿片刻，把上面的灰尘吹掉，随即将它交给戴维，并给他一条佩剑的皮带。戴维之前从未握过一把真正的剑，他对于剑客的知识最多就是用木棍扮演海盗，不过一剑在手，还是令他感觉格外强壮，而且勇敢了那么一丁点儿。

守林人锁上房门，然后把手平放在门上，低下头，像是在祷告。他看起来那么忧伤，戴维想，是不是出于什么原因，守林人认为自己可能再也见不到自己的房子了。随后，他们进入森林，朝着东北方向，以平稳的步伐前行，被称为"白天"的那微弱的光为他们照亮前路。几个钟头过去，戴维累极了。守林人允许他歇歇，不过只能一小会儿。

"我们必须在天黑之前远离森林。"他对戴维说。男孩用不着问为什么。他已经被打破森林寂静的狼和路普的嗥叫声吓着了。

戴维边走边趁机观察了周围的环境。看到的那些树，虽然有一些样子有点熟悉，可他叫不上名字。有一棵长得像橡树，常青的树叶下有松果摆来摆去。另外一种，大小和样子都像大的圣诞树，银色树叶的根部缀着串串红色的浆果，不过大多数树都是光秃秃的。

偶尔，戴维也能见到那种"孩儿面"花，它们睁大眼睛，很是好奇，尽管一旦察觉守林人和戴维的到来，它们就立即缩起叶子保护自己，还轻轻震颤，直到危险解除。

"那些花叫什么名字？"他问。

"它们没有名字。"守林人说，"有时会有孩子离开大路，迷失在森林里，人们就再也见不到他们了。他们死在那儿，被野兽吃掉或者被坏人杀死，他们的血浸入地面。到后来，就有这种花长出来，常常是离某个孩子最后咽气的地方很远。它们聚集成群，就像孩子们受到惊吓时那样。我想，它们是森林纪念失踪的孩子们的方式吧。这森林对孩子的失踪有感觉。"

戴维早就摸清了守林人的脾气，若你不先跟他说话，他一般都不开口，于是就变成了由戴维来提问，守林人尽他所能地回答。他尽量让戴维对这个地方的地理有一点概念：国王的城堡在东边很远的地方，从这儿到城堡之间的地段人烟稀少，偶尔有人住下，也是扰乱了此地的风景。一道深沟横亘于守林人的森林与东方更远的地域之间，他们只能跨过它，才能继续去往国王的城堡。南边是一片宽阔的黑色的海，不过极少有人敢下海远航。这里是海兽和龙的地盘，而且经常受到风暴巨浪的袭击。北边和西边是群山，可是多年无人攀越了，山顶都是积雪。

途中，守林人又给戴维讲了很多关于路普的事情。

"从前，就是路普还没到来的时候，狼还是一种能摸得清的动物。"他解说道，"每个狼群数量很少超过十五头或二十头，都有自己的领地，狼群在那里生活、捕食、繁衍。后来路普出现了，一切都变得不一样。狼群开始壮大，形成效忠机制；领地扩大，或者说领地根本不再有意义；残忍开始抬头。过去，大概有一半的狼崽会死，就个子而言，它们比父母需要更多食物，如果食物缺乏，它们就会饿死。有时它们被自己的父母杀死，不过只是在它们表现出生病或发疯的症状的时候才如此。总的来说，作为父母的狼还算是不错的，与幼崽分食捕来的猎物，保护它们，给予它们呵护和关心。

"但路普给它们带来了新的对待幼崽的方式：只有最强壮的幼崽得到喂养，一窝所生之中只有两三只，有时还没有这么多。弱小的被吃掉。那样，狼群自身保持了其强大，然而它们的本性改变了。现在，它们互相攻击，它们之间不再有忠诚可言。唯有路普的规则能够控制它们。我想，假如没有路普，它们会像以前那样。"

守林人教戴维如何分辨母狼和公狼。母狼的口鼻、额头稍窄一点，脖子和肩膀比较瘦，腿较短，但是年轻的时候，它们比同龄的公狼动作更快，因此，它们也是更好的猎手、更致命的敌人。在一般的狼群中，通常是母狼为首领，可是同样的，路普又改写了这一自然规律。狼群中还有母狼，但是要由勒洛伊和它的副手来作重要决定。也许这是它们的弱点之一吧，守林人暗示道。傲慢自大使它们无视几千年来的母性直觉，现在的它们只受权力欲望的驱使。

"狼不会停止掠夺捕杀，"守林人说，"除非它们筋疲力竭。和人行走的速度相比，它们能多跑十到十五英里，在停下休息之前，它们至少能快跑五英里。路普让它们稍微慢了一点，因为它们选择用两腿行走，速度不再像以前那么快了，不过我们的脚力还是没法跟它们相比。我们必须寄望于今晚到达目的地的时候能找到一群马。有一个人在那里放牧，我有足够的钱为咱们买一匹马。"

前方无路可循，他们只能仰赖守林人对森林的了解了，尽管离开家越来越远之后，守林人停下来辨路的时候也越来越多，他得观察树上苔藓的长势和风在树上留下的印记，以确保他们没有偏离方向。整个途中，他们只经过了一幢房子，而且是位于一片褐色的废墟之中。戴维看着倒觉得它是融化了，而不是年久失修而倒塌，只剩石烟囱立在那儿，黑是黑了，但还完好无损。能看见它融化后的滴液在墙上冷却变硬的地方，还能看见窗户原地坍塌挤成一堆。他们行走的路线近得让他能够摸到房子，现在看得很清楚了，有一种浅褐色物质，很多，嵌在墙里。戴维拿手在门框上蹭了蹭，然后用指甲刮了几下，认出那东西的质地和散发出的淡淡味道。

"是巧克力，"他惊呼道，"还有姜饼。"

他掰开一块大的，刚想尝尝，守林人一下子从他手上打掉了它。

"别，"他说，"看起来闻起来都甜，可是里边有毒。"

他又给戴维讲了一个故事。

●

守林人的第二个故事

从前，有两个小孩，一个男孩和一个女孩。他们的爸爸死了，妈妈又嫁了人，可是继父是个坏人。他恨两个孩子，讨厌他们住在他的家里。后来粮食歉收闹饥荒的时候他就更痛恨他们了，因为他们吃了珍贵的食物，那些食物本来他可以留给自己的。哪怕不得不给他们一点粗茶淡饭，他都舍不得，当他自己越来越饿的时候，他开始向妻子提出，要吃了两个孩子，免得他们自己饿死，反正等生活条件好点的时候，她还能生孩子。他的妻子吓坏了，她怕这个新丈夫会趁她不注意的时候对孩子们做出什么事来。可是她也知道，自己不能再抚养他们了，于是她将他们带到很深很深的森林里面，把他们丢在那儿，让他们自己照顾自己。

孩子们非常害怕，第一个晚上，他们一直哭到睡着，但很快他们慢慢摸清了这片森林。小女孩比弟弟聪明、勇敢一些，是她学会了设陷阱捕捉小动物和鸟，从鸟巢里偷蛋。而男孩喜欢四处游荡，做白日梦，等着姐姐带回捕猎的东西来吃。他想念妈妈，想回到妈妈身边。他希望回到旧时生活中去，从来不努力适应新的生活。

有一天，当姐姐叫他的时候，他没有回来。她出门去找他，并在经过的路上留下一路的花儿，以便能原路返回存放食物的地方。最后她来到一小片空地边缘，看见一幢顶顶奇怪的房子。房子全是巧克力和姜饼造的，屋顶上铺的是一块块厚厚的太妃糖，窗户里的玻璃都是透明的糖，嵌在墙里的是杏仁、牛奶软糖和水果蜜饯。所有的一切都代表着甜蜜和享受。她发现弟弟的时候，他正在从墙上挖坚果吃，嘴巴都被巧克力染黑了。

"别担心，没人在家。"他说，"尝尝，太美味啦。"

他拿出一块巧克力给她，可一开始她不接。弟弟的眼睛半开半阖，完全已经陶醉在这房子的美味之中了。姐姐想把房门打开，可门锁着。她从玻璃窗往里探，但窗帘垂着，什么也看不见。她不想吃，因为这房子里有什么东西令她不安，但，巧克力的味道太吸引人了，她允许自己轻轻咬了一小口。味道比她想象的还要美，她的胃叫得更响了，于是她和弟弟一起大吃起来。他们吃啊吃，直到后来，他们吃得太多，沉沉地睡着了。

当他们醒来的时候，不是躺在森林树下的草地上，而是在房子里面，囚禁在一个从房顶吊下的笼子里。一个女人正用柴火点燃烤炉，她很老，浑身散发出一股恶臭。一堆骨头摞在她脚边的地上，那是被她捕食的其他小孩的遗骸。

"鲜肉！"她在自言自语，"为老太婆的烤炉准备的鲜肉！"

小男孩开始哭起来，但姐姐叫他别出声。那女人走向他们，从笼子的栅栏中间瞧他们。她满脸都被黑疣遮盖，牙齿朽了，歪歪扭扭，像老化的墓碑。

"现在，你们谁先来啊？"她问。

男孩使劲儿把脸埋起来，好像这样就可以躲开老太婆的注意似的。可是姐姐要勇敢得多。

"我来。"她说,"我比弟弟胖,烤起来更好吃。你可以一边吃我,一边把他养胖,那样等你烤了他来吃的时候,可以吃得更久一点儿。"

老太婆高兴地嘎嘎笑。

"聪明的姑娘,"她叫道,"不过还没有聪明到能躲得了我老太婆的盘子。"

她打开笼子,手伸进去,揪住小女孩的后颈把她拎出来,然后又锁住笼子,把女孩带到烤炉旁。烤炉还没热,不过很快就可以了。

"我不可能进得去,"女孩说,"它太小了。"

"胡说,"老太婆说,"比你个头大的都放进去过,他们都烤得好好的。"

女孩看起来不相信。

"可是我长手长脚的,上面还很多肉。不行,我怎么也不会进这个烤炉的。而且,要是你硬把我塞进去的话,就再也没法把我弄出来了。"

老太婆抓住女孩的肩膀,摇晃她。

"我看错你了,"她说,"你是个无知、愚蠢的女孩。好吧,我让你看看这烤炉到底有多大。"

她爬上烤炉,将脑袋和肩膀探进烤炉口里。

"看见了?"她说。她的声音在烤炉里回响。"我在里面都绰绰有余呢,别说你个小姑娘了。"

老太婆正要转身,小女孩冲向她,猛地一推,把她推进烤炉,"砰"地把门关上。老太婆想把门踢开,可小女孩动作太快了,一下子把炉子闩上(安这个闩,是因为老太婆不希望烧烤开始之后里面的孩子还能逃出来),把她困在里面。接着,女孩往火炉里添了更多的柴火,慢慢地,老太婆开始被烤起来,她痛苦到了极点，不停地尖叫、哀号、威胁女孩。烤炉很热，她身上的脂肪开始熔化，发出的恶臭难闻至极，小姑娘觉得恶心。皮烤得离了肉，肉烤得离了骨，老太婆还在挣扎，直到最后死去。小姑娘从火炉里掏出燃烧的木头，散放到房子四周。房子融化了，只剩下烟囱高高耸立，她拉着弟弟离开了这个地方，再也没有回来过。

接下来的几个月，女孩在森林里越来越快活。她搭了一个棚子，过一阵子，棚子变成了小屋。她学着自己照料自己，随着时间一天天过去，她对旧日生活的怀念越来越少。可她的弟弟从来没有开心过，总是渴望回到妈妈身边。一年零一天之后，他离开姐姐，回到过去的家里，可是，妈妈跟继父早就离开了，没人说得出他们在哪儿。他回到森林中，但没有回到姐姐那儿，因为他嫉妒她，怨恨她。他在树林里发现了一条路，清理得干干净净，没有一点树根和刺丛，路边的灌木上长满了浆果。他沿着路走，边走边吃果子，没有注意，脚下的路随着他的脚步消失在他身后。

走了一会儿，他来到一片空地，那儿有一幢漂亮的小房子，墙上攀着常青藤，门外种满花儿，一缕炊烟从烟囱里冒出来。他闻到烤面包的味道，窗台上还凉着一块蛋糕。一个女人出现在门口，又伶俐又快活，很像妈妈曾经的样子。她冲他挥挥手，请他到她身边去。他照做了。

"进来，进来。"她说，"你好像很累啊，浆果可不够填饱一个正在长身体的小伙子。我的炉子上正烤吃的呢，还有个软和的地方给你休息。你想呆多久就待多久，我没有小孩，还总想有个自己的儿子呢。"

男孩扔掉手里的浆果。身后的路彻底消失了。他跟着女人走进房子，里面一口大锅在炉上沸腾，一把锋利的刀正等在砧板上。

再也没有人见过他。

十二　桥与谜，以及恶搞侏儒许多不招人喜欢的特点

　　守林人讲完故事的时候，天光变了。他抬头望天，像是希望能够阻挡黑暗来临，哪怕一点点时间，接着，他突然停下脚步。戴维跟着他抬头望去，在他们头上，恰好是树顶林冠的高度，戴维看见一个黑影在打转，并且觉得好像听到远远的一声乌鸦叫。

　　"该死的。"守林人嘘了一声。

　　"那是什么？"戴维问。

　　"是只乌鸦。"

　　守林人从背上取下弓，搭上箭，跪下，瞄准，然后将箭射出。他瞄得很准，一箭穿透了乌鸦的身体，它在空中猛然翻飞，接着跌倒在离戴维不远的地上，死了，箭镞被它的血染红了。

　　"恶鸟。"守林人说着，提起死鸟，把箭从尸体上拔出来。

　　"为什么要杀死它？"戴维问。

　　"乌鸦和狼一块儿捕猎。这只会把狼群引到我们这儿来。它们会让它分食我们的眼睛以示奖赏。"

　　他回头看看来的方向。

　　"现在它们只能依靠气味了，不过它们会接近我们的，不会出错。我们必须赶快。"

　　他们继续赶路，这会儿开始小跑了，好像他们自己成了捕猎结束时疲惫的狼。他们一直跑到森林的边缘，出现在一片高地上，面前横着一条大峡谷，几百英尺深，四分之一英里宽。一条河，像一条细长的银线，从峡谷流过，戴维听到像是鸟叫的声音从峡谷两壁回响上来。小心翼翼地，他从峡谷边上探出头去，看能不能看清是

什么发出那个声音。他看见一个身影，比他见过的任何一种鸟都要庞大得多，靠峡谷中上升的气流在空中滑翔。它有着赤裸的、跟人差不多的双腿，虽然脚趾奇怪地拉长了，像鸟的爪子那样蜷曲着。两臂展开，有巨大的皱皮从上面垂下，权当翅膀，长长的白发在风中飘。戴维仔细去听的时候，听见它开始歌唱。那东西的声音很高，很美，歌词戴维听得很清楚：

> 凡掉下的即能吃，
> 凡落下的都得死，
> 凡有布鲁德[1]的地方，
> 鸟儿不敢飞。

有别的声音加入了它的歌声，随声附和它的歌唱，戴维听得出来，有更多这种动物在峡谷中穿行。离他们最近的一个在空中表演了一个翻筋斗，动作既优美，又有一种古怪的邪恶。戴维瞥见了它赤裸的身体，他立即把视线转向别处，又羞又窘。

那是一个雌性的身体：苍老，浑身不是皮肤，而是鳞片，不过怎么看都是雌性。他冒险又看了一眼，只见那东西这会儿正打着越来越小的圈儿在下降，直到翅膀猛地合上，迅速下落，爪状的双足伸展开来，看起来是要直直扑向谷壁。它直击石头，戴维看见什么东西在它的爪子里挣扎：是只小小的、棕色的、不知哪一类的哺乳动物，只比松鼠大一点点。那小动物从岩石上被拖走，前爪凌空乱抓。捕捉它的那东西变个方向，发出胜利者的尖叫，飞向戴维身下的岩层打算享受美食。它的那些对手被它的叫声惊到，飞过来想偷它的美餐，它用翅膀在空中翻腾以示警告，它们离开了。它盘旋的

---

1 Brood，意为"一窝，一伙"，此处音译。

时候，戴维逮住机会仔细看了它的脸：酷似一个女人的模样，但瘦些长些，嘴巴无唇，致使尖牙就那么一直露在外面。现在那些尖牙正扎在它的食物的身体里，边吃边扯下大块大块血淋淋的皮毛。

"布鲁德，"守林人在一旁说，"就是哈比女妖[1]，摧毁这一部分王国的另一种新生的邪恶力量。"

"哈比女妖。"戴维重复道。

"你以前见过这东西？"守林人问。

"没有，"戴维说，"没真见过。"

不过在书里读到过。我在我的希腊神话书里见过它们。出于某种原因，我觉得它们并不属于这个故事，尽管它们在这儿……

戴维感觉难受。峡谷太深，让他头晕眼花。他离开峡谷边。

"那我们怎么过去？"他问。

"下游半里的地方有一座桥，"守林人说，"我们要在天黑前过去。"

他领着戴维沿峡谷向前，一直贴着森林这一边走，这样就没有失足掉下深渊的危险了——那儿有布鲁德等着呢。戴维能听见它们拍打翅膀的声音，而且他不止一次地觉得像是看到其中的一只飞升到峡谷的边缘，霎时现身，阴毒地盯着他们。

"别怕，"守林人说，"它们是些胆小鬼。假如你掉了下去，它们会在半空中抓住你，互相争斗着，把你撕得粉碎，但是在地面上，它们不敢攻击你。"

戴维点点头，但他觉得不保险。看来，在这片土地上，饥饿无可避免地压倒了胆怯，而像狼那样瘦那样衰弱的布鲁德，哈比女妖们，看起来真的是饿了。

1　Harpy，哈比女妖，古希腊和罗马神话中的怪物。身体是女人，而翅膀、尾巴及爪似鸟。

●

他们的脚步被哈比女妖拍打翅膀的声音一路追随，走了一会儿，见到两座横跨峡谷的桥。两座桥完全相同，用绳索结成，桥板是并不平坦的木板，在戴维看来并不那么安全。守林人纳闷地瞪着它们。

"两座桥。"他说，"以前这儿只有一座。"

"嗯，"戴维干巴巴地说，"现在有两座。"要选择一座桥通过，看起来不是那么艰难的事。兴许这里是交通繁忙地带呢，别忘了，这儿不像是有另一条路跨越峡谷，除非你会飞，并且作好准备，在哈比女妖那里碰碰运气。

他听见苍蝇在附近嗡嗡地飞，跟着守林人来到一块看不见峡谷的狭小空地，那儿有一座房子的废墟，还有几间马房，但很明显，这地方已经被人遗弃了。有一间马房外面躺着一匹马的尸体，身上大半的肉已经从骨头上给啃掉了。戴维看着守林人往马房里瞧，然后又往大开的房门里看。他低着头，回到戴维身旁。

"马贩走了，"他说，"像是跟着马一起从不知什么东西那里幸免于难地逃跑的。"

"狼？"戴维问。

"不，是别的东西干的。"

他们回到峡谷边。一只哈比女妖悬在附近的空中，盯着他们，快速地扑闪着翅膀，以便停留在那个位置。它停留在那个位置时间太长，突然，它的身体猛地一抽，一支渔叉银色的带刺的尖射穿了它的胸膛，一根长绳将渔竿固定在峡谷低处的壁上。哈比女妖抓住渔叉，仿佛它能把自己的身体从那上面拧下来逃走似的，可是不一会儿，翅膀不再扑闪了，它陡直落下。绳子打着旋儿回拢，直到完全收住。它猛地停下，身体撞在岩石上，发出沉闷的撞击声。戴维和守林人在峡谷边，看着那哈比女妖的身体被拖着朝谷壁上的一个空洞里去，渔叉上的尖刺使尸体不会滑下。最后，尸体到达山洞入口，被拖了进去。

"啊。"戴维说。

"恶搞侏儒，"守林人说，"这解释了为什么会有第二座桥。"

他走近那双子桥。两桥之间是一块厚石板，上面费力地刻了字，有些粗糙。

> 一个以实为谎，
> 一个以谎为实。
> 一路是死，
> 一路是生。
> 只须一个问题，
> 前路为你指明。

"是条谜语。"戴维说。

"可那是什么意思？"守林人问。

很快答案就变得很明显了。戴维以前从未见过恶搞侏儒，不过它们出现在故事里，一直让戴维着迷。在他印象里，它们阴暗模糊，住在桥下，考验过往的路人，希望他们答不出问题，可以吃掉他们。手持火把爬上崖口的这些形象，跟他期待的不太一样。它们身材比守林人矮小，但是很宽，而且皮肤跟大象的一样，粗糙，有皱褶。一片片隆起的脊骨，颇像某种恐龙背上的骨头，它们的脸长得与猿类似，不可否认，是很丑的猿脸，而且还是长了很严重的粉刺的那种，不过不是猿猴。每个恶搞侏儒各自出现在两座桥前面的一个位置，令人生厌地微笑着。它们的红眼睛在火把的照耀下邪恶地闪光。

"两座桥，两条路。"戴维说。他一边想一边说出声来，不过在暴露心里的想法给两个恶搞侏儒以前打住了，他决定，在得出结论之前，把想法放在自己心里。恶搞侏儒已经占尽了优势，他不想再给它们更多的机会。

那个谜语明白表示，有一座桥是不安全的，走上那座桥就是走向死亡，不是死在哈比女妖手里，就是死在恶搞侏儒手里，或者，假设两者行动都不够快，那也会摔到深深的谷底，掉在底下坚硬的地面上。其实戴维觉得那两座桥都已经摇摇欲坠了，不过他还是得假设谜语里有真话，不然的话，就完全没理由有这个谜语了。

一个以实为谎，一个以谎为实。戴维知道这个。以前在哪儿见过的，可能是在一个故事里。哦，想起来了！一个只能说谎话，另一个只能说真话。所以你可以问一个恶搞侏儒该走哪座桥，不过，他——也许是她，戴维根本不知道恶搞侏儒是男是女——可能不会说实话。还有个解题的方法，只不过戴维想不起来了。是什么呢？

光最终暗淡了，一声响亮的嗥叫从森林那边传来。听起来很近。

"我们得过去。"守林人说，"狼发现了我们的踪迹。"

"只有选择一座桥，我们才能过去。"戴维解释道，"我想恶搞侏儒不会让我们通过的，除非我们自己想法过去。如果我们为了勉强过去而选错了桥——"

"那咱们担心的就不是狼了。"守林人帮他说了后面的话。

"有办法的，"戴维说，"我知道有个办法，只是我得想想是怎么回事来着。"

他们听见树林中一阵震动。狼越来越迫近了。

"一个问题。"戴维嘀咕着。

守林人掂掂右手的斧头，左手握着他的刀。他脸冲着一排一排的树，准备应付从树林中出现的任何危险。

"知道了!"戴维说,"我想是的。"他轻轻地加上一句。

他走近左边的恶搞侏儒。它比另外一个稍微高一点,气味也好闻一点,话也不多。

戴维深吸一口气。

"如果我请另一个侏儒给我指一座可以走的桥,它会选择哪一座?"他问。

沉默。恶搞侏儒拧起眉毛,弄得脸上一些疮开始流脓,让人看了难受。戴维不清楚那桥修了有多久,也不知道有多少别的路人曾打这儿经过,但他感觉到,以前从来没人问过恶搞侏儒这个问题。终于,那个恶搞侏儒似乎放弃了揣度戴维的逻辑的念头,指了指他的左边。

"是右边那一座。"戴维对守林人说。

"你怎么能这么肯定?"他问。

"因为如果我问的这个恶搞侏儒是说谎的,那么另一个恶搞侏儒就是说真话的。说真话的那个会指出正确的那座桥,但说谎者会告诉我相反的结果,所以,如果说实话的那个指出右边的那一座,那么说谎者就会说反话,告诉我是左边的那座桥。

"但是,如果我问的那个恶搞侏儒必须说真话,那么另一个就是说谎者,说谎者会指向错的那座桥。两种可能的情况都说明,左边的桥是错的。"

正在靠近的狼群,身边抓狂的恶搞侏儒,哈比女妖的尖叫,这些都顾不上了,戴维乐得咧嘴直笑。他还记得这个谜语,并且想出了谜底。就像守林人说的:有人在努力创造一个故事,而戴维是故事的一部分,但这个故事又是由其他故事组成的。戴维曾经读过恶搞侏儒和哈比女妖的故事,很多故事里边也有守林人,甚至会说话的动物,像狼,也会突然出现在故事里。

"走吧。"戴维对守林人说。他走近右边的桥,站在桥前的恶搞侏儒挪到一边，让戴维通过。戴维脚踩第一块桥板，手紧紧抓住绳索。现在他的性命全在他的选择上了，他感到那么一点不自信，在脚下滑翔的哈比女妖的注视也让他更加焦虑。此刻他仍然要作选择，因为没有退路了。他迈开第二步，接着第三步，一直抓紧绳索，尽量不往下看。他一点一点前进了，这时他发现守林人没有跟上。戴维停下来，站在桥上往回看。

狼的眼睛让森林活了起来，戴维可以看见它们在火把的光中闪烁。现在它们正在移动，从阴影中走出来，慢慢向守林人靠近，低级一些的带头，另外一些，那些路普们，留守后方，等着它们的低等的兄弟姐妹们制伏全副武装的守林人后再上前。恶搞侏儒已经散去，它们清楚地意识到，跟野蛮动物猜谜没有必要。

"不！"戴维喊道，"快来！你能行的。"

可守林人没有动。相反，他朝戴维喊道：

"走，现在就走，快！我会尽量撑久一点。到对岸后砍断绳索。听见了吗？砍断绳索！"

戴维直摇头。"不，"他一遍又一遍说着，哭了，"你得跟我一起走。我需要你跟我一起走。"

这时，不约而同地，狼群发动突袭了。

"跑！"守林人叫喊着，斧头飞舞，刀光闪烁。戴维看见一道优美的血线喷向空中，第一头狼死了，接着它们都围在守林人四周，猛撕猛咬，有的想越过守林人去追戴维。戴维最后回头看了一眼，开始奔跑。还没有跑到一半的时候，戴维每跑一步，桥就令人昏眩地摇晃。重重的脚步声在峡谷中回响，很快，就夹杂了狼爪落在木头上的声音。戴维往左看，只见三个追捕者已经踏上另一座桥，想要在峡谷那边截住他，因为守林人死守着第一座桥，它们无法在他身边找到去路。狼很快占领了地面。其中的一头路普断后，穿着一件白色破衣服，金坠在耳朵上晃荡。奔跑的时候，下巴上有口水垂下，它用舌头去舔。

"跑，"它用女里女气的嗓子说，"都是为了你好，"它腾空撕咬着，"你到了对面会尝到好处。"

戴维的胳膊抓绳索抓得生疼，桥不断摇晃，弄得他头晕目眩。狼几乎已经跟他平齐了，他不可能在它们到达之前跑到桥对面。

就在这时，假桥上的一些木板坍塌了，领头的狼从窟窿里掉了下去。戴维听到一声渔叉呼啸的声音，那狼被刺穿肚皮，拖向恶搞侏儒的峡谷山洞里。

另一头狼猛地刹住脚，后面的母路普差一点撞到它身上。一个大窟窿，至少有六七英尺宽，横在它们的兄弟刚才掉落的地方。更多的渔叉从窟窿下面刺上来，看来恶搞侏儒们已经不打算等着猎物掉下来了。假桥上的狼停住脚步，可这么一来也宣判了自己的命运。又一根带刺的尖刃一闪，第二头狼被拖进绳索间的窟窿里，死的时候还在钢叉上痛苦地翻腾。现在只剩下那个路普了。它绷紧身子跳过桥上的大窟窿，安全地落在另一边。它滑了一下，然后站定，立起后腿，现在恶搞侏儒的武器够不着它了，尽管这时一个影子落在它身上，它仍发出了胜利的嗥叫。

那只哈比女妖比戴维见过的都要大，更高，更壮，也更老。它撞路普的力气够大的，一下子使它倒在撑桥的绳索上。哈比女妖的爪子猛击之际，深深埋入路普的肉里，正是它的爪子牢牢抓住路普，才使它不至于摔死。那路普的前爪胡乱摆动，嘴巴空咬着，想咬哈比女妖，可它的反抗早已宣告失败了。戴维正看得害怕的时候，又一个哈比女妖过来，爪子嵌入路普的脖子。两个巨大而怪异的母妖快速地拍打着翅膀，分别往两个方向扯，路普被它们一撕两半了。

守林人仍在奋力抵挡狼群，可他的奋战注定失败。戴维看见他一下一下朝着那面好像是由狼牙和狼皮组成的移动的墙猛挥猛砍，知道他摔倒在地，狼群扑到他身上。

"不！"戴维大叫。尽管他满心愤怒和悲痛，可不知怎么，他发现自己又开始跑起来，这时，他看见两个路普跃过守林人的身体，带领两头狼上了桥。他能听见它们的爪子踩在桥板上"嘎吱嘎吱"的声响，它们的体重压得桥直晃。戴维到了峡谷的那一边，抽出剑，面向正在靠近的动物们。它们已经跑过桥的中段，正在飞快地接近。四根撑桥的绳索固定在两根粗壮的柱子上，柱子深嵌在戴维脚下的石头里。戴维拿出剑朝第一根绳子挥去，绳子松脱了一半。他又猛砍几下，绳子崩开了，桥猛地向右倒塌，两头狼掉进了峡谷。戴维听见哈比女妖们快活的叫声，它们的翅膀也扑扇得更响了。

桥上还有两个路普，它们不知怎么竟用灵活的前爪勾住了剩下的几根撑桥的绳索。此刻，它们后腿直立，紧紧攀住左边的绳索，仍然继续朝戴维那边靠近。戴维拔剑挥向第二根绳子，他听见路普们惊慌的吠叫。桥摇晃着，绳子在剑刃之下散开。他把剑锋搁在绳子上，看着路普，然后抬起胳膊，集中全身的力气挥剑。绳子断了，现在路普没有什么可以攀附的，只有它们脚下的木桥板。它们高声吠叫着，掉落下去。

戴维朝峡谷的那一边望去，守林人不见了。地上有血迹，那是狼群将他拖进森林时留下的。此刻只有它们的头领，衣着华丽的勒洛伊还在。它身穿红裤子白衬衣，直立着身子，带着毫不掩饰的敌意盯着戴维。它抬起头，为刚才死去的手下嗥叫了几声，但是没有离开。相反，它一直注视着戴维，直到男孩最终离开，爬过一座小山，消失了身影——他在轻轻哭泣，为救了他性命的守林人。

十三　小矮人和他们有时暴怒的天性

　　戴维走在一条上升的白色大路上，上面铺着砂砾和石头。路不是直的，而是依着前方的障碍物——这儿一条小溪，那儿一座岩堆——蜿蜒伸展。路两边各有一条沟渠一路跟随，沟渠连接着野草地，再远处是一排排的树。这些树比戴维刚才离开的森林里的树要小，也分散一些，从树林上方能看见一些小的石头山的轮廓。他忽然觉得很累。现在追捕已经结束，他浑身的劲儿全散了。他想睡极了，可又不敢在露天野地里睡，更不敢离峡谷太近。得找个容身之处才好啊。刚才在桥上发生的一切表明，狼是不会放过他的。它们会找个别的法子过桥，然后再找到他的足迹。他本能地抬眼朝天空望去，可是没见鸟儿跟随，没有不忠的乌鸦等着向后面的追兵报告他的行迹。

　　为了补充一些能量，他拿出包裹里的面包吃了一点，又足足地喝了一气儿水。这使他好受了一点儿，可是一看见包裹和仔细包好的食物，他就想起了守林人。眼泪一下涌出来，可他不能让自己任性大哭。他抬脚继续走路，把包裹扛在肩膀上，差一点儿跌倒在一个小矮人的身上。那小矮人是从路左边的沟渠里爬到路面上来的。

　　"也不看看你走在什么地方。"小矮人说。他大概三英尺高，穿着一件蓝色束腰外套，黑色裤子，脚上的黑靴高及膝盖，头上一顶长长的蓝帽儿，一端挂着个小铃铛，已经不能发出声响了。手和脸上都是灰土，邋遢不堪，肩上还扛着一把镐。他的鼻子相当红，短短的胡须是白的，胡子里好像还粘了些吃的东西。

　　"对不起。"戴维说。

"你是应该道歉。"

"我没看见你。"

"哦,这话可怎么说的?"小矮人说。他晃着镐,一副吓唬人的样子,"就你最高吗?你是说我个子矮?"

"嗯,你是矮,"戴维说,"这么说没错。"又连忙加上一句,"我也比较矮,跟一些人比起来。"

可是小矮人已经没有听他讲话了,他开始冲着往路这边走来的一队矮墩墩的人影喊叫。

"哦喂,同志们!"小矮人说,"这边这个臭小子说我个子矮。"

"红脸!"一个声音在叫。

"别让他走,我们马上到,同志。"另一个声音叫道,然后他似乎又考虑了一下。"顶住!他有多高?"

那小矮人审视了戴维一眼。"不是很高,"他说,"比小矮人高出一半,最多高出三分之二。"

"那好,咱们把他拿下。"远处应答。

突然之间,戴维好像是被一群矮小而不幸的、咕哝着"权利"和"自由"、受够了"这种事情"的人包围了。他们个个都很脏,而且都戴一顶帽子,上边缀个破铃铛。其中一个照戴维的胫骨踢了一脚。

"哇哦!"戴维说,"踢疼了。"

"现在你知道我们的感情,呃,感觉了吧。"第一个小矮人说。

一只肮脏的小手在拽戴维的包裹。另一个小矮人想要偷拿他的剑。第三个看来是要找他身上的软地儿呵痒痒,就为了好玩儿。

"够了!"戴维说,"住手!"

他使起蛮力摇晃包裹,感觉有两个小矮人跟包裹连得紧,立刻掉进了沟渠,演戏似的翻了几个滚儿,他挺乐儿的。

"你干吗要这样?"第一个小矮人问。他看起来很震惊。

"你们刚才踢我。"

"没有。"

"踢得够厉害的。还有人想偷我的包裹。"

"没有。"

"哦,这太荒唐了。"戴维说,"你们干的事你们知道。"

那小矮人低下头,懒洋洋地踢着地面,扬起一阵白色的灰尘。

"哦,那好吧,"他说,"也许我干了。对不起。"

"没关系。"戴维说。

他弯腰帮小矮人们把掉进沟渠的同伴拉上来,都没有受什么伤。事实上,现在风波过去,小矮人们看起来还觉得整个事情挺有趣的。

"这事,让人想起那次大斗争。"一个说,"是不是,同志?"

"完全正确,同志,"另一个回答,"工人们每回都必须抵制压迫。"

"呃,可是我并没有压迫你们啊。"戴维说。

"可是你有可能会,如果你想的话,"第一个小矮人说,"对吗?"

他抬头看着戴维,很惹人可怜的样子。戴维看得出,他真的,真的喜欢有人压迫他们而遭到失败。

"好吧,如果你一定要这么说的话。"戴维只想让他高兴。

"万岁!"小矮人欢呼道。"我们粉碎了压迫的威胁。工人们不会受人束缚!"

"万岁!"别的小矮人齐声欢呼。"我们没什么可失去,除了枷锁。"

"可是你们没有戴枷锁。"戴维说。

"是隐喻性的枷锁。"第一个小矮人解释道。他点了一下头,仿佛他说的东西非常深奥。

"是。"戴维说。准确地说,他不太知道隐喻性的枷锁是什么。实际上,戴维对小矮人们所说的完全没概念。不过,既然他们七个都这么说，看起来是没错。

"你们有名字吗？"戴维问道。

"名字？"第一个小矮人说。"名字？当然，我们有名字。我有——"他轻轻咳嗽一下，表示自己说的很重要，"是同志兄弟一号。这里各位分别是兄弟二、三、四、五、六、八号同志。

"七号怎么了？"戴维问。

一阵尴尬的沉默。

"我们不谈前兄弟七号同志。"终于还是兄弟一号同志说了，"他被正式开除出党了。"

"他去为他妈妈工作了。"兄弟三号同志帮忙解释。

"一个资本家！"兄弟一号嚷道。

"面包师，"兄弟三号纠正他。

他踮起脚尖悄声对戴维说：

"我们现在严禁跟他交谈。甚至不能吃他妈妈做的小圆面包，连放了一天、半价处理的那些也不行。"

"我听说，"兄弟一号说，"我们能做出自己的小圆面包，"又颇为愠怒地加上一句，"不需要阶级背叛者做的小圆面包。"

"不，我们不行，"兄弟三号同志说，"总是做得硬邦邦，然后她就抱怨。"

霎时，小矮人们的好情绪都消失了。他们拾起工具，准备离开。

"我们要走了。"兄弟一号说，"很高兴遇到你，同志。呃，你是同志吧，是吗？"

"我想是的。"戴维说。虽然对此不确定，可他不想再冒险跟小矮人们干一架。"如果我是同志，还能吃小圆面包吗？"

"只要不是前兄弟七号同志烤的——"

"还有他妈妈。"兄弟三号略带挖苦地补充道。

"——你可以吃任何你爱吃的东西。"兄弟一号作了总结，同时竖起一根手指向兄弟三号提出警告。

小矮人们开始齐步往回走，他们走下另一边的沟渠，沿着一条不平的路向树林走去。

"对不起，"戴维说，"不知道我能不能跟你们一起过夜，行吗？我迷路了，而且很累。"

兄弟一号同志踌躇着。

"她会不高兴。"兄弟四号说。

"又来了。"兄弟二号说，"她一直抱怨没人跟她说话。看到新面孔可能会让她心情好哦。"

"好心情。"兄弟一号带着渴望说，就好像吃到很久很久以前吃过的一种味道很棒的冰激凌。"你是对的，同志。"他对戴维说，"跟我们来吧。我们信得过你。"

戴维高兴得差点蹦起来。

●

一路上，戴维对小矮人多了一点了解。至少他觉得他或许是知道得多一点了，可是，对听来的那些事，他还是一知半解。一大堆名词儿，有关"工人对生产方式的所有权"，"第三委员会第二次代表大会准则"而不是"第二委员会第三次代表大会"，这些会显然都是打架定胜负，决定随后由谁洗杯子。

戴维对"她"可能是谁也有了一点头绪，不过好像还要确认一下，万一错了呢。

"有位女士跟你们同住？"他问兄弟一号。

小矮人们七嘴八舌的谈话立即停止。

"是的，很不幸。"兄弟一号说。

"你们七个一起？"戴维继续问。他不确定为什么，不过，一个女人跟七个小男人住在一起，一定有什么地方有一点点奇怪。

"各睡各的床，"那小矮人说，"没什么可笑的勾当。"

"唉，不是的。"戴维说。他想知道小矮人指的可笑的勾当是什么，不过还是决定先不要想这些。"呃，她的名字不会是白雪公主吧，是吗？"

兄弟一号同志猛地停下，搞得后边的同志们撞在一起摞成一叠。

"她不会是你的朋友吧？"他怀疑地问道。

"哦不，完全不是，"戴维说，"我从没见过那位女士。可能是听说过她，仅此而已。"

"哈，"小矮人相当满意，又继续往前走，"每一个人都听说过她：'哦，哦，哦，白雪公主跟小矮人住在一起，把他们吃穷啦。他们不能彻底杀死她。'哦对，每一个人都知道白雪公主。"

"呃，杀死她？"戴维问。

"毒苹果，"小矮人说，"效果不算好。我们把剂量估少了。"

"我以为想毒死她的是她恶毒的继母呢。"戴维说。

"你不看报，"矮人说，"上面说恶毒的继母有犯罪证据。"

"我们真应该首先查证，"兄弟五号说，"好像她当时正在外面想要毒死别的什么人。百万分之一的几率，真的。就是运气差。"

这会儿，轮到戴维犯踌躇了。"所以，你是说，是你们想要毒死白雪公主？"

"我们只想让她睡过去一会儿。"兄弟二号说。

"很长的一会儿。"兄弟三号说。

"可是，为什么？"戴维说。

"你会明白的。"兄弟一号说。"不管怎样，我们给她吃了一个苹果：嚼啊——嚼啊，睡啊——睡啊，哭啊——哭啊，'可怜的白雪公主，我们——会——想——你——可是——生活——还——要——继续。'我们将她放在平板上，在她四周围上鲜花和哭泣的小兔子，你知道的，所有可以装饰的东西，然后，就来了个该死的王子，还吻了她。我们这儿连一个王子都没有。就是不知道他打哪儿冒出来的，还骑着匹要命的白马。下面的情形，你知道，他下马来，走向白雪公主，就像惠比特犬[1]冲向一个兔子窝。也不知他对自己的作为是怎么想的，四处闲荡找乐子，亲吻一个碰巧在那个时候睡着了的陌生女人。"

"反常，"兄弟三号说，"应该被锁起来。"

"总之，他游手好闲，骑在白马上，像只洒了香水的大茶壶保暖罩，介入根本跟他无关的事情。接下来你知道，她醒过来——哦，哦，哦！——心情糟透啦。王子被狠狠地骂了一顿，之前她还因为他的冒犯失礼先打了他一记耳光。王子听她说了五分钟之后，非但没有娶她，反而骑上马背，消失在夕阳中。再也没有见过他。我们将整个苹果事件嫁祸于身为本地人的恶毒继母，不过，哦，如果说我们得到什么教训的话，那就是，要嫁祸于人，你先得确定那个人是个正确的选择。我们被审讯了一次，因为挑拨离间但又证据不足，我们被判缓刑。他们说，如果白雪公主再发生什么事，哪怕只是裂了块指甲，我们就得受罚。"

兄弟一号同志捏着鼻子做出窒息的样子，以免戴维不懂"受罚"的意思。

"哦，"戴维说，"这可跟我听过的故事不一样。"

"故事！"小矮人的鼻子呼呼喷着气儿，"接下来你会说'从此以后幸福快乐'吧。我们看起来幸福快乐吗？我们从此以后没有幸福快乐过。应该说，从此以后很悲惨。"

---

1 Whippet，运动型猎犬，速度快，能以最少的动作，跑完最大的距离。

"我们本该把她丢给熊的,"兄弟五号沉着脸说,"它们懂得杀人的好办法,熊确实知道。"

"金发姑娘,"兄弟一号说着,点头表示赞成,"一部经典作品,很经典。"

"哦,她很可恶,"兄弟五号说,"你不能谴责它们,说实话。"

"等一下,"戴维说,"金发姑娘从熊的房子里逃跑了,再也没有回去。"

他不说了。小矮人们正瞅着他呢,好像他有点迟钝似的。

"呃,她逃跑了吗?"

"她尝了它们的粥,"兄弟一号一边说,一边轻轻敲着鼻翼,好像在跟戴维吐露一个大秘密,"怎么吃都不够。后来,熊们被她搞得疲惫不堪,喏,事情就是这样。'她离开熊的房子,逃到森林里,再也没有回去。'一个充满希望的故事!"

"你是说……它们杀了她?"戴维问。

"它们吃了她,"兄弟一号说,"伴着粥一起。这就是'逃跑了,再也没人看见她'的意思。意思就是'被吃掉了'。"

"嗯,那么'从此以后幸福快乐'呢?"戴维有点不确定,"那是什么意思?"

"很快被吃掉。"兄弟一号说。

这么说着,他们到了小矮人们的家。

十四　白雪公主，她真的很讨厌

"你们回来晚了！"

兄弟一号同志打开房子的前门紧张地朝屋里喊道："咕喂——我们回来啦！"戴维的耳膜像铃铛一样响起来。那唱歌般的声音，戴维的爸爸以前常常用在妈妈身上，一般是他从酒吧回来晚了，知道自己有麻烦的时候。

"别拿'我们回来啦'糊弄我。"里面应声道，"你们去哪儿了？我快饿死了。我的肚子都像个空桶了。"

戴维从没听过那样的声音。是个女人的声音，可又同时既想低沉，又想高亢，就像那些应该埋在海底的巨大壕沟，只是没有那么湿。

"哦，哦，哦，我听不得那嚷嚷声，"那个声音说，"呃，你们听啊。"

一双大白手伸出来抓住兄弟一号的后颈脖子，把他拎个脚不着地，拖进屋里。

"哦，是哈，"过了一小会儿，才听见兄弟一号说。他的声音听起来有点压抑，"我现在才刚听到。"

戴维让其他小矮人在他前面进屋。他们像囚犯那样走路，而且是那种囚犯，他们刚刚被告知，刽子手有一点点富余的时间，可以在回家喝茶之前加塞儿多斩几个人头。戴维朝身后的黑暗森林瞥去，目光四处游移，想看看是不是该找机会跑出去。

"把那门关上！"那声音说，"我冻死了。俺牙都在打战。"

戴维感觉没什么别的选择了，于是走进屋里，把门牢牢关上。

　　站在他面前的，是一位他所见过的最高大最肥硕的女士。她的脸蛋上覆盖着一层厚厚的白粉，头发是黑的，用艳色的棉发带束在脑后，嘴唇涂成了紫色。身上一件粉色外套，大得足够装下一个小型马戏场，兄弟一号就是被死死压在外套的衣摆上，好让他听清楚那下面的大肚子发出的奇怪的声响。他的小脚几乎要沾着地儿了，可是没够着。那外套上缀着好些丝带、钮扣和蝴蝶结，戴维就纳闷儿，这位女士是怎么记得哪些可以解开，哪些是纯粹装饰呢？她的双脚挤在一双缎子拖鞋里，鞋比脚至少小三号。手指上的几枚戒指也几乎陷进肉里。

　　"你是谁？"她问。

　　"他系客宁。"兄弟一号说。

　　"客人？"那女士说着，丢下兄弟一号，就像丢开一件不想玩了的玩具，"好哇，有客人怎么不早说？"她轻轻拍了拍头发，微笑着，露出被口红染脏了的牙齿，"我也好打扮打扮，化化妆。"

　　戴维听见兄弟三号在跟兄弟八号悄声说话，只能听见"任何事情"和"提高"什么的。不幸的是，他们的声音还是太大，让这位女士不高兴了，兄弟三号立即因此被拍了脑袋瓜。

　　"当心点，厚脸皮的家伙。"

　　然后她向戴维伸出一只苍白的大手，微微行了一个屈膝礼。

　　"白雪公主。"她说，"很高兴认识你，我想是的。"

　　戴维握了下手，警觉地看着他的手指已经完全被白雪公主果酱软糖般的手掌吞没了。

　　"我叫戴维。"他说。

　　"真是个好名字。"白雪公主说。她咯咯地笑，下巴陷进胸前的肉里。这个动作产生了好多肉褶，使她的头看起来像要融化了。"你是个王子？"

　　"不是，"戴维说，"抱歉。"

白雪公主有点失望。她松开戴维的手，试图摆弄手上的一枚戒指，可是戒指戴得太紧，纹丝不动。

"要么，是一位贵族？"

"不是。"

"一位贵族的公子？大笔遗产将在十八岁生日那天等着你？"

戴维假装思考了一下这个问题。

"呃，还是没有。"他说。

"好吧，那么你是谁？别跟我说你也是一个来这儿谈什么工人和压迫的讨——奥——厌——安——的朋友。我警告过他们，我的确警告过：在我没喝完茶以前，不许谈论革命。"

"可我们是受压迫了。"兄弟一号抗议道。

"你们当然要受压迫了！"白雪公主说，"你们只有三英尺高。去，立刻动手给我准备茶饭，在我心情还没坏掉以前。还有，脱掉你们的靴子。我不许你们这么多人把垃圾带到我干净整洁的地板上来。你们昨天才刚打扫过的。"

小矮人们脱下靴子，和他们的工具一起摆在门边，然后排队到一个小水池边洗手，之后去准备晚餐。他们切面包，摘蔬菜，还有两只兔子在火堆上烤着。香味儿弄得戴维想流口水。

"我猜你在想着这些食物吧。"白雪公主对戴维说。

"我是饿了。"戴维承认。

"嗯，你可以从他们那儿分些兔肉，别想吃我的任何东西。"

白雪公主蓦地坐进火堆旁的大椅子里。她鼓起脸蛋，大声叹气。

"我讨厌这儿，"她说，"真没——唉——意——咦——思。"

"那你干吗不一走了之？"戴维问。

"走？"白雪公主说，"我能走到哪儿去？"

"你没有家吗？"戴维问。

"我爸和继母搬走了。他们说他们地方太小，我住不下。反正他们就是没——唉——意——咦——思，我在这儿没意思总比跟他们在一起没意思要强。"

"哦。"戴维说。他在想该不该提有关法庭判决和小矮人们想毒死白雪公主的事。他对此很感兴趣，但又不确定问那些是不是礼貌。毕竟，他不想让已经倒霉透了的小矮人们再有什么麻烦了。

结果白雪公主打消了他的犹豫。她身体靠过来，用两块石头摩擦的那种声音悄悄说："不管怎样，他们都得照顾我。法官跟他们说，他们必须这么做，谁叫他们想毒死我呢。"

戴维想，他可不愿意跟曾经想毒死他的人住在一起，不过，他觉得白雪公主现在不用担心小矮人们会再次加害于她了。假如他们那么做，就会立刻受死，尽管兄弟一号脸上的神情让戴维觉得，跟白雪公主住一阵儿，他们已经很想死了。

"可是，你不想遇到一位英俊的王子吗？"他问。

"我遇到过一位英俊的王子，"白雪公主说。她梦幻般地望着窗外，"他一吻唤醒了我，但之后他必须离开。不过他说，一旦他出发并且杀死一条龙或别的什么，他就会回来。"

"该留在这儿先处理掉我们的这条。"兄弟三号嘟囔道。白雪公主朝他丢了块木头。

"看看我都受些什么罪？"她对戴维说，"他们下矿井干活的时候我得独自在家待一整天，接着还要听他们回家以后的抱怨。我根本不知道他们跟那些矿井较什么劲，什么东西都没找到！"

戴维看见小矮人们听白雪公主说这些的时候在交换某种眼神，甚至还听见兄弟三号笑了几声，兄弟四号踢了他的屁股，叫他安静点儿。

"所以，我要待在这儿，跟这群家伙在一起，直到我的王子回来，"白雪公主说，"或者等另一位王子到来并决定娶我，哪个先来就跟哪个走。"

她从小拇指上咬下一块倒刺，嚼了一会儿，吐到火堆里。

"现在，"她回到先前的话题，"我，的，茶，呢？"

屋里所有的锅、壶、杯、盘全都咔吱咔吱响起来。屋顶的灰尘往下落。戴维看见一家子老鼠撤离鼠窝从墙上的一道裂缝跑掉了，不打算再回来。

"我饿了的时候嗓门会大一点儿，"白雪公主说，"是这样的。谁把兔肉拿给我……"

●

大家吃得很安静，只听见白雪公主坐的桌子那头传来啜食、撕肉、咀嚼、打嗝的声音。她的确吃得非常多。她把自己那只兔子撕得只剩下骨头，然后开始从兄弟六号的盘子里挑肉吃，连一句"请别见怪"都没有。她狼吞虎咽地吃下整整一条面包和半块已经发臭的奶酪。小矮人们在自己的小屋里酿的淡啤，她喝了一大杯又一大杯，还用兄弟一号烘烤的两大块水果蛋糕把杯子吸得一干二净，只是中间抱怨了几声，因为葡萄干卡了她的牙。

"我跟你说过有点干。"兄弟二号小声对兄弟一号说，兄弟一号只是板着脸。

桌上东西一吃完，白雪公主就摇摇晃晃起身，离开餐桌，猛然坐进火堆旁的椅子里，立刻睡着了。戴维帮着小矮人们擦桌子洗碟子，然后跟他们来到一个角落，他们都开始吸烟袋。烟草烧得熏人，像是有人在烧打湿了的旧鞋垫。兄弟一号让戴维抽他的烟斗，戴维很礼貌地拒绝了。

"你们挖的是什么矿？"他问。

一个小矮人开始咳嗽，戴维注意到，他们谁也不愿直视戴维的眼睛，只有兄弟一号像是愿意回答他的问题。

"煤，大概是。"他说。

"大概？"

"嗯，是一种煤。那东西曾经，大概，某种程度上算是煤。"

"像是煤。"兄弟三号帮忙解释。

戴维想到了："呃，你们说的是钻石吗？"

七个小人儿立刻跳到戴维身上。兄弟一号拿他的小手捂住戴维的嘴，说："别在这儿说那两个字。永远不许说。"

戴维点头。小矮人们确信戴维了解了形势的严重性，就又从他身上爬了下来。

"这么说，你们没有告诉白雪公主，呃，这像煤的东西。"他说。

"没有，"兄弟一号说，"一直，呃，没抽出时间跟她说。"

"不信任她？"

"你呢？"兄弟三号问，"去年冬天，很难找到食物的时候，兄弟四号一觉醒来，发现她在啃他的脚。"

兄弟四号严肃地点点头，好让戴维明白这绝不是瞎说。

"还有疤呢。"他说。

"假如她发现矿井在运作中，她一定会把我们压榨得血肉不剩，"兄弟三号继续说，"那样我们只会遭受更大的剥削，而且会更穷。"

戴维朝房子四处看看。这里的确很普通，两个房间，一个是他们正坐着的这间，还有一个卧室被白雪公主占去了。小矮人们睡觉就挤在火堆旁的角落里那张床上，一头儿睡三个，一头儿睡四个。

"如果她不在，我们就能把这地方修整得好一点。"兄弟一号说，"不过如果我们开始把钱花在房子上，那她又会起疑心，所以我们只能保持现状，连一张床也不能买。"

"可是，附近就没人知道矿井的事？有人怀疑吗？"

"哦，我们一直都让人们知道我们从矿上得了一点点收获，"小矮人说，"只够维持生计的。挖矿，是件苦差事，没人想干这活儿，除非确定能借此发大财。只要我们低调一点，不露富，不买好衣服金链子……"

"还有床。"兄弟八号说。

"还有床，"兄弟一号表示赞成，"那么，一切都会正常。只是，我们都不再年轻啦，要是现在能够做事轻巧不费力，再给自己来点儿奢华享受，那多好。"

小矮人们看看躺在椅子上打呼噜的白雪公主，不约而同地叹了一口气。

"其实，我们恨不得收买一个人把她从我们手里带走。"兄弟一号最后坦白道。

"你是说，给某人付钱，让他娶走她？"戴维问。

"当然，他肯定会彻底绝望的，不过我们不会让他白干。"兄弟一号说，"唔，我虽不敢说矿上的所有钻石足够让他觉得值得跟她一起生活，但是我们给他的一定足以减轻他的负担。他可以买些好用的耳塞，还能买张够大的床。"

几个小矮人早已打起盹儿来。兄弟一号拿了根长棍，紧张地朝白雪公主走去。

"她不喜欢被叫醒。"他对戴维解释道，"我们发现这样最简单啦。"

他用棍子那头儿捅捅白雪公主。啥事儿没有。

"我想你得用力一点儿。"戴维说。

这回小矮人冲她狠劲儿一戳。看来是奏效了，因为她立刻抓住棍子，猛地一拽，几乎把兄弟一号直接弹到火堆里去，还好他想起来放开手，一下跳到煤桶里了。

"啊哈，"白雪公主说，"啊呼。"

她抹掉嘴边的口水，从椅子上起身，摇摇晃晃进了她的卧室。"早晨吃熏肉，"她说，"四个鸡蛋，一根香肠。不，要八根香肠。"

说完，她"砰"地关上身后的房门，倒在床上，立刻沉沉睡去。

●

戴维蜷坐在火堆旁的椅子上。屋里轰轰然的，是白雪公主和小矮人们的鼾声，此起彼伏的鼻息、口哨和咳嗽声。戴维想着守林人，想着一路淌到树林的血迹。他还记得勒洛伊，那路普的眼神。戴维知道，他只能跟小矮人们待这一夜，不能久留。他得一直走，必须找到国王。

他起身走到窗边。浓重的黑暗，外面什么也看不到。他仔细地听，只能听见猫头鹰的叫唤。他没忘记是什么带他来到这个地方，可是，自从进入这片新世界，妈妈的声音就再也没有出现过。只有她呼唤他，他才能找到她啊。

"妈妈，"他轻轻地说，"如果你在外面，我需要你的帮助。没有你的指引，我无法找到你。"

然而，没有人应答。

他回到椅子上，闭上眼睛。他睡着了，梦见家里的卧室，梦见爸爸和他的新家，但是，房子里不止他们几个人。在他的梦里，扭曲人偷偷潜入走廊，来到乔治的房间。他站在那里，久久凝视着孩子，之后离开房子，回到他自己的世界。

十五　鹿女

第二天早晨，白雪公主还在床上打鼾的时候，戴维就跟小矮人们出门了。远远离开白雪公主之后，小人儿们的精气神儿看起来振奋了许多。他们一直陪他走到那条白色大道上，然后笨拙地站在戴维周围，每个人都想找个最好的方式道别。

"显然，我们不能告诉你矿井在哪儿。"兄弟一号说。

"当然，"戴维说，"我能理解。"

"因为那是个秘密，算是吧。"

"是的，当然。"

"不想让张三李四随便什么人的跑那儿探头探脑。"

"有道理。"

兄弟一号拽拽耳朵作沉思状。

"就在右边那座大山上，"他飞快地说，"有一条路通向那里。注意，它隐藏得很好，所以你得一直留心寻找。记号是一棵树上刻着的眼睛，至少我们觉得是刻上的。谁也分不清那些个树。为防万一，你知道，你需要一点儿陪伴。"兄弟一号的脸上神采飞扬，"哈！"他说，"一个'小同伴'！知道我在那儿干什么了吗？你知道，一点儿陪伴，像朋友那样，一个小同伴，像一队小矮人。明白吗？"

戴维明白，他顺从地笑了笑。

"别忘了，"兄弟一号说，"如果你半路碰上一位王子或者年轻的贵族，应该说如果你碰到什么绝望到会为钱而娶一个肥硕女人的人，你就把他送到我们这儿来，行不？叫他一定在这条路上等我们出现。我们不想让他自己找到我们的房子去，然后，你知道……"

"会被吓跑。"戴维帮他说完。

"是的，很对。好，那就祝你好运。不要离开这条路。前面有个村子，离这儿一两天的路程。路上可能会有人帮你一把，不过不管你看到什么，都不要被引诱离开这条路。这林子里的恶心事儿多着呢，他们各有各的法子引诱人们进入他们的圈套，所以，要注意怎么走。"

说完，小矮人们消失在森林里，戴维再没有"小同伴的一点儿陪伴"了。他听见他们行进途中在唱一首歌，一首兄弟一号在上班的路上创作的歌，没有什么调儿，看来是兄弟一号在寻找合适的节奏的时候遇到了困难，可是，当歌声远去，戴维一人留在寂静的大路上时，他还是觉得很难过。

他非常喜欢小矮人。虽然常常听不懂他们在说什么，可是作为一群有杀人嗜好和阶级困惑的小人儿，他们真是很有趣。离开他们之后，他感到非常孤单。尽管这明明是一条大路，可戴维是这路上唯一的行者。到处可见的是别人经过这里时留下的行迹——有火堆的灰烬，已经冷却很久了；有一条皮带，一端被饥饿的野兽咬坏了——不过这已经近乎表明他那一天之中将要碰到别的人类了。只在清晨和深夜起明显变化的持续的微光，耗尽了他的能量，征服了他的精神，他发现自己的注意力开始游移。有好几次他几乎站着睡过去，他做起了短暂的梦，梦中的幻象是莫伯雷医生，站在他面前，好像在跟他说话；还一阵阵进入黑暗世界，其间好像听到爸爸的声音。这个时候他会猛然醒来，因为脚步偏离了大路，从石头上走到草地上，让他腿脚跌跌撞撞的。

他意识到强烈的饥饿。早晨跟小矮人们一起吃过早餐了，可是这会儿已经饥肠辘辘，胃也疼起来。包裹里还有吃的，而且小矮人们额外为他补充了一份小小的干粮，给了他一些干果，不过他不知道自己到达国王的城堡以前还要走多久的路。在那儿，就算是小矮人们也帮不上忙。就戴维所知道的，国王与他的王国的运转根本没有多大的关系。兄弟一号曾经告诉戴维，有人来他们家，自称是皇家税官，但是跟白雪公主待了一个小时之后，他丢下帽子落荒而逃，再也没有来过。关于国王，兄弟一号唯一能确定的事实是，有一位国王（可能），有一座城堡，就在戴维正在行走的这条路的尽头的某个地方，尽管兄弟一号从没见过。所以，戴维继续前进，他头脑混乱，肠胃难受，面前的大路白得晃眼。

就在他又一次差点跌进沟渠的时候，戴维看见靠近森林边缘的一块空地上，一棵树上挂满了苹果。苹果看上去是绿色的，快要熟了，看得他口水直流。他想起小矮人们的禁令，提醒他一直要待在大路上，不要受任何森林里的好东西的引诱。可是，从树上摘几个苹果能有多大害处呢？他从那儿还是能够看见大路的，况且，有一根断树枝的帮助，他兴许就能打下足够的果子，应付一天，或者更久。他停下来仔细听，但没有什么声音。森林很安静。

戴维离开大路。地很软，每走一步，就弄出不好听的嘈杂的声响。他走近那棵树，看见另一边树枝上的苹果比较小，比较生，而高处树中间枝上的苹果有大人的拳头那么大。要是爬上树去，他就能够着大苹果，而爬树其实正是戴维擅长的项目。只消几分钟，戴维就爬上了树，很快他把自己安置在一根树干上，大口大口嚼起一个苹果了——吃起来简直甜得让人难以置信。他已经好几个星期没吃过苹果了，上次还是一个当地的农民悄悄地塞给罗斯两个，"给小孩子们吃。"那些苹果又小又酸，这些却很美味，果汁流到他下巴上，果肉在嘴里嚼得很结实。

他几口吞下最后几口，把第一个苹果的核丢掉，又摘下一个苹果。想着妈妈提醒过不要吃太多苹果，这一个他吃得慢多了。吃多了会胃疼，妈妈说。戴维觉得，不管什么东西吃得太满满当当了，都会让人觉得很难受，不过他不确定，假如已经饿了整整一天的话，那会怎样呢。他知道并且确定的是，苹果很好吃，他的肚子很感激他这么做。

第二个苹果正吃到一半，他听见下面的森林里一阵骚动。什么东西正从左边向这儿快速地靠近，他看得见灌木丛中有动静，并有棕褐色毛皮一闪。看起来是一只鹿，不过戴维看不见它的头，而且它显然是在逃避某种危险。立刻，戴维想起了狼。他缩起身体，离树干更近一点，尽量把自己遮挡起来。尽管这样，他还是不知道那些狼经过的时候会不会察觉到他留在地面上的气味，或者，鹿是不是足够吸引它们的注意力，使它们闻不到他的气味。

几秒钟之后，鹿冲出隐蔽地带，进入戴维身下这片空地。它停顿一下，似乎拿不准该朝哪个方向逃，就在这一瞬间，戴维第一次看清了它的头。这一眼吓得戴维倒抽一口气，那不是鹿头，而是一个小女孩的脑袋，有着金色的头发，深绿色的眼睛。他能看见她那人的脖子到哪儿为止，鹿身打哪儿开始，因为在两部分交接的位置，有一道红色的伤痕。那女孩被声音惊了一下，抬眼向上看，目光遇到戴维的眼睛。

"救救我！"她乞求道，"求你。"

这时，追捕的声音越来越近，戴维看见一个人骑着一匹马冲向空地，那人的弓已张满，正要射箭。鹿女也听到了，只见她后腿一紧，朝前面树林隐蔽处跃去。就在她身子跃起还未落地的当儿，一支箭穿透她的颈部。这突然的打击使她的身体向右跌倒，躺在地上抽搐起来。鹿女的嘴巴一张一合，仿佛想要说出最后的遗言。她的后腿踢着尘土，身体颤抖，然后，她不再动弹。

那人骑着一匹高大的黑马疾驰进入空地。他蒙着头巾，衣服绿黄相间，与秋天的森林同色，左手握一把短弓，肩上挂着一束箭。他跃身下马，从马鞍上的刀鞘中抽出一把长刃，朝地上的尸体走去，对准鹿女的脖子。手起刀落，一下，又一下。戴维在他砍下第一刀后就别过头去，手捂着嘴，紧紧闭上眼睛。等他鼓起勇气再回头看时，女孩的头已经从鹿身上砍了下来，猎人正要把它挂起来，黑色的血从脖子涌出，直流到林地上。他用女孩的头发将头系在鞍头上，使它贴着马腹侧边，然后把鹿身横置在马背上，准备上马。正要抬起左脚的时候，他停顿了一下，眼盯着地面。戴维顺着他的目光一看，是马蹄旁边他丢下的苹果核。猎人落脚，继续盯着苹果核，然后迅捷地从箭袋中拔出一支箭，绷上弓，箭尖朝苹果树抬起，稳稳地正对着戴维。

"下来，"猎人说。他的声音透过蒙在嘴上的布发出来，有点闷，"下来，要不我把你射下来。"

戴维别无选择，只好照做。他觉得自己快要哭了。他拼命管住自己不哭，可是又闻到空气中鹿女的血腥味。唯一的希望就是猎人已经享受了白天的狩猎，可能会饶了他。

戴维落到树底下，一闪念间，他想过逃跑到森林中谋求生路，但立刻又打消了那个念头。一个能够骑马射箭杀死奔跑中的鹿的猎手，毫无疑问能打倒一个逃跑的男孩，而且容易得多。他别无选择，只能寄希望于猎人的慈悲，但是当他站在蒙面人面前，看见鹿女黯然无光的眼睛时，他想，做出这样事情的人，能对他的慈悲抱一点点期望吗。

"卧倒，"猎人说，"趴着。"

"求求你，不要伤害我。"戴维说。

"卧倒。"

戴维跪下，勉强平趴在地上。只听见猎人走过来，然后他的胳膊被猛地扭到背后，手腕绑上粗绳。剑被没收了，双腿在脚踝处绑在一起，他整个儿被拎到半空，扔上大马的背，搁在鹿身之上，左半边身子正对着马鞍，难受极了。但是，即使是马开始疾驰，身体一侧的疼痛渐渐变成一种有规律、有节奏的打击，就像是刀刃在两胁间来回地硌，戴维也没想过疼。

是的，戴维脑子里想的全是鹿女的头。一路上，她的脸蹭着他的脸，她温热的血沾在他的脸颊上，在她深绿色的镜子般的眼睛里，他看见了自己的影子。

十六　三个外科医生

　　他们骑在马上，戴维觉得像是走了一个钟头，兴许更长的时间。猎人一路无话。因为给横搭在马背上的缘故，戴维感到眩晕，头也很痛。鹿女的血发出异常浓烈的气味，而且越往前走，能感觉到她的皮肤越来越凉。

　　最后他们来到森林里一幢长形的石头房子前。房子很简单，不设任何装饰，只有狭窄的窗户和高高的屋顶。一侧有个很大的马厩，骑马人就把马拴在那儿。这儿还有其他一些动物。一只母鹿站在畜栏里，一边嚼着麦秆什么的，一边惊愕地瞅着新到来者。铁丝笼里养着鸡，圈里圈着兔子。旁边一只狐狸正在抓它那个笼子的门闩，它的注意力被分散了，又要看猎人，又要注意那够不着的美味猎物。

　　猎人下马，从马鞍上取下鹿女的头，另一只手拎起戴维，扛在肩上，走向房子。猎人抬起门闩的时候，鹿女的头撞在门上，发出轻轻的撞击声。进了房子里，戴维被扔在石头地板上，他仰面躺在那儿，眼花缭乱，充满恐惧。当灯一盏一盏点亮的时候，他终于看清了猎人的窝。

　　覆盖四壁的，全是头颅，每一颗都嵌入木板，固定在石头上。很多头颅都是动物的——鹿，狼，甚至还有一颗路普的头，被安放在头等重要的位置、一面墙的正中央展示——但其余的都是人头。一些是年轻大人的，三颗是老年男人的，但大多数的头颅属于小孩，男孩的、女孩的，他们的眼睛都被换成了玻璃替代物，在灯下闪着光。屋子一端有个壁炉，旁边是张简陋的单人床。另一面墙边立着一张小桌儿和一把单人座椅。戴维转过头，看见屋子另一端的吊钩上挂着的干肉，他看不出那些肉是动物的还是人的。

但在屋子里占主要位置的，还是两张巨大的橡木桌子，那么大，肯定是在屋子里面一块一块拼装起来的。桌子上满是血污，戴维躺着就能看见上面的手链和脚镣，还有皮做的缚身。桌子的边缘是一个架子，搁着小刀、刀片和外科手术用具，显然都很旧了，但都很锋利、干净。桌子上方华丽的框架上悬挂着一排金属的和玻璃的管子，一半像针那么细，另一半有戴维的胳膊这般粗。

大小不同、形状各异的瓶子搁在架子上，有的盛满清澈的液体，有的则用来装身体器官。其中一个里面全是眼珠子，几乎装了一满瓶。戴维看着它们，觉得都还是活的，仿佛把它们从眼窝里抠出来并没有使它们丧失看的功能。另一个瓶子装着一个女人的手臂，无名指上还戴着金戒指，涂红的指甲上还泛着淡淡的光泽。第三个瓶子装的是半个脑子，内部的运转方式展露无遗，并用彩色的大头针做了标记。

还有比这更恶心的东西，恶心得多……

他听见脚步声，有人过来了。猎人站在他身旁，头巾拉了下来，嘴上蒙着的布也不见了，露出下半边脸。是张女人的脸。她皮肤红润，未加修饰，嘴唇细薄，面容严肃。头发随意松散地束在头上，黑、白、银色相间，像獾皮的颜色。戴维正端详时，她松开了发辫，头发瀑布般一泻而下，漫过肩膀，直垂后背。她跪下，用右手揪着戴维的脸，前后扭转，好查看他的头骨。接着她放开他的脸，检查他的脖子和胳膊、腿上的肌肉。

"你可以。"她更像是在跟自己说，而不是跟戴维。然后她留下他一个人躺在地上，去处理鹿女的头。之后的好几个小时，她再也没说一句话，直到工作全部完成。她把戴维扯起来，放到一张低矮的椅子上，然后向他展示劳动成果。

鹿女的头已经被装在了一块黑木头上，头发洗过了，散开在木块上面，用薄薄的胶固定起来。眼睛给挖了，换成了黑绿相间的椭圆形玻璃。皮肤上涂了一层蜡样的东西用以保护，当女猎手用指关节轻叩她的头时，能听到空洞的响声。

"你不觉得她很漂亮吗?"女猎手说。

戴维摇着头，什么也没说。这个女孩曾经有一个名字，有爸爸妈妈，或者还有兄弟姐妹。她还要玩耍，还要去爱，当然也会被爱。她可能会长大成人，会有自己的孩子。而现在，一切都成了幻影。

"你不赞同?"女猎手问，"大概你是为她感到遗憾吧。可是你想想，若干年后，她会变老变丑。男人们会利用她，大堆孩子从她肚子里跑出来。她的牙会腐朽，会从脑袋上掉下来，她的皮肤会起皱、老化，头发会变少、变白。而现在，她将永远是一个孩子，永远漂亮。"

女猎手身体前倾，拿手触摸戴维的脸颊。第一次见她笑了。"很快，你会像她一样。"

戴维扭头面向别处。

"你是谁?"他问，"你为什么要这样做?"

"我是个猎人，"她简单答道，"猎人必须打猎。"

"可她是个小女孩，"他说，"虽然有动物的身体，可仍是个小女孩。我听过她说话，她吓坏了，然后你就杀了她。"

女猎手抚摸着鹿女的头发。

"是，"她轻声说，"她比我预想的活得长久些。比我预想的还要狡猾得多。也许狐狸的身体更加适合她，可惜现在迟了。"

"是你把她弄成那样的?"戴维说。尽管害怕，可他对女猎手所作所为的厌恶还是从每个字眼里流露出来。女猎手对他语气里的怨意感到吃惊，看起来她觉得该为自己的作为作些辩护了。

"猎人总要寻找新的猎物嘛。"她说，"我对猎捕动物感到厌倦，而捕猎人类则没那么好玩。他们有着敏锐的头脑，可他们的身体太弱。于是我想，如果我把动物的身体和人的智慧结合在一起，会有多棒呢。这对我的技艺是多么大的考验啊！可是，要创造这样的结合体是那么、那么难：在我把动物和人结合在一起之前，他们都得死。我为他们止血的时间不够长，没法实现缝合。他们的大脑死亡了，心脏停止了跳动，鲜血一滴一滴地，我所有的艰苦努力都付之东流了。

"后来我的运气好转了。三个外科医生从森林里经过，我袭击了他们，把他们抓住带到这儿来。他们告诉我，他们发明了一种药膏，能够把砍掉的手安回到手腕上，或者把腿安回到残肢上。我让他们演示给我看他们能做些什么。我从其中一个人身上砍下胳膊，另外两个立刻帮他接好了，如他们承诺的那样。然后我把另一个劈成两半，他的朋友们又把他合起来。最后我砍下第三个人的脑袋，他们又把它安到他脖子上了。

"他们成了我的第一批新猎物。"她说着，指着墙上三颗老年男人的头，"他们对我说了自制药膏的方法。现在，每个猎物都有所不同，因为每一个孩子都给我缝合在他们头上的动物带来了独特的东西。"

"可是，为什么要选小孩子？"戴维问。

"因为大人常常绝望，"她回答道，"而小孩从不。孩子们会适应他们的新身体和新生活，有哪个孩子不曾梦想做一回动物呢？况且，说实话，我偏爱捕猎小孩。他们让捕猎更带劲儿了，也为我的墙增添了更好的战利品，因为他们很美。"

女猎手后退几步，仔细打量戴维，似乎现在才意识到他的问题的真正意思。

"你叫什么名字，打哪儿来的？"她问，"你不是这些地方的人，从你的气味和言语上就能看出来。"

"我叫戴维，来自另一个地方。"

"什么地方？"

"英国。"

"英——国，"女猎手重复一遍，"你怎么来的？"

"我所在的地方和这儿之间有一个通道，我打那儿来的，但是现在，我回不去了。"

"好难过，好难过。"女猎手说，"那么，英国有很多小孩子吗？"

戴维没有回答。女猎手捏住他的脸，指甲掐入他的皮肤里。

"回答我！"

"是的。"戴维不情愿地说。

女猎手松开他。

"也许我得让你给我带路呢。如今这儿没有多少小孩了，他们也不像以前那样乱逛然后迷路了。这个——"她朝鹿女的头做个手势，"是我捕到的最后一个，我一直留着她。不过，现在我有你，所以……我该像利用她那样利用你呢，还是该叫你带我去英——国？"

她后退几步离开戴维，想了一会儿。

"我很有耐心。"她最后说，"我了解这块土地，也经受了这里以前发生的种种变化。孩子们会再来。很快就到冬天了，我有足够的食物维持生活。你将成为我雪季到来以前的最后一个猎物。我会把你变成一只狐狸，因为我觉得你比我的小鹿还要机灵。谁知道呢，你可以从我这儿逃脱，到森林里某个隐蔽的地方生活，尽管从来没有人做到过。总有希望的，我的戴维，总还有希望。现在，睡吧，明天我们就开始。"

说着，她用一块布把戴维的脸擦干净，又温柔地吻了他的嘴唇。然后她把他拎到大桌子上，用链子锁起来，以免他在夜里逃跑，之后，她熄灭了所有的灯。火光中，她脱下衣服，赤裸着在她的小床上躺下，睡着了。

可是戴维睡不着。他想着自己的处境。他回忆起那些童话，再次回到对守林人的记忆之中，他给他讲过姜饼屋的故事。每个故事里都有值得学习的东西。

想着想着，他开始计划了。

十七　人头马，女猎手的自负

第二天一大早，女猎手醒来穿上衣服。她在火上烤了一些肉，就着药草和香料泡的茶一起吃了，然后到戴维那儿把他叫起来。一夜睡在坚硬的桌子上，动作又受到镣铐的限制，他的后背和四肢硌得生疼，而且他只睡了一小会儿，不过现在他对自己的目标心中有数了。一直到现在，他主要都是依靠别人——守林人，小矮人们——的善意帮助，保证了生活与安全。如今，他只有靠自己了，幸存的可能性全都在他自己手里。

女猎手给他一些茶，又想让他吃些肉，可他一口也不吃。那肉味道很浓，很刺鼻。

"是鹿肉。"她说，"你必须吃，你需要力气。"

但戴维还是把嘴闭得紧紧的。他一心想着那鹿女，想着她的皮肤和他接触的感觉。谁知道哪个孩子曾经成了这只动物身体的一部分，人兽合一？也许，这就是鹿女的肉，残忍地从她身上撕下来，做了女猎手的新鲜早餐。他不能，也不会吃下它。

女猎手没辙，只好放弃，给戴维拿了些面包。她还松开他的一只手，好让他自己吃东西。戴维正吃着，她从马厩那边把笼里的狐狸带过来，扔在桌子上，戴维的身边。狐狸看着男孩，很像是知道将要发生什么事的样子。他们正瞧着对方的时候，女猎手开始把所有需要的用具聚拢起来，有刀有锯，有药签有绷带，有长针有黑线卷，有管子有瓶子，还有一只装着清澈黏液的罐子。她在一些管子上安上吹风器——"好保持血液畅通，以防万一"——又调整了缚身，好让它适合狐狸的细腿。

"你觉得你的新身体会变成什么样子呢？"准备工作一做完，她就问戴维，"这是一只好狐狸，年轻、敏捷。"

狐狸使劲儿啃着笼子上的铁丝，尖利的白牙露出来。

"你要怎么处理我的身体和它的头？"戴维问。

"我会把你的肉弄干，加入我的冬季储藏品中。我早就发现，小孩子的头和动物的身体有可能成功地结合在一起，而相反的组合却行不通。动物的脑袋无法适应新的身体，它们不能准确地行动，成为可怜的猎物。开始的时候我将它们放生，也只为了找点乐子，现在我再不会浪费时间做这些。当然，它们还是会跑出去，到森林里，就是那些活下来的。它们是些令人作呕的东西。有时候它们从我的路上经过，我会毫不留情地杀了它们。"

"我在想你昨晚说过的话，"戴维小心地说，"你说所有的孩子都梦想变成动物。"

"难道不对吗？"女猎手问。

"我想是的。"戴维说，"我一直想做一匹马。"

女猎手很感兴趣的样子。

"为什么是马呢？"

"在我小时候读到的故事里，我遇到过一匹人头马，它一半是马，一半是人。但它没有马的脖子，而是人的上半身，所以它能够手持弓箭。它很美，很强壮，它是一个完美的猎人，因为它融合了马的力量、速度和人的技巧、聪敏。你昨天在马背上骑得很快，可你和马仍然并非一体。我是说，你的马是不是偶尔会摔跤，而且会做出你意料之外的动作？我爸爸小时候曾经骑过马，他告诉我，即使最棒的骑士也有落马的时候。假如我是个人头马，我就会成为马和人的最棒的结合体，当我打猎的时候，什么都别想从我这儿逃走。"

女猎手看看狐狸，又看看戴维，接着又看回来。她转身背朝戴维，走到桌子旁，找到一张纸片和一支鹅毛笔，开始画起来。从座位这边望过去，戴维看见一些表格、图形和人、马的形状。女猎手像画家那样专注地画着，戴维没有打扰她，只是耐心地看着，再一看狐狸，发现它也正盯着她看呢。于是，戴维和狐狸，带着一致的期待，就那么待着，直到最后女猎手完成她的工作。

她起身回到宽大的手术桌边，一言不发地又把戴维松开的那只手绑上，免得他乱动。他感到一阵恐惧。也许他的计划没能实现，她现在要在他身上动手术了，砍下他的头，装在一只野兽的身体上，从鲜血、药膏和巨大的痛苦之中再造一个新的生物。她将他斩首的时候，是干干脆脆一斧子，还是要又切又锯地剔开他的软骨和骨头？她会不会给他点什么使他睡过去，那样他闭上眼睛之前是一种生物，醒来之后就完全变成另一种，或者，她会不会有点儿乐于制造痛苦？她的手在他身上摸索的时候，他真想大哭，但他没有。相反，他硬生生吞下内心的恐惧，安安静静的，他的自我约束起到了效果。

一把他绑定，女猎手就戴上蒙面斗篷，离开了房子。几分钟后，戴维听到马蹄"嘚嘚"的声音，接着马蹄声远去，女猎手骑马进入了森林，只留下戴维和狐狸——两头即将成为一体的小兽。

●

戴维打了个盹儿，醒来就听到女猎手回来的声音。这一回，马蹄声听起来特别近。房门打开，女猎手出现了，用缰绳牵着她的坐骑。那马一开始犹豫着不肯进来，但她温柔地对它说话，马终于跟着她走进了门。戴维看见马的鼻子一耸一耸，对屋里的气味有所反应，还觉得它的眼睛看起来惊惶失措。她把马拴在墙上的一个环上，然后走近戴维。

"跟你做个交易。"她说，"我一直在想这种生物，这个人头马。你是对的：这样一种兽，一定会是完美的猎手。我想成为一个人头马。假如你肯帮我，我就答应你，给你自由。"

"我怎么知道你成为人头马之后会不会立刻杀了我？"戴维问道。

"我将毁掉我的弓箭，还会给你画一张地图，指引你回到大路上。即使我决定追捕你，可我没有捕猎用的弓箭，又能造成什么威胁呢？到最后我会更加危险，但在那之前，你早就走了，假如你再经过我的森林，我将放你一条生路，表示我认可你为我做的一切。"

接着，女猎手靠过来，对着戴维的耳朵悄声说："但是，如果你不同意帮我的忙，我将把你跟狐狸接在一块儿，而且我保证你不会活过今天。我要追赶你跑过这些林子，直到你累倒，等到你一步也跑不动的时候，我就活剥你的皮，到寒冷的冬天穿在身上。你可以生，可以死，你自己选吧。"

"我想活。"戴维说。

"这么说我们成交了。"女猎手说着，把弓箭投进了火堆，又给戴维画了张详细的地图，告诉他怎么走回大路去，戴维把地图折好，小心塞到衬衣里。然后女猎手指导他该做的事。她从马厩那边拿来一对大刀，又重又利，跟铡刀似的，再用一个绳子和滑轮装置将它们吊到手术桌上方。她调试着其中一把刀，以便它落下的时候刚好把她的身体切成两半，然后给戴维演示怎么涂药膏，好让她在上半身与马身接好之前不至于流血致死。她一遍一遍反复跟他交代程序，直到他硬背下来。之后，女猎手把自己脱了个精光，手拿一把重重的长刀，两刀就把马的头从身体上砍了下来。一开始流了很多血，但戴维和女猎手很快把药膏倒在马脖子上暴露着的红肉上，伤口冒烟，咝咝作响，结合剂在发挥作用了。立刻，静脉和动脉血管不再喷血。马的身体倒在地上，心脏还在跳动，而马头就在旁边，眼睛在眼窝里打转，舌头无力地从嘴里垂下来。

"我们时间不多，"女猎手说，"快，快！"

她正对着大刀在桌上躺下。戴维尽量不去看她的裸体，而是集中精神准备让刀落下，按照女猎手教他的方法。当他再一次检查绳子的时候，女猎手抓住了他的胳膊。她的右手拿着一把锋利的刀。

"如果你想逃跑，或者背叛我，这把刀就会离开我的手，找到你的身体，你连一只胳膊的距离都逃不了。明白了吗？"

戴维点点头。他的一只脚踝还绑在桌腿上，即使想利用这个机会逃跑，他也逃不远。女猎手松了手。在她身边立着一只玻璃罐，里面装的就是那神奇的药膏。戴维的任务就是把药膏倒在她受伤的身体上，然后把她从桌上拖到地上，在那儿，他要帮她爬到马身旁。一旦两边伤口相接触，他得倒更多的药膏在伤口上，好让女猎手和马结合在一起，创造一个活的生物。

"动手吧，快一点。"

戴维退后。用来固定铡刀的绳子拉紧了，为防止意外发生，他只能用自己的剑砍断绳子，使刀落在女猎手的身上，把她劈成两半。

"准备好了？"戴维说。

他把刀刃放在绳子上。女猎手咬咬牙：

"好了。动手，立刻动手！"

戴维将刀举至头上，用尽全力砍向绳子。绳子"啪"地断裂，刀应声落下，将女猎手切成了两半。她痛苦地尖叫，在桌子上翻滚起来，血从两段身体上喷出。

"药膏！"她大声叫唤，"快用药膏！"

可戴维不管，他再次举刀，砍下了女猎手的右手。手掉在地上，还紧紧抓着那把刀。最后，第三刀，戴维砍断了把他拴在桌腿上的绳子。他跃过马身，跑向大门，这个过程中，女猎手愤怒而痛苦的尖叫一直在屋子里回响。门锁上了，但钥匙还留在锁眼里。戴维使劲儿转动钥匙，可它纹丝不动。

身后，女猎手高声尖叫，随后突然发出一阵燃烧的气味。戴维回头看见那药膏正在修补她上半截身体的截断处，伤口正冒烟冒泡。她的右手臂上也涂了药膏，而她还在把药膏往地上倒，想倒在被砍掉的那只手的手腕上疗伤。靠着右边的残肢和左手的力量，她把自己从桌上挪到地下。

"回到这儿来！"她"咝咝"吸着气儿说，"我们还没完成。我要生吞了你。"

她用残肢触到右掌，药膏将两段接在一起。顿时，两部分又合为一体了，她将刀子举至嘴边，牙齿咬住刀刃，开始拖着自己在地板上挪，一点一点靠近戴维。她的手已摸到戴维的裤腿了，这时，钥匙在锁眼里转动了，门打开了，戴维挣脱了腿，跑向外面的空地。他愣住了。

外面不止他一个。

房前空地上站满了一群兽头童身的生物。有狐狸，有鹿，有兔子，有黄鼠狼，稍大的人的肩膀上立着稍小的动物的头，很不协调，它们的脖子在药膏的作用下变窄了。这些组合生物笨拙地移动身体，仿佛控制不了它们的四肢。它们拖曳着腿脚，一瘸一拐，脸上满是茫然与痛苦。慢慢地，它们向房子靠近，正在这时，女猎手拖着身体越过门口，来到草地上。她松口让刀子落在地上，再用手拾起来握住。

"你们在这儿干吗？你们这些破烂玩意儿！从这儿滚开。躲开，回到阴影里去！"

但动物们都没有反应，只是继续步履蹒跚地向前走，眼睛死死盯住女猎手。女猎手抬头看戴维，她现在怕了。

"把我弄回屋里去，"她说，"快点，在它们走过来以前。我原谅你刚才的所作所为。你随时可以离开，只要别把我丢给……它们。"

戴维摇摇头。他从她身边走开，一个男孩身体、松鼠脑袋的小家伙冲他抽了抽鼻子。

"不要丢下我。"女猎手哭喊道。此刻她几乎是被包围了，刀子在空中无力地挥动，她一手创造的人兽包围住了她。

"救命!"她冲戴维大叫，"请救救我。"

随即动物们扑向她，拉扯，撕咬……戴维掉头避开那令人毛骨悚然的场面，朝森林中逃去。

十八　罗兰

戴维在森林里穿行了很长时间，尽量按照女猎手的地图指示的路线走。地图上标示的一些路线，有的已经不存在了，有的打从标示的位置开始就没存在过。世世代代被当做原始路标使用的石冢，总是被长草模糊了面目，长满了苔藓，或者被经过的动物和心怀恶意的路人毁坏，所以戴维被迫一遍一遍回到老路上，或者用剑斩断矮草丛，寻找路标。有时候，他怀疑那女猎手是不是早就打算拿一张错的地图来要他，用诡计让他陷入她的森林里，一旦她变身成为人头马就很容易捕获他。

这时，他忽然瞥见一路的树上都有一条细细的白线，接着不一会儿，他就站在了森林的边缘，眼前就有一条路。戴维不知道自己身在何处。也许又回到小矮人们的交叉路口了，也许是沿着老路又往东了一点，不过这些都无所谓，他很高兴终于走出了树林，又站在大路上，可以继续朝国王的城堡行进了。

他走啊走，一直到这个世界原本就微弱的光线开始暗淡下去。缺少正经八百的白昼，实在是令人不安。这让戴维大部分时间都感觉难受，甚至比他身陷险境时还要难受，他敢肯定。他在一块石头上坐下，吃小矮人们塞给他的一片干面包和一些干果子，又用沿途流淌的小溪里的冷水把自己洗了个干净。

他想知道爸爸和罗斯此刻在做什么。他猜他们现在一定非常担心他，不过，不知道他们去看了沉园和园子里遗留的东西之后会怎么样。他还记得轰炸机起火时，火光照亮夜空，还有它坠毁时引擎发出的绝望呼啸。它撞向地面时一定把花园给毁得不成样子，砸碎了砖墙，残骸散落在草地上，上面的树也着了火。也许，戴维逃跑时穿过的那个墙洞已经因为撞机而消失，他的世界通往这个世界的道路已经不在了。再也没有办法让爸爸知道飞机坠毁的时候戴维在不在花园里，或者，如果事情发生的时候他刚好在那儿，那么他遇到了什么状况。他想象着男人女人们在烧毁的飞机里仔细检查，寻找残骸里烧焦的尸体，生怕会真的发现一具比其他尸体小的……

戴维又开始担心，他这样越来越远离当初进入这个世界的大门，是不是对的，这样的担忧也不是第一次了。假如爸爸，或者别的什么人，找到一条路来到这里寻找他，那他们会不会来到同样的地方呢？守林人那么确信最该做的事就是去找国王，可是守林人不见了。他没能把自己救出树林，也没能保护戴维。这孩子是孤身一人了。

戴维扫视着脚下的路。他不能再回去了。狼群可能还在寻找他，而且，就算他设法找到回到峡谷的路，也必须再找到一座桥才能过去。别无他法，只能继续走下去，寄望于国王能够帮助他。假如爸爸来找他呢，嗯，戴维希望能让自己安全。不过，万一爸爸或者别人走到这条路上来呢，戴维在路边的小溪里找到一块扁平的大石头，用一个尖利的石块，在上面刻下自己的名字，又用一个箭头标明自己将要走的方向。在名字和箭头下边，他写道："去找国王。"他在路边堆出一个小小的石碑，跟森林里的路边标志一样，然后把自己的留言放在石碑顶上。这是他所能做到的最好的事了。

他正要把吃剩下的食物收起来的时候，看见一个人骑着白马正朝这边走来。戴维想躲，可是一想，如果他能看见骑马人，那骑马人也能看见他。那人更近了，戴维能看见他身穿一件银色胸甲，上边有两个一模一样的太阳符号，头上还戴着个银色头盔。马鞍的一边挂着剑，另一边是弓和箭：这个世上可选择的武器都在这儿，至少看起来是的。马鞍上还垂着一个盾牌，上面也有一个双日标志。

打戴维身边经过的时候，他勒住马缰绳，低头看着男孩。他让戴维
想起了守林人，因为这骑马人的脸跟守林人长得有点像。跟守林人
一样，他看起来既严肃，又亲切。

"你要去哪儿，年轻人？"他问戴维。

"我要去见国王。"戴维说。

"国王？"看来骑马人不怎么感兴趣，"那国王还对什么人有用
处吗？"

"我在想办法回家，有人告诉我，国王有一本书，书里可能有
一条路能帮我回到我来的地方。"

"那是什么地方？"

"英国。"戴维说。

"我想我以前从没有听过这个名字。"骑马人说。"我只能设想
那儿离这儿很远。哪儿都离这儿很远。"他又加上一句，像是刚想
起来似的。

他在马背上轻轻挪了挪身子，四下里张望一番，看看树，远处
的山和前后的路。

"这儿不是小男孩独自一人走路的地方。"他说。

"我两天前跨过峡谷，"戴维说，"那儿有狼，还有帮助我的人，
守林人，他……"

戴维突然不说了。他不想大声说守林人遭遇的事情。他又看见
他的朋友在狼群的重压之下倒在地上，看见血迹一直流到森林里。

"你跨过了峡谷？"骑马人说，"告诉我，是你砍断了绳子吗？"

戴维努力想看懂骑马人脸上的表情。他不想惹麻烦，况且他猜
到，毁掉那座桥，一定带来了无穷的害处。不过，他也不想说谎，
而且有什么在暗示他，如果他撒谎，骑马人就会怀疑他。

"我不得不那样做，"他说，"狼要追来了，我别无选择。"

骑马人笑了。"恶搞侏儒十分不高兴，"他说，"它们现在得重

新造一座桥，如果它们想继续玩猜谜游戏的话，而且哈比女妖们每次都会骚扰它们。"

戴维耸耸肩。并不是对恶搞侏儒感到抱歉，迫使路人为解一个愚蠢的谜而赌命不是什么正派的行为。他甚至希望哈比女妖吃掉一些恶搞侏儒当晚餐呢，不过他想象不出恶搞侏儒的肉能有多么好吃。

"我从北边来，所以你的荒唐冒险并没有妨碍我的计划。"骑马人说，"不过在我看来，一个设法激怒恶搞侏儒并逃脱了哈比女妖和狼群追赶的年轻人，还是值得带在身边的。跟你做个交易：如果你能跟随我一段时间，我就带你去国王那儿。我有个任务要去完成，需要一个随从沿途给我帮忙。你只用为我服务几天的时间，而作为回报，我将保证你安全到达皇家领地。"

戴维好像没有更好的选择了。他不相信狼群会原谅他在桥上杀死它们同伴的事，现在它们一定找了另一条路跨过峡谷，可能已经跟踪他了。他在桥上运气好，但这一次可不一定了。孤身一人走在这条道上，他总是受到那些想害他的人的摆布，比如女猎手。

"那我跟您走。"他说，"多谢您。"

"很好，"骑马人说，"我叫罗兰。"

"我叫戴维。您是一位骑士吗？"

"不，我是个士兵，仅此而已。"

罗兰弯腰向戴维伸手。戴维刚握住他的手，立刻离开地面，被提到了罗兰的马背上。

"你看起来很疲惫，"罗兰说，"我可以稍稍屈尊，让你跟我一块儿骑马。"

他用脚跟轻夹马腹两侧，马小跑着载他们上路了。

戴维不习惯坐在马背上。他发现要跟上马的节奏很难，所以他的屁股一下一下弹在马鞍上很疼。只有当赛拉——这是马的名字——开始飞奔疾驰的时候，他才感觉骑马很享受。那就像是飘浮在路上似的。尽管背上加负了戴维的重量，赛拉的马蹄却好像大口大口地吞没着脚下的路一样，跑得飞快。戴维第一次觉得不那么惧怕狼了。

●

骑马行走了一段时间，他们四周的景观出现了变化。草烧焦了，地面开裂，且被翻搅得乱七八糟，好像是经历了大爆炸似的。树被砍倒，树干被削尖了夯进土里，看起来是想用来做防范敌人的防御工事。地上散落着一些铠甲，还有打坏了的盾和折断的剑。他们目不转睛地瞪着好像是某次大战结束后的战场，可是戴维没看到尸体，不过地上有血，战地上凹陷的泥潭，与其说是褐色的，毋宁说是红色的。

而在这些中间，有一样东西不属于这里，它那么古怪，以至于赛拉都停止了脚步，忧心忡忡，一只脚蹄不敢再往前迈。连罗兰也瞪着它看，掩不住害怕的样子。只有戴维知道那是什么。

那是辆马克 5 型坦克，大战的遗物。能发射六磅重炮弹的短炮管仍从左边的炮塔伸出来，可是上面却没有任何标志。说实话，这坦克太干净，太簇新了，戴维看上去，觉得它像是刚从某个地方的某个厂家生产出来的。

"那是什么？"罗兰问，"你知道吗？"

"是坦克。"戴维说。

意识到这样的回答不太可能让罗兰了解这玩意儿的本质，戴维又说："是一种机器，就像一辆，呃，有篷的大车，人在里面可以走动。这个，"他指着能发射六磅重炮弹的炮管，"是炮，大炮的一种。"

戴维用铆钉作抓手和踏脚，爬到坦克上。炮舱开着，里面能看见驾驶座旁的刹车和换挡装置，还有大型里卡多发动机的内部构造，就是没有一个人。这又一次让人觉得它从未使用过。从坦克顶上的有利位置，戴维环视周围，但泥地上看不见一道车痕，仿佛这马克5是从外面不知什么地方突然出现在这里的。

他从坦克上下来，最后两步是跳下来的，所以落地的时候溅了一身泥和血，立刻弄脏了他的裤子，于是他又想起，他们正站在一个有人受伤，并且或许已经死了的地方。

"这儿发生了什么事？"他问罗兰。

骑马人在马鞍上扭动身子，还在为坦克的出现感到不安。

"不知道。"他说，"看情况，是一场什么战斗吧。时间应该是最近，我还能闻到空气中的血味儿。不过，阵亡者的尸体在哪儿？如果他们被埋了，那么坟墓呢？"

一个声音从他们身后传来："你们找错地方啦，旅行者。这块地方没有尸体，它们在……别的地方。"

罗兰驾赛拉转身，习惯性地拔出剑来。他帮戴维爬上马背坐在身后。戴维一上马，就摸出自己那把短剑，把它从剑鞘里拔出来。

一面老墙的残垣立在路边，那些都是一些从世上消失已久的巨大建筑的遗迹。石头上站着一位老头。他头顶全秃，蓝色的血管密密麻麻分布在裸露的头皮上，就像地图上某个贫瘠、寒冷的地方画着的河流。他的眼睛里红血丝纵横交错，眼窝似乎太大，所以皮肤下的红肉松松下垂，暴露在两颗眼珠下面。他的鼻子很长，嘴唇苍白干燥。他身穿一件棕色旧长袍，跟僧人似的，袍子长及脚踝，光着脚，脚趾甲是黄的。

"谁在这儿打过仗？"罗兰问。

"我没问他们的名字。"老头说，"他们来了，然后死了。"

"为了什么目的？他们一定为了某个原因而战斗。"

"当然。我肯定他们相信自己的原因是正确的。她，很不幸，
她不相信。"

战地的味道正令戴维不安，也加强了他的感觉——这老头儿不
可靠。这会儿他说起制造战争的那个"她"时的样子，还有他提到
"她"时微笑的那种态度，让戴维明显感觉到，死在这儿的那些人
死得非常惨。

"'她'是谁?"罗兰问。

"她就是兽，住在森林深处一座废塔底下的那个东西。她沉睡
了很长时间，而现在她再次苏醒了。"老头朝背后的树做了个手势，
"他们是国王的人，想要继续控制一个行将就木的王国，因而付出
了代价。他们在这儿防御，然后被打败了。他们撤退到我身后这片
林子的隐蔽处，把死伤的同伴也一同拖去，她就是在那儿处理了
他们。"

戴维清清嗓子。"坦克是怎么来的?"他问，"它不属于这儿。"

老头咧嘴而笑，露出紫色的牙龈，上边点缀着老朽的牙齿。"兴
许你也一样，小子，"他答道，"你也不属于这儿。"

罗兰催促赛拉往森林里走，一直和老头保持距离。赛拉是匹勇
敢的马，只犹豫片刻，便按主人的吩咐做了。

血腥味和腐臭越来越浓烈，前面有一丛裂开的、不再长高的矮
树，戴维知道那才是恶臭的真正来源。罗兰叫戴维下马，命令他转
身背对着一棵树，眼睛盯住老头。老头还在矮墙上，眼光越过肩膀
注视着他们。

戴维知道罗兰不想让他看见灌木丛后边的情形，但他忍不住心
中的欲望，趁士兵拨开灌木丛进入矮树林的时候，朝那边看了一
眼。戴维瞥见树上挂满尸体，另外一些干瘪得只剩下骨骸。他飞快
掉转过头——

他发现，自己和那老头撞了个眼对眼。戴维不知道他是怎么这

么快这么静悄悄地就从他站着的墙上移过来了，可是现在他就站在这儿，近到戴维可以闻到他的气息。是酸腐了的浆果味儿。戴维手里的剑握得更紧了，而老头眼都不眨。

"你离家远着呢，小子。"老头说。他抬起右手去摸戴维头上一缕斜逸一旁的头发。戴维生气地甩甩头，伸手去推老头。像是在推一堵墙。老头也许看起来很弱，但是比戴维要壮得多。

"还听得见你妈妈叫你吗？"他说着，把左手放到耳朵旁，像是捕捉半空中的声音似的，"戴——维，"他高声唱道，"哦，戴——维。"

"住口！"戴维说，"马上住口。"

"不然你怎么样啊？"老头说，"一个小男孩，离家那么那么远，为他死去的妈妈而哭泣。你能做什么？"

"我会刺伤你的，"戴维说，"我没开玩笑。"

老头朝地上吐了一口唾沫，唾沫落地，草地噬噬作响。液体漾开，在地面形成一个冒泡的小池。

小池里，戴维看见了爸爸、罗斯，还有小宝宝乔治。他们都在笑，而且乔治被爸爸高高抛起，就像戴维小时候一样。

"他们不想你，你知道的，"老头说，"他们一点儿都不想念你。你不在他们很高兴。你让你爸爸有罪恶感，因为你让他想起你妈妈，不过现在他有了新的家庭，你不在，他再也不用担心你和你的情绪了。他已经把你忘了，就像他忘了你妈妈一样。"

小池里图影变换，戴维看见爸爸和罗斯共用的卧室。罗斯和爸爸正站在床边，互相亲吻对方，接着，就在戴维注视之下，他们一同躺倒在床上。戴维扭过头。他的脸刺痛，感到一股愤怒自内心升腾。他不愿相信，可是证据就在眼前，就在一个毒老头儿嘴里吐出的唾沫造成的热气腾腾的池子里。

"看，"老头说，"你现在没什么理由回家了吧。"

他大笑起来，戴维拔剑向他刺去。他甚至不知道自己会这样做，他只是如此愤怒，如此伤心。还从来没有过这样被背叛的感觉，此刻，仿佛身体的控制力被什么东西代替了，是某种他身体之外的东西，所以他似乎失掉了自我的意志力。他的手臂自动举起，向老头砍去，刺破了他的棕色长袍，下面的皮肤被划出了一道血痕。

老头往后退，他用手指去摸胸前的伤口，缩回来时手指变成了红色。他的脸开始变了，伸展开来，呈现半月的形状，下巴向上卷曲，尖到几乎接上他的歪鼻梁，一块块头发从头顶头盖骨上长出来。他撩开长袍，戴维看见金绿相间的衣服，用华丽的金腰带束着，还挂着一支金色匕首，像蛇身一样是卷曲的。衣服的布面上有道划痕，戴维的剑正是打那儿刺穿了那漂亮的布料。除此之外，老头的手里出现了一个扁平的黑色圆盘，他在空中轻轻一掸，圆盘变成了一顶歪歪扭扭的帽子，他把它戴在头上。

"你，"戴维说，"你去过我的房间。"

扭曲人朝戴维嘘声打嗝，他腰间的匕首扭转翻动，好像真的是一条蛇。他的脸因愤怒和痛苦而扭曲了。

"我曾走进过你的梦境，"他说，"你所想的一切，你所感受的一切，你所恐惧的一切，我全都清楚。我知道你是个令人讨厌的、满心妒忌和仇恨的小孩。尽管这样，我还是打算帮助你。我要帮你找到你妈妈，可是你呢，刺伤了我。哦哦哦，你是个可怕的小子。我会让你很可怜，非常可怜，以至于但愿自己没有来到这个世上，不过——"

他的声调突然变了，变得冷静而理智，这让戴维更加害怕。

"我不会那样做，因为你还会需要我的。我能带你找到你要找的人，然后还能带你们两个回家。我是唯一能真正做到的人。我只想要一件小小的东西作为回报，很小很小，你根本不会察觉到它……"

他被罗兰回来的声响惊扰了，没能继续说下去。扭曲人在戴维眼前摇动手指头。

"我们还会再谈的，也许我们行动的时候你会多一点感激。"

扭曲人开始转圈，他越转越快，越转越猛，最后在地下钻了一个洞，消失在戴维的视线中，只留下那件棕色长袍。他的唾沫已经渗入地下，戴维世界的影像再也看不到了。

戴维感觉罗兰到了他身边，他们两个朝扭曲人留下的黑洞里张望。

"那是谁？是什么？"罗兰问。

"他伪装成老人，"戴维说，"他跟我说，他能帮我回家，他是唯一能够做到的人。我想他就是守林人说过的那个，他把他叫做骗术精灵。"

罗兰看见血从戴维的剑刃上滴下来。

"你刺伤了他？"

"我生气了，"戴维说，"事情就那么发生了，我没法阻止自己。"

罗兰从戴维手中接过剑，从灌木丛里拽了一大片绿树叶，把剑刃擦干净。

"你必须学会控制自己的冲动。"他说，"剑渴望被使用，它渴望染血，这就是它被铸造出来的使命，它在这世上别无其他目标。如果你不控制它，它就要控制你。"

他把剑递回戴维手中。"下次你见到那个人，不要只是刺伤他，而要杀了他。"罗兰说，"不管他说些什么，他对你没有好处。"

他们一起走到赛拉那边，她正在啃地上的草。

"你在那后面看见了什么？"戴维问。

"我想，跟你看到的没什么两样。"罗兰说。他有点生气地摇摇头，因为戴维违反了他的命令。"是什么东西杀了那些人，并且吸干血肉，只剩下骨头，然后把他们的骨骸挂在树上。森林里目光能及之处满是尸体，地上的血还没干。不过他们死前也伤了那'兽'，或者别的什么东西。地上留有一种污秽的物质，黑色的，腐烂了，有一些他们的矛和剑的尖都被这种物质熔化了。如果它会受伤，那么也能被杀死，不过这对一名士兵和一个男孩来说就勉为其难了。不关我们的事，我们上马走吧。"

"可——"戴维说。他不知道该说什么。故事里可不是这样，士兵和骑士斩杀龙和怪物，他们从不惧怕，更不会因为死亡的威胁而逃开。

罗兰已经跨坐在赛拉背上，并伸出手，等着拉戴维上来。"戴维，你要是有话，就说吧。"

戴维想找到合适的措辞，他不想冒犯罗兰。

"这些人都死了，而杀死他们的那东西虽然受了伤，可是还活着。"他说，"它还会杀人，不是吗？会有更多的人死掉。"

"也许是的。"罗兰说。

"那，我们不该做点什么？"

"你的建议是，用我们名下这一把半的剑捕杀它？这儿的生活充满恐怖与危险，戴维，我们面对那些不得不面对的。很多时候我们必须选择为更大的利益而出手，哪怕冒着生命的危险，但是，我们不作无谓的牺牲。我们每个人活着只有一条命，也只有一条命能拿出来。把它扔在毫无希望的事上，可不是什么荣耀。来吧，咱们走。暮色渐沉了，咱们得找个地方过夜。"

戴维又犹豫了一下，然后抓住罗兰的手，被拉上马鞍。他想着所有那些死去的人，不知道是什么样的生物能对他们造成那样的伤害。那辆坦克还泊在战场中央，显得困窘而不搭调。不知为何，它从他的世界找到来这里的路，没有一个驾驶员，甚至显然没有被驾驶过。

坦克留在了他们身后，这时戴维想起了在扭曲人的唾沫池里看到的情景，还有他说的那些话：

"他们一点儿都不想念你。你不在他们很高兴。"

那不可能是真的，不可能吧？可是毕竟戴维看见了爸爸溺爱乔治的样子，爸爸同罗斯走在一起时拉着她的手、注视她的样子，他猜到每个夜晚他们关上房门后做的事情。假如他找到回家的路，而他们并不想让他回去，怎么办呢？假如他们真的没有他更高兴呢？

而扭曲人说，他能解决那些问题，能找回他妈妈，并把他俩带回家，而且只要一个小小的回报。罗兰踢马刺催促赛拉向前走时，戴维在想，会是怎样的回报呢？

●

而此时，在远远的西边，耳目不能及的地方，一阵胜利者的呼啸在空中升起。

狼群已经找到了跨过峡谷的另一座桥。

十九　罗兰的故事，狼群侦察兵

罗兰不情愿歇脚过夜，他着急继续他的使命，而且很关注正在追寻戴维的狼群。可是赛拉累了，戴维也已筋疲力尽，都抓不住罗兰的腰了。后来他们来到一处像是教堂废墟的地方，罗兰同意在这儿歇息几个小时。虽然很冷，可他不让生火，不过他给了戴维一条毯子让他裹在身上，还允许他在一只银瓶里嘬了一口。瓶里的液体灼烧戴维的喉咙，随后给他浑身带来暖意。他躺下，眼望着天空。教堂的尖顶隐现在上空，窗口空洞得像死人的眼睛。

"新宗教，"罗兰轻蔑地说，"国王曾努力让其他人理解它，那还是他还有此意愿，并且有权下令贯彻的时候。现在他龟缩在城堡之中，那些小礼拜堂就空在那儿了。"

"你信仰什么？"戴维问。

"我相信我所爱的和我所信任的，别的都是扯淡。神和他的教堂一样空洞无物，他的信徒们将所有好运都归因于他，可是当他无视他们的请求，留他们受难而不顾的时候，他们只会说那是因为他超越了他们的理解，并让自己沉湎于他的意志之中。那叫什么神啊？"

罗兰满腔愤怒与恨意，戴维想他是不是曾经信仰过这"新宗教"，然后在遭遇到什么事之后转身离开了它。戴维自己早已有此体会，就是妈妈死后那几个月、那些个星期，他坐在教堂里，听牧师宣讲神以及神如何爱子民的时候。他发现很难在牧师的神和那个让妈妈慢慢地痛苦死去的那个神之间画等号。

"那你爱的是谁？"他问罗兰。

但罗兰装作没听见。

"讲讲你的家，"他说，"跟我说说你的朋友家人。说什么都行，只要别说那些虚伪的神。"

于是戴维跟罗兰说起妈妈、爸爸，说起沉园，说起乔纳森·塔尔维和他的旧书，说起他听见妈妈的呼唤而来到这片陌生土地的事，最后，还说到了罗斯和新出生的乔治。他说话的时候难以掩饰对罗斯和宝宝的恨意，这叫他感到羞愧，觉得自己比想要在罗兰面前表现的更像个孩子。

"那可真的不容易啊，"罗兰说，"你被夺走了那么多，不过，兴许你也得到了不少。"

他不再多说，怕这孩子以为他在教训他。于是，罗兰朝后靠在赛拉的马鞍上，给戴维讲了个故事。

●

罗兰的第一个故事

从前有个国王，他允许自己的独子去娶遥远地方的一位公主。他送别儿子，并将家族世代相传的一个金杯交付给他。他告诉儿子，这个将成为迎娶公主的彩礼，也是两个家族结合的象征。一名仆人受命与王子同行，满足他的一切需要。于是，两个人一起出发，奔赴公主所在的国度。

他们走了一段时间之后，对王子心存嫉妒的仆人趁王子睡觉的时候偷走了酒杯，并穿上王子最华丽的衣裳。等到王子醒来，仆人叫他以自己的生命和所有他爱的人的生命起誓，永不将此刻发生的事情告诉任何人，还对王子说，以后要伺候他做一切事情。就这样，王子变成了仆人，仆人变成了王子，他们就这样来到了公主的城堡。

他们到达之后，人们以盛大的仪式接待了假王子，而真正的王子被派去喂猪。因为假王子对公主说他是个邪恶的、不守规矩的仆人，不能信任，所以她父亲就把真正的王子送去喂猪，睡在泥巴稻草间，而冒名顶替者吃着最精致的食物，枕着最柔软的枕头。

不过国王是个明智的老人，他听到别人对喂猪仔的好评，说他的态度有多亲切，对他养的猪和他遇到的仆人有多照顾，于是，有一天，国王去找喂猪仔，叫他讲些关于自己的事。可是，因为发过毒誓，真王子只能告诉国王他无法遵命。国王怒了，他不习惯有人违背他的意愿。真王子跪下说道：

"我有死誓在先，不能告诉任何人我的真实身份。请您饶恕我，我对陛下没有丝毫不尊重，但是，君子一言，驷马难追，如果做不到这一点，我便不如一个畜生。"

国王想了一会儿，然后对真王子说："我能理解，你心里的秘密困扰了你，也许大声说出来会让你感到高兴一些。何不对仆人那边的弃炉说说呢，那样你会睡得安稳些。"

真王子照国王的话做了，而国王藏在炉子后面的暗处，把王子的故事听了个清清楚楚。第二天公主就该和冒名顶替者结婚了。当天晚上，国王举行了一场盛大的晚宴，他邀请真王子坐在他的宝座一边，扮成一位假面嘉宾，让假王子坐在另一边。他对假王子说："如果你愿意，我想测一下你的智慧。"假王子立即答应了。国王给他讲了一个冒名顶替者抢夺别人身份的故事，当然，结果是那人强占了另一个人的财富和特权。那假王子非常傲慢自大，对自己拥有的位置也太自信，根本没有意识到这个故事与他有关。

"要是你的话，怎么处置这样一个人呢？"国王问。

"我会叫人剥掉他的衣服，丢到一个满是钉子的木桶里，"假王子说，"然后把木桶系在四匹马后面，我会拉着他游街，直到他被钉死为止。"

"这将成为对你的惩罚,"国王说,"因为你犯了这样的罪行。"

真正的王子恢复了原来的身份,他娶了公主,从此以后过着幸福的生活。而假王子在满是钉子的木桶里被撕成了碎片,没有人为他哭泣,在他死后,也没有人再提他的名字。

●

故事讲完,罗兰看着戴维。

"你对我的故事有什么看法?"他问。

戴维皱起眉头。"我想,我以前读到过类似的故事。"他说,"可我那个故事里是个公主,而不是王子。不过结局都一样。"

"你喜欢这个结局吗?"

"我小时候很喜欢,我觉得那个假王子罪有应得,我喜欢坏人最后受罚处死。"

"现在呢?"

"好像残忍了点儿。"

"可是,假如权力在他手中,他会对别人实施同样的惩罚。"

"大概是,可那并不是说惩罚是对的。"

"所以,假如是你,你会表现你的仁慈吗?"

"假如我是真王子,那么,是的,我会。"

"可是你会饶恕假王子吗?"

戴维在考虑这个问题。

"不会,他做错了事,理应受到惩罚。我会叫他去喂猪,过之前真王子被迫过的生活。如果他伤害了动物,或者伤害了其他人,那么我就对他实施同样的惩罚。"

罗兰满意地点点头。"这种惩罚挺合适,也很仁慈。睡吧,"他说，"狼群快咬到咱们的脚后跟了，能休息时就必须休息。"

戴维听到这话，立即睡下。脑袋一挨到包裹，他就闭上眼睛，立刻入睡了。

他没有做梦，在意味着一天开始的并不真切的黎明到来之前，他只醒了一次。他睁开眼睛，觉得好像听到罗兰在温柔地对谁说话。他朝士兵扫一眼，看见他正盯着一只小银盒儿，里面有张男人的照片，比罗兰年轻，很帅气。罗兰就是对着这张照片在低声细语。尽管戴维听不清所有的话，但"爱"这个字眼却清清楚楚说了不止一次。

戴维觉得有点尴尬，便把毯子扯到头上，把士兵的话挡在耳外，直到再次入睡。

●

戴维再醒来的时候，罗兰已经起身了，正在四处走动。食物虽然剩下不多，但戴维还是分了些给士兵。他在小溪里梳洗干净，差一点又要开始他的例行规定，可又想起了守林人的建议，于是停下，转而清洗他的剑，并在石头上磨剑锋，又检查了腰带是否牢固，拴剑鞘的环是否完好无损，然后还央求罗兰教他给赛拉上鞍，系紧缰绳和笼头。罗兰教了他，还告诉他怎么检查马的腿和蹄，好及时发现有没有受伤或不适的地方。

戴维想问士兵银盒儿里的相片是怎么回事，可又不想让罗兰觉得他半夜里监视他。于是，他问了另一个从两人第一次见面就困扰着他的问题，而这个问题恰好问出了关于那个照片上的男人的秘密。

"罗兰，"士兵又一次把马鞍放到赛拉身上的时候，戴维问道，"你的任务是什么？"

罗兰把缚在马肚子上的皮带拉紧。

"我有一个朋友，"他看也不看戴维一眼，"他的名字叫拉斐尔。他想在那些怀疑他的勇气、在背后说他坏话的人面前证明自己。他听到一个故事，说是有个女人为女巫所困，沉睡在一个装满金银珠宝的地方，他发誓要去将她从咒语之下解救出来。他从我的领地出发去寻找她，可是再也没有回来。他和我比亲兄弟还要亲。我发誓要弄清他遇到了什么事情，假如他死了，我要为他复仇。那个女人所在的城堡据说是随月亮的圆缺而移动的，现在它正位于一个离这儿骑马两天能到的地方。我们弄清城堡里面的事情真相之后，我就带你去见国王。"

戴维爬到赛拉背上，然后罗兰扯缰领着马儿回到大路上，试着走了走前方的路，看有没有隐藏的坑洞可能伤到他的坐骑。尽管戴维还因为前一天长时间坐在马背上而浑身疼痛，但他已经开始适应马儿和她运动的节奏了。他抓住鞍头。当黎明第一道微弱的光划过天际的时候，他们离开了教堂废墟。

然而，他们还是被盯上了。废墟之上的一片荆棘中，一双黑色的眼睛在监视着他们。那狼毛色很深，它的脸不像是兽类，而更像人类，它是路普和母狼结合所生，但继承了母亲的外貌和直觉。它还是同类之中最大、最凶猛的，种族里的异类，身材高大像匹小马，嘴巴张开能整个儿咬住一个人的胸膛。这个侦察兵被群族派出，寻找男孩的踪迹。它在路上嗅到他的气味，尾随至树林深处一间小屋，它差点儿在那里没命了，因为小矮人们在他们的家周围设下了陷阱：深坑底部插上削尖的木棒，上面用棍子和草皮加以掩饰。幸亏狼反应快，这才免于堕阱受死，从那以后它就更加小心了。它发现男孩的气味跟小矮人们的混在一起了，又跟踪气味回到大路上，接着气味消失了一阵子，直到一条小河边才又出现，却又被马的气味给淹没了。这让狼明白，那孩子已经不再徒步行走了，很有可能还有了同伴。它在这个地方用尿做了标记，就像之前每跟踪到一个地方做的一样，这样狼群就可以轻易跟来了。

侦察兵知道罗兰和戴维无从得知的情况：追戴维的狼群一跨过峡谷就暂时地停止追击了，因为更多的狼赶来加入队伍，一起朝国王的城堡前进。侦察兵受命于勒洛伊，追踪男孩。如果可能，它要将戴维带回狼群交给勒洛伊处理；如果不行，就杀了他，只带回男孩的首级，以证明使命完成。侦察兵已经决定带回男孩的首级就足够，已经很久没有吃过新鲜人肉了，它将把他的尸体吃掉。

这杂种狼在战地再次寻得了男孩的足迹，同时被一种无以名状的恶臭刺痛了它灵敏的鼻子，使它的眼睛充满泪水。饿极了的侦察兵啃了一名士兵的骨头，吸了骨头深处的骨髓，过去的几个月里肚子从没这么饱过。精力一恢复，它就又跟随马的气味，及时来到废墟，刚好看到男孩和士兵离去。

侦察兵后腿壮实有力，跳得又高又远，它高大的身躯曾把很多骑手从马鞍上掀下来，扑倒在地，再用长长的尖牙撕开他们的喉咙。要抓住男孩很简单。只要侦察兵一个合适的跃起，就能咬住男孩，在骑马人明白过来之前把他撕个四分五裂，接着侦察兵会逃开，假如骑马人选择跟上来，那好，它就直接把他带到等待的狼群口中。

骑马人正领着他的坐骑慢步前行，小心躲过低矮的树枝和茂密的石楠丛。狼影子般尾随其后，等待机会。骑马人面前有棵倒地的树，狼想，马会在那儿驻足片刻，考虑越过障碍的最佳路线，马一停下，它就去抓男孩。它蹑手蹑脚地赶到马前面，这样就有足够的时间找个进攻的最佳位置。它到达那棵树，发现右边的灌木丛里有一块凸起的石头，对它的进攻是个绝佳的位置。口水从它下巴上滴下来，它的嘴里仿佛已经尝到了男孩的血。马进入了它的视线，侦察兵绷紧身体，预备进攻。

一个声音从狼身后响起：金属与石头撞击的微弱声响。它掉头应对危险，可是不够快，只见刀光一闪，喉头深处一阵灼烧感，它连痛苦而惊讶的声音都没发出来。它被自己的血扼住了呼吸，四肢在身下已无法动弹，它倒在石头上，垂死之际，眼里泛着恐惧的光。接着，那光黯淡了，侦察兵的身体战抖着，痉挛着，直至最后躺下不动了。

它晦暗的瞳孔里，映着扭曲人的面孔。他用剑刃割下侦察兵的鼻子，放进腰带上的小皮口袋里。这算是他收集的又一件战利品，而且，一旦勒洛伊和它的狼群发现它们兄弟的尸体缺了鼻子，会让它们踌躇一阵子。它们会明白是谁干的，没错，这样毁伤猎物尸体的没有别人。男孩是他的，只属于他一个人。没有狼能啃食他的骨头。

扭曲人就这样注视着戴维和罗兰经过，正如侦察兵猜测的那样，赛拉在倒地的树前暂停片刻，接着一跃而过，载着士兵和男孩朝远处的大路驰去。扭曲人没入石楠和荆棘之中，消失了身影。

二十　村庄，以及罗兰的第二个故事

那天早晨，戴维和罗兰一路没有碰到任何人。让戴维奇怪的是，这条路竟如此人迹罕至，毕竟路况不错，在他看来，得有人使用它，经过它来往各地。

"为什么这么安静？"他问道，"怎么没有人？"

"男人女人都不敢出门旅行，因为这世界越来越奇怪了。"罗兰说，"昨天那些人的遗体你都看见了，我也对你说过沉睡的女人和困住她的女巫。这片土地上总有危险存在，生活从来不易，而现在又有新的威胁了，没人能说出它们来自何方，连国王也不能肯定，如果来自王宫里的说法真实的话——他们说，他的气数快尽了。"

罗兰抬起右手指向东北方向。"那些山脉过去有个村庄，我们到达城堡之前将在那儿过一夜。也许我们能从那儿的居民那里得到更多消息，关于那个女人，还有我朋友的遭遇。"

又过了一个钟头，他们碰上一伙男人。他们是从森林里出现的，抬着些死掉的兔子和野鼠，系在棍子上的。他们手持削尖的武器和粗糙的短剑，一看见马过来，他们就举起武器以示警告。

"你是谁？"一个人喊道，"不要过来，除非说出你们的身份。"

他们还在那些人的范围之外，罗兰扯缰叫赛拉停下。

"我是罗兰。这是我的随从戴维。我们正要前往前面的村庄，希望找到吃的，并在那儿借宿一晚。"

刚才问话的男人放下手中的剑。"你们能找到休息的地方，"他说，"可是没有吃的。"他举起系着动物死尸的棍子，"土地和森林贫瘠无物，这是我们打猎两天的所有收获，而且我们损失了一条人命。"

"他怎么死的?"罗兰问。

"当时他在后面,我们听到他惨叫,等我们回去时,他的尸体不见了。"

"没看到任何带走他的痕迹吗?"罗兰问。

"没有。他站立的地方被翻搅乱了,仿佛是什么生物从底下钻出来弄的,可是上面只有血和一些污物,那种污物不像是我们所知的动物留下的。他并不是第一个这样死去的人,我们的人已经死了不少,不过还是没有见到那罪魁祸首。现在我们只敢集体外出,而且,我们等着呢,有人认为它很快会趁我们熟睡时攻击我们。"

罗兰回头,朝他和戴维来的方向看看大路。

"我们见过一些士兵的尸体,大概离这儿半天的马程。"罗兰说,"从他们的徽章看来,应该是国王的人。他们不走运,和那'兽'对上了,他们还是受过训练、全副武装的呢。除非你们的防御工事够高够坚固,否则我会建议你们离开家园,直到危险过去。"

那人摇摇头。"我们有庄稼,有牲畜,我们住在祖辈和父辈生活的地方,我们不会放弃辛苦建立的一切。"

罗兰不再言语,可戴维差不多能听见他所想的:

那你们就受死吧。

●

戴维和罗兰与那群男人同行,一路上聊着天,分享着罗兰的小瓶里剩下的酒。男人们很感激罗兰的慷慨,作为回报,他们确认这片土地上的确起了变化,并且说,森林和野地里有新生物出现,而且都饥饿至极,充满恶意。他们还说起了狼,说它们最近越来越大胆了。猎人们在树林里的时候曾经设陷阱捕杀过一头狼,一个路普，远方来的闯入者。它的皮毛雪白，身穿海豹皮做的马裤。它死前告诉他们，它来自遥远的北方，其他的狼会跟随而来，就要为它的死复仇。跟守林人告诉戴维的一样：狼群想将王国占为己有，它们正在聚敛武装，夺取王权。

他们在路上拐了一个弯，村庄就出现了。环绕村庄的是干净的空地，牛羊在那里吃草。村子四周用树干筑起了一道护村墙，顶端被削得露出了白尖，里面高筑的平台让村里的男人能监视外来的动静。村里的房舍升起袅袅炊烟，又一座教堂的尖顶出现在围墙上方。罗兰看到它不太高兴。

"兴许，这儿的人们还在信那新宗教呢。"他轻轻对戴维说，"为和气起见，我不会以我个人的观点让他们烦心的。"

他们刚靠近村子，护村墙内传来一声哭喊，接着大门打开迎接他们。孩子们围过来问候他们的父亲，女人们过来亲吻她们的丈夫和儿子。他们好奇地盯着罗兰和戴维，可是还没找到机会询问他们，就有个女人开始悲号哭喊起来。在猎人中间，她没有找到她要找的人。她年纪轻轻，长得很美，她边哭边叫，一遍一遍叫着一个名字："伊桑！伊桑！"

那个猎人的头儿名叫弗莱彻，他走近戴维和罗兰。他的妻子一直在他身边打转，为自己的丈夫安全归来而感激不已。

"伊桑就是我们这一趟失去的那个人。"他说，"他们就快结婚了。而现在，连个让她去悼念的坟墓都不能有。"

其他的女人们围在哭泣的女人身边，想要安慰她。她们把她带到附近一个小屋子里，然后关上门。

"来吧，"弗莱彻说，"我家屋后有个马厩，如果你们愿意，可以睡在那儿。我今晚可以从自己的口粮里分些给你们吃，之后，我的食物就只够供自己的家人了，你们必须上路。"

罗兰和戴维谢过他，随他走过狭窄的街道，来到一幢木屋。木屋的墙刷成了白色。弗莱彻把他们带到马厩，告诉他们哪儿能找到水、新鲜稻草和陈燕麦给赛拉吃。罗兰卸掉赛拉的马鞍，确定她还舒服，然后他和戴维一起在水槽里把自己洗干净。他们的衣服都馊了，不过罗兰还有别的衣服可以换，戴维没有。弗莱彻的妻子知道了，就给戴维拿来一些自己儿子的旧衣服，她家儿子如今已经十七岁，是个有妻有儿的大人了。戴维很久没有感觉这么好了，他跟罗兰来到弗莱彻的家里，只见餐桌已经摆好，弗莱彻一家正在等他们。弗莱彻的儿子长得跟父亲非常像，也是一头红色的长发，只是他的胡须不那么浓密，也没有上了年纪的人那样的灰白杂须。他的妻子矮小黝黑，话很少，注意力都放在怀里的孩子身上。弗莱彻还有两个孩子，都是女孩，年纪比戴维小，不过差得不多，她俩眼睛骨碌碌地在戴维身上打转，悄悄地傻笑。

罗兰和戴维一落座，弗莱彻就闭上眼睛，低头感谢上帝赐予食物——戴维注意到，罗兰既没有闭眼，也没有祷告——然后才请在座各位吃饭。

大家边吃边聊，从村里的事务到那趟打猎，到伊桑的死，最后谈到罗兰和戴维，说起他们此行的目的。

"你不是第一个打这儿经过去往荆棘堡的人。"听说罗兰要去找那城堡，弗莱彻说。

"你为什么叫它那个名字？"罗兰问。

"因为它就是那个样子：被蔓延的荆棘完全包围了。连靠近围墙一点都有可能会被撕得粉身碎骨，要突破它们，一副胸甲远远不够。"

"那，你见过它？"

"大概半个月前，一个阴影从村子上空经过，我们抬头看是什么的时候，只见荆棘堡正在空中移动，没有声响，也没有什么东西支撑。我们有人跟着它，看它着陆，但是不敢靠近。这样的东西最好让它单独待着。"

"你说还有别人想要找到它，"罗兰说，"那他们发生了什么事？"

"他们没有回来。"弗莱彻说。

罗兰伸手从衬衣底下摸出小盒儿，打开让弗莱彻看那个年轻人的照片："没回来的那些人中间，有这位吗？"

弗莱彻仔细看了看盒儿里的照片。"是的，我记得他，"他说，"他在这儿给马饮水，还在小酒馆里喝淡酒。他在天黑前离开这儿，那是我们最后一次见到他。"

罗兰合上小盒儿，把它放回胸口，直到吃完饭，他都没有再说一句话。餐桌收拾好之后，弗莱彻请罗兰坐到火炉旁一起抽烟。

"爸爸，给我们讲个故事。"坐在爸爸腿上的小女儿说。

"好啊，讲吧，爸爸！"另一个帮腔道。

弗莱彻摇摇头："我没有故事可讲啦，你们全都听过。不过，也许我们的客人有故事讲给我们听呢。"

他询问的目光看着罗兰，小女孩们也转脸瞅着这陌生人。罗兰想了片刻，然后放下烟袋，开始讲故事。

●

罗兰的第二个故事

从前有一位骑士，名叫亚历山大，他拥有骑士应有的一切条件。他勇敢，强壮，高贵而慎明，但是他也太年轻，急于通过冒险来证明自己。他所在的国度很久以来和平安宁，亚历山大极少有机会在战场上获得更大的名望。所以有一天，他告诉他的领主，自己希望去往新的陌生的国度证明自己，看看自己有没有资格同最伟大的年轻骑士平起平坐。他的领主知道，如果不允许他离开，亚历山大不会满足的，只好祝福他。于是骑士准备了坐骑和武器，独自出发去寻找他的命运，连个照料他的随从都没有带。

之后的几年里，亚历山大找到了他一直梦想的冒险机会。他加入了一支骑士武装，远征到东方的一个王国，与一个名叫阿布赫尼扎的大巫师作战。那巫师有一种力量，他盯着敌人就能使他们变成灰尘，如此，他们就只能如灰烬般吹过他战胜的土地。传说人的武器装备无法将那巫师杀死，所有试图杀死他的人全都死了。不过骑士们还是相信，一定有什么办法能够结束他的霸权，况且，这个国家的国王正在躲避巫师，他所承诺的高额悬赏也让骑士们摩拳擦掌，跃跃欲试。

巫师带着自己的喽啰队伍，在自己城堡前的空旷平原上与骑士们遭遇了，那是一场血雨腥风的恶战。同伴们有的倒在魔鬼的爪牙之下，有的被大巫师盯成了灰烬，亚历山大则从敌人的队伍中杀出了一条血路。他藏在自己的盾后面，绝不直视巫师，直到最终到达巫师听力所及的距离之内。他叫喊阿布赫尼扎的名字，当巫师掉头将目光朝向他的时候，骑士飞快地旋转手中的盾牌，使它的内面朝向敌人。亚历山大前一天晚上整宿没睡，一直在擦拭这盾牌，所以这会儿在正午的阳光下，它发出了耀眼的光芒。阿布赫尼扎目光碰上盾牌，看见了自己的镜像，霎时，他便成了灰烬，而他的喽啰队伍跟着消失得无影无踪，再也没有出现在这个王国。

国王说话算话，他慷慨赐予亚历山大金银珠宝，而且将自己的女儿许配给他，那样他就成了国王的继承人。然而亚历山大谢绝了所有赏赐，只要求国王传信给他自己的领主，告知他所成就的伟大功绩。国王答应一定做到，于是亚历山大离开这个王国继续远游。他杀了西地最古老最可怕的龙，用它的皮做了一件袍子。当他去往地府营救红皇后被魔鬼诱拐的儿子时，就是用这件袍子抵御了地底的极热。他每获一次战绩，消息就会传回他的领主那里，就这样，亚历山大的声望越来越高了。

十年过去了，亚历山大开始厌倦这种流浪的生活。多次冒险征战，使他备受伤痛，而且他觉得他作为最伟大骑士的声誉已经确立了，于是决定回归故土。他开始了漫长的回乡之路，但是，一帮鸡鸣狗盗之徒在一条黢黑的路上袭击了他，被无数战斗耗尽了体力的亚历山大没能打败他们，在他们手里受尽了侮辱。带着羸弱的病体，他继续前行。他发现前面的一座山上有座城堡，就骑马到城门喊救命，因为在那个地方，人们有帮助受难的路人的传统，而且没有谁会对一个骑士置之不理，不尽力帮助。

然而没有人应答，尽管城堡上方亮起了灯。亚历山大再次呼救，这次有个女人的声音说道：

"我不能帮助你。你必须离开这里，到别的地方寻求安慰。"

"我受伤了，"亚历山大应声道，"如果我的伤口得不到照看，恐怕我会没命的。"

可是那女人又说："走开，我不能帮你。骑马离开吧。走一两里路，你就能到一个村庄，那儿的人会为你疗伤。"

别无选择，只能照她的话做，亚历山大骑马掉头，准备沿着大路去那个村庄。正在这时，他全身乏力，从马背上摔下来，倒在冰冷坚硬的地上，周围的世界一片黑暗。

醒来的时候，他发现自己躺在一张大床的干净床单上。他所在的房间极其豪华，只是布满了灰尘与蜘蛛网，似乎很久没人待过了。他坐起来，只见伤口已经清洗包扎，武器和盔甲不见了踪影。身边有食物，还有一罐酒，他吃饱喝足，然后穿上墙上的钩子上挂着的一件长袍。因为身体仍然虚弱，他走动的时候还感觉疼，不过，已经没有性命之虞了。他想离开这屋子，可是门锁着。接着他又听到那个女人的声音：

"我所做的已经超过了我想做的，不过我不允许你在我的房子里闲逛。很多年没人进入这个地方了。这是我的地盘。等到你有足够的力气行走的时候，我会打开房门，你必须离开这里，再也别回来。"

"你是谁？"亚历山大问。

"我就叫'女士'，"她说，"没有别的名字。"

"你在哪儿？"亚历山大问。她的声音似乎来自墙外边的某个地方。

"我在这儿。"她说。

就在那一刻，右边墙上的镜子微光闪烁，变得透明起来，透过镜子，他看见了一个女人的身影。她一袭黑衣，坐在一间空荡荡的屋子里唯一的一个巨大宝座之上，脸上罩着面纱，手上戴着丝绒手套。

"我不能看看我的救命恩人的脸吗？"亚历山大问。

"我宁愿不让你看。"女士回答。

亚历山大鞠了一躬。既然女士本意如此，也只好照办了。

"你的仆人在哪儿？"亚历山大又问，"我得确认我的马有人照看。"

"我没有仆人，"女士说，"你的马我亲自照看，它很好。"

亚历山大有一肚子的疑问，却不知道从何问起。他刚要开口，女士抬手制止了他。

"现在我要走了。"她说，"睡吧，我希望你快点康复，尽早离开这个地方。"

镜子微光闪烁，女士的形象变成了亚历山大自己的影子。亚历山大没事可干，只好回到床上睡觉。

第二天早上，他一醒来就发现身边有新鲜的面包和温热的牛奶，可他并没有听见任何人半夜进来。亚历山大喝了些牛奶，然后一边吃着面包，一边走到镜子旁，盯着镜子看。尽管镜子没有发生变化，但他肯定女士就在镜子后面注视着他。

现在的亚历山大和许多最伟大的骑士一样，不只是一个战士，他会弹奏琉特琴和七弦琴，能作诗，甚至懂得一点绘画。他爱读书，因为书里记录了关于一切在他之前流传的事物的知识。于是，那天晚上，当女士再次出现在镜子里的时候，他请求给他提供那些东西，好让他修养康复的时候打发时间。第二天早晨醒来的时候，一叠旧书、一把落了薄薄灰尘的琉特琴、一张画布、一些颜料、画笔出现在他眼前。他弹了弹琉特琴，然后开始读书。那些书有关历史、哲学、天文学、道德、诗词和宗教。之后的日子里，当他读书的时候，女士开始越来越频繁地出现在镜子后面，提一些关于他读到的内容的问题。很明显，这些书她已反复阅读多次，其中的内容已经烂熟于心。亚历山大非常吃惊，因为在他自己的国度，女人是不能接近这些书的，不过对目前这种交谈他很感激。于是女士请他为她演奏琉特琴，他遵命照办。他演奏的琴声看来让她很高兴。

如此过了几个星期，女士越来越长时间地待在镜子的另一边，与亚历山大谈论艺术和书籍，听他弹琴，还问起他正在画的画。亚历山大拒绝向她展示画作，还叫她答应不在他睡着的时候偷看他的画，因为在画完以前，他不想让她看见画的是什么。虽然亚历山大的伤已经差不多痊愈了，可是女士好像还不希望他离开，亚历山大也不想走，因为他已经爱上了这个藏身于镜子后面的、奇特的、戴着面纱的女人。他为她讲述自己经历过的战争，以及屡次征战为他带来的荣誉。他希望她明白，自己是一位伟大的骑士，一位配得上优秀女士的骑士。

两个月过去了，女士来到亚历山大这里，坐在平日所坐的地方。

"你看起来为什么那么难过?"看见骑士明显地不高兴,她就问。

"我无法完成我的画作。"他说。

"为什么?没有画笔和颜料了吗?你还需要什么?"

亚历山大将画布从墙上挪开,这样女士就能看见上面的形象。那是女士本人的画像,然而,脸是空白的,因为亚历山大至今未曾见过她的面容。

"请原谅,"他说,"我爱上了你。这几个月共处的日子里,我对你了解了很多。我从没见过像你这样的女人,我怕一旦离开,就再也不会遇到像你这样的。我能奢望你跟我抱着同样的想法吗?"

女士低下头。她似乎想说点什么,但是接着,镜子微光闪烁,她从骑士眼前消失了。

一天一天过去,女士再也没有出现,只留下亚历山大孤身一人苦苦思索,是不是他所说所做的冒犯了她?每天夜里他睡得很香,每天早上也都有食物出现,只是,他从来没有看见送食物来的女士。

五天以后,他听见门上钥匙转动的声音,女士进来了。她仍然头戴面纱,一袭黑衣,但是亚历山大感觉到她有些异样。

"我考虑了你说的那些话,"她说,"我对你也有感情。不过,告诉我,跟我说实话:你爱我吗?不论发生什么事,你都永远爱我吗?"

亚历山大的内心深处还残留着年轻人的轻率,他几乎不假思索地答道:"是的,我会永远爱你。"

这时,女士揭开了面纱,亚历山大第一次看到了她的脸。那是一张女人的脸,混杂着野兽的面部特征,像是森林里的野东西的脸，黑豹或者母虎。亚历山大开口欲说，可又哑口无言，他被自己所看见的镇住了。

"是我的继母把我变成了这副样子，"女士说，"我曾经很漂亮，她嫉妒我的美，就诅咒我拥有动物的特征，还告诉我，我永远得不到爱。我相信了她的话，藏身于羞耻之下，直到你来。"

女士走向亚历山大，她伸出双臂，眼里充满希望与爱，同时带着点惧怕，因为她已经向他敞开了心扉，而在此之前，她从未对另一个人打开过心门，此刻她的心赤裸裸地躺在那里，仿佛躺在一把锋利的刀下。

然而，亚历山大没有走向她。他朝后退去，也就是这一退，他的命运就此完结了。

"肮脏的男人！"女士怒吼了，"薄情的动物！你说过你爱我，其实你只爱你自己！"

她抬起头，朝他露出尖利的牙齿，手套五指裂开，手指变成利爪。她朝骑士咝咝低吼，接着扑上前去，咬他，抓他，用爪子撕他，他的鲜血在她嘴里是温热的，在她的皮毛上的感觉是热乎乎的。

在这间卧室里，她把他撕成碎片，流着泪，将他吞下。

●

罗兰讲完故事，两个小姑娘都惊呆了。他站起来，感谢弗莱彻一家人的晚餐，然后示意戴维该走了。走到门口，弗莱彻一只手轻轻搭在罗兰手臂上，说：

"有句话，如果你听得进。"他说，"老人们很担心，他们相信村子已经被你说的那个'兽'给盯上了，它确实就在附近。"

"你们有武器吗?"罗兰问。

"有,不过最好的你已经看到了。我们是农民和猎人,不是士兵。"弗莱彻说。

"兴许这是幸事,"罗兰说,"面对它,士兵倒无法对付。你们的运气会更好。"

弗莱彻表情古怪地看着他,搞不清罗兰是认真的还是在嘲骂他。连戴维也糊涂。

"你在跟我开玩笑吧。"弗莱彻说。

罗兰把手放在这老人的肩膀上。"是,一点点。"他说,"那些士兵靠近'兽'想毁灭它,就像要毁灭另一支军队。他们势必在不熟悉的地界作战,对付一个并不了解的敌人。他们有时间建造一些防御工事,现在还留在那儿,我们看见了,可是他们兵力不够,没能守住。他们被迫撤到森林,在那儿被夺了性命。那个生物,不管它是什么,至少身体高大沉重,我们看见它的体重把树和灌木丛都压扁了。我怀疑它是不是能够快速移动,不过它很强壮,能够抵挡矛和剑的杀伤力。在开阔的户外,那些士兵不是对手。

"但是,你和你的村民所处的地势不一样。这是你们的地盘,你们熟悉,只需将这东西当成威胁家畜的狼和狐狸就行了。必须把它引诱到一个你们选择的地点,在那儿捕获并杀死它。"

"你是说,下饵引诱它?难道用家畜?"

罗兰点头。"那样也行。它会来的,因为它喜欢肉的气味,况且在它上次进食的地点和这个村子之间,没有多少肉味儿。你们可以潜伏在这儿,寄望于护村墙能够抵挡住它,或者,做一个计划将它摧毁,不过如此一来,你们要牺牲的就不只是家畜了。"

"什么意思?"弗莱彻问。他看起来很害怕。

罗兰用瓶里的水打湿手指,然后跪在地上,在石头地面上画了一个圆圈,但是没有封口,留了一个缺。

"这是你们的村庄，"罗兰说，"你们的护村墙是用来抵御外来攻击的。"他画了一些箭头，从圆圈指向外面，"但是，假如你们让敌人进来，然后关门围堵呢？"罗兰将圆补完整，这一回，他画的箭头都朝向里面，"那样一来，护村墙就变成了陷阱。"

弗莱彻瞪眼看着，水渍已经渐渐变干，圆圈消失无踪。

"一旦它进来，我们该怎么办？"他问。

"你们就朝村子里放火，还有里面的一切，"他说，"将它活活烧死。"

●

那天夜里，罗兰和戴维睡着的时候，一场大风雪来临，村子和四周的一切都披上了白雪。雪直下了一整天，雪很大，让人无法看见几米之外的东西。罗兰决定待在村子里，直到天气有所好转，但他和戴维身上都没有吃的了，而村民的食物只够填他们自己的肚子。于是罗兰请求会见村里的长者，跟他们在教堂里待了一阵子，村民们都是在这里聚会商议重要的大事。他主动提出，假如他们为他和戴维提供住处，他就帮助他们杀死"兽"。罗兰对他们讲解自己的计划的时候，戴维坐在教堂的后面，赞成和反对的意见此起彼伏。一些村民不愿让房屋烧成灰烬，戴维一点也不怪他们，他们寄希望于护村墙和防御工事，希望"兽"来的时候能挽救他们。

"那么，假如它们挡不住呢？"罗兰问，"怎么办？等到你们意识到那些救不了你们的时候，为时已晚，只有死路一条了。"

最后，一个折中的意见形成了。天一放晴，女人、孩子和老人就离开村子，到附近的山洞里藏身，带上所有值钱的物件，甚至把家具带上也行，只把空屋子留在村里。树脂和油用桶装了存在村中心附近的小屋里。如果"兽"来袭，守村的人们就从护村墙后面冲出来击退它，杀死它。假如它攻破防线，大家就撤退，把它引到村子中央，然后点燃导火线，捕捉并杀死它，不过这也是最后一着棋了。村民们投票表决，一致同意这是最佳方案。

罗兰气冲冲地走出教堂。戴维只好跑出去追他。

"你干吗这么生气？"戴维问，"你的计划他们大多数都同意了。"

"大多数还不够，"罗兰说，"我们连面对的是什么都不清楚。我们只知道，那些受过训练、钢铁武装的士兵都没能杀死那东西。这些农民有什么希望对抗它？假如他们听我的，就可以打败那'兽'而不损失人丁，而现在，他们将作无谓的牺牲，就因为那些棍棒稻草，还有几个星期就能重建起来的破房子。"

"可这是他们的村子，"戴维说，"是他们的选择。"

罗兰脚步放慢，接着停下来，被雪染白的头发，使他看起来老了许多。

"是的，"他说，"是他们的村子，可现在我们的命运跟他们连在一起，假如计划失败，我们费尽周折，也有可能跟他们一块儿受死。"

雪纷纷落下，小屋里点起了火，烟火味儿被风带到了最黑暗的森林深处。

"兽"在它的老巢里嗅到空气中的烟味，开始行动。

二十一 "兽"来了

那天以及第二天，整个村子都在为撤离作准备。女人、孩子和老人们把所有能带走的东西都收拾好，所有的车马都被征用了，只除了赛拉，因为罗兰不让她离开自己的视线，而是骑着她沿着护村墙走，里里外外地检查有没有漏洞。他一看之下并不高兴。雪还在下，让人手脚僵硬失去直觉，也使加固防御工事的任务更加艰巨，男人们嘟嘟囔囔地相互抱怨，质疑这些准备是不是必要，还提议不如跟女人孩子一起逃走算了。连罗兰好像也有所怀疑了。

"我们还可以拿碎木片和柴火对付那怪物。"戴维听见罗兰对弗莱彻说。攻击会从哪个方向而来，他们并无把握，因此罗兰一遍一遍地指示防御者们，一旦护村墙被攻破，该从哪条路线撤退，以及一旦"兽"进入村子，他们该完成的任务。他不希望怪兽一进村——他肯定这种情况会发生——男人们就乱作一团、盲目逃窜，否则一切都可能失去，可他实在对他们没有信心，一旦战局不利，他们有没有勇气支撑局面，对抗怪兽？

"他们不是懦夫。"罗兰对戴维说。他们正坐在火堆旁休息，喝着刚从奶牛身上挤出来的温热牛奶。在他们周围，男人们正在磨枪擦剑，或用牛马把树干拖进村子，打算从里面支撑护村墙。这会儿议论少了，白天将尽，夜正来临，每个人都有几分紧张害怕。"这些男人们，每一个都肯为自己的妻儿战死，"罗兰继续说道，"假如面对的是强盗或者狼、野兽，他们将直面威胁，是生是死听天由命。可这回不同：他们不知道，更不了解将要面对的是什么，况且他们没有受过训练，没有整体作战的经验。虽然他们站在一块儿，可每个人都在以自己的方式与那怪物单打独斗，只有一种情况他们会行动一致：要是有一个人畏惧退缩开始跑，其他人会跟他一起跑掉。"

"你对他们没有多少信心是吗？"戴维说。

"我对什么都不那么信任，"罗兰回答，"包括我自己。"

他喝光牛奶，用桶里的冷水把杯子洗净。

"来吧，"他说，"我们把棍棒磨尖，把钝剑擦利。"

他木然地笑笑，戴维没有以笑回应。

之前已经决定，把他们那点主要的力量汇聚到村子大门附近，希望这样能够把"兽"吸引过来，假如它攻破防御工事，接着就会被引诱到村子中心，触发那里的陷阱。那时他们将有一次机会，也是唯一的一次机会，抓到并杀死它。

天空连一丝苍白的月光都看不见的时候，一队人马带着家畜离开了村庄，随行的有几个男人，负责保证他们安全到达山洞。等男人们一回来，护村墙上就正式安置了岗哨，人们一个一个轮流值班几个钟头，监视到来者。总共大约四十个人，另加戴维。罗兰问过戴维愿不愿意跟其他人一起进入山洞，戴维尽管害怕，可他还是说要留下来。他不知道为什么。部分原因是，罗兰是他在这个地方唯一信任的人，跟他在一起觉得安全一些，另外，还因为他好奇。戴维想看看那"兽"，不管它是个什么东西。罗兰看来心知肚明，所以当村民问他为什么允许戴维留下的时候，他说，戴维是他的随从，跟他的剑和马一样重要。他的话让戴维骄傲得脸都红了。

他们拴了一头老牛在村子大门前的空地上，指望它能吸引"兽"前来，可是值班的第一天夜里，什么事都没有发生，第二天也一切正常，于是人们更加不满、更加厌倦了。不停地下雪结冰、下雪结冰，护村墙上的岗哨发现，由于大风雪，很难看见森林里的动静。他们中的一些人开始唠叨了。

"这真是犯傻。"

"那怪物跟我们一样冷嘛,这种天气它不会出击的。"

"也许根本就没有'兽'这个玩意儿。要是伊桑是被狼或者熊袭击了呢?我们只不过听那流浪汉说看见了士兵的尸体。"

"铁匠说得对,所有这些会不会只是个骗局呢?"

是弗莱彻努力让他们明白了道理。

"如果是骗局,是要达到什么目的?"他问他们,"他只是一个人,身边带着个小男孩。他不可能趁我们睡觉时谋杀我们,我们也没什么值得他偷的。假若他是要谋吃的,那咱们这儿也太少了点吧。有点信心吧,我的朋友们,要耐心,要警惕。"

他们不再抱怨了,不过仍然很冷,不高兴,而且他们想念妻子和家人。

戴维无时无刻不跟着罗兰,休息时睡在他身边,轮到他们值班的时候跟他一起巡逻。现在防御工事已经最大限度地作了加固,罗兰花工夫和村民们聊天谈笑,看他们打盹的时候摇醒他们,在他们士气低下的时候给他们打气。他明白,这是他们最为艰难的时刻,因为值班放哨让他们的神经又迟钝又紧张。看着罗兰在村民中周旋往来,看他指导全村防御措施的样子,戴维奇怪他是不是像他自己说的那样,只是一个士兵。对戴维来说,他更像一个领导者,一个天生的领袖,虽然他是单骑独行。

第二天夜里,他们挤坐在大火堆的火光下,身上披着厚斗篷。罗兰跟戴维说过,他可以自由地找个附近的小屋去睡,可其他人都没那样做,所以,就算拒绝意味着将要睡在露天地里,没遮没挡地受冻,戴维也不想接受这个建议,以免显得自己比看上去更弱。因此他宁可和罗兰待在一起。火光照亮了士兵的脸,在他的皮肤上投上阴影,使他的颧骨显得更高,眼窝显得更深。

"你觉得拉斐尔遇到了什么事?"戴维问他。

罗兰没有回答，只是摇头。

戴维知道他也许应该保持沉默，可他就是不想。他有自己的问题和怀疑，他多少知道罗兰也是如此。他们不是偶然走到一起的，这里什么事都不是单单受制于巧合。这里发生的一切都有目的，背后都有一定的模式，尽管戴维只能在无意之中瞥见那么一点儿。

"你认为他已经死了，是吗？"他轻轻地问。

"是啊，"罗兰答道，"我心里明白。"

"但你还是要查清他遭遇了什么事。"

"不弄清楚，我就不知道什么叫作平静。"

"可是你也可能会死。如果你循着他的路走，很可能跟他一样送命。你就不怕死吗？"

罗兰拿了根棍子去捅火堆，火星向夜空飞溅，还没有飞出多远就嘶嘶然消逝无踪，就像那些小虫，挣扎着逃离火焰，但还是被吞噬了。

"我惧怕死亡的苦痛，"他说，"我以前受过伤，有一次特别严重，差点就救不活了。我还记得那次的痛苦，我可不想再忍受一次了。

"可是，我更害怕别人死去。我不想失去他们，他们活着的时候我也为他们操心。有时候我觉得，我对将要失去他们的可能性过于忧心，以至于他们的存在也没有让我真正快乐过。这是我天性的一部分，对拉斐尔也是这样。当然，他是我血管里的血，眉头上的汗，没有他，我将不完整。"

戴维盯着火焰。罗兰的话引起了他的同感。他对妈妈的感情就是那样的。曾经那么长的时间里，他都为将要失去她而感到恐惧，以致从来没有真正享受过共度的时光，直到最后。

"你呢？"罗兰说，"你只是个小男孩，并不属于这里，你就不害怕吗？"

"我害怕，"戴维说，"可我听见了妈妈的声音，她在这儿，在某个地方，我得找到她，带她回家。"

"戴维，你妈妈死了，"罗兰柔声说，"是你跟我说的。"

"那她怎么会在这儿？我怎么会那么清楚地听到她的声音？"

罗兰无言以对，戴维更加有挫折感了。

"这是什么地方？"他追问道，"没有名字。连你也没法告诉我这叫什么地方。这儿有个国王，但他可能也不存在了。有那么多东西都不属于这儿：那辆坦克，那架跟着我穿树而来的德国飞机，还有哈比女妖。都不对劲儿，简直……"

他声音渐弱，脑子里正在形成一些语句，恰似夏日晴空里飘来一块黑云，充满燥热、狂暴与混沌。一个问题突如其来，他说出来时连自己都感到惊讶。

"罗兰，你死了吗？我们是不是死了？"

罗兰透过火焰看着他。

"我不知道，"他回答道，"我想我跟你一样还活着。我感觉到冷暖、饥渴、欲望和遗憾；能感知手里剑的重量，夜里卸下盔甲时，皮肤上还有穿着时留下的痕迹；能尝出面包和肉的味道，能闻到骑在马鞍上一天之后身上留有赛拉的气味。假如我死了，这些都应该感受不到，不是吗？"

"我想也是。"戴维说。他不知道死人从一个世界到另一个世界后的感觉。他哪儿知道呢？他只清楚，妈妈的皮肤摸起来那么冰凉，可他还能感觉到自己身体的热度。跟罗兰一样，他闻得到、摸得出、尝得着，能意识到疼痛与不适，能感觉火的炽热，而且他肯定，如果把手放到火上，皮肤一定会烧焦起泡。

更何况这个世界还是个既陌生又熟悉的古怪混合体，仿佛其特性受到他的生活的影响，因他的到来而多少有了改变。

"你有没有梦见过这个地方？"他问罗兰，"有没有梦见过我，或者这儿的什么？"

"在路上遇到你的时候，你对我来说是个陌生人。"罗兰说，"虽然我知道这里有个村庄，但也是现在才见到，因为以前没从这条路上走过。戴维，这片土地真实得像你一样。你开始觉得它是从你内心深处像魔法一样变出来的一个梦境吗？不要这样。我见过你说起狼群和领导它们的那个生物时眼里的恐惧，我知道如果它们找到你，就会把你吃掉。我闻到了战场上那些士兵的腐臭，很快我们就要面对使他们消逝不见的那个东西了，不论它是什么，而且我们可能无法平安度过这一劫。所有这些都是真的。你在这儿忍受了痛苦。如果你能忍耐痛苦，那么你就可能会死。你也许会被杀死在这里，你自己的那个世界将从此不再。永远别忘了这一点，如果你忘了，你就会迷失自己。"

也许吧，戴维想。

也许是的。

●

第三天深夜，一声叫喊从村门口的一个岗哨传来。

"过来！过来！"喊话的年轻人是负责监视通往村子的大路的，"我听见了声响，还看见地面上有东西在移动。我确定。"

睡觉的村民立即起身来到他这儿，离大门较远的那些人听到叫喊就打算跑过来，但罗兰叫住他们，让他们待在自己的岗位上。他来到大门口，爬梯子上到护村墙顶端的平台，一些人已经在等他了，另一些人站在地面，透过树干中切割出的齐眼高的缝往外看。雪落到他们手中的火把上噼噼作响，火花喷溅，很快就融化了。

"我什么都看不见，"铁匠对年轻人说，"你没道理叫醒我们。"

他们听见母牛紧张地低声叫唤，它从酣睡中醒来，想从自己被拴着的柱子那儿解脱开。

"等等。"罗兰说。墙边有一堆箭，每一支的箭端都裹着块在油里浸过的布，他从其中抽出一支，让裹了布的一端凑近火把，立即爆出火焰。他瞄准目标，朝哨兵说看见动静的地方射去。另外四五个人也照做，一支支箭在夜空中穿行，像是坠落的流星。

之后的片刻，除了飘落的雪花和摇曳的树影之外，什么都看不见。接着，他们看见什么东西在移动，只见一个巨大的黄色身躯破土而出，浑身褶皱，像一只大蠕虫，每一褶都布满浓密的黑毛，而每一根毛的尖都是剪刀般锋利的倒钩。一支箭已经射入那怪物的身体，发出皮肉烧焦了的恶心气味，男人们赶紧捂住口鼻。被箭射伤的地方，黑色液体冒着泡，在箭头火焰的炙热之下喷射而出。戴维能看见它的皮肉里插着断了的箭身和矛杆，那是它之前和士兵们交战的留念。它究竟多长很难说清，不过身体至少有十英尺高。他们看着那"兽"扭动翻滚着从土里脱身，接着出现了一个可怕的面孔。它有着一串串黑色的眼睛，就像蜘蛛那样，有的大，有的小，下面一张吸吮着的嘴，一排一排尖利的牙齿呈脊状隆起。眼睛与嘴巴之间，像鼻孔似的几个洞颤动着，它闻到了村民和他们血管里流动的鲜血的气味。嘴巴两侧各有两只手臂，每只都有一排三只带钩的爪子，用来将猎物拖进嘴里。它看起来不能用嘴发声，不过，当它穿越林地的时候，会发出濡湿、吸吮的声音，而且当它像一只又大又丑的毛虫去够好吃的树叶那样直起身子时，会有清亮黏稠的液体从上半身滴下来。它的脑袋此刻高出地面二十英尺了，露出下半身和一模一样两排黑色带刺的腿，它就是靠它们在地面行进。

"它比护村墙高！"弗莱彻嚷道，"它根本不用破墙而入，直接就能跨过来！"

罗兰没有应声，而是命令所有人点燃箭头，瞄准"兽"的脑袋。一阵火雨洒向那怪物，有的箭没有射中，更多的是被怪物皮肤上浓密带钩的毛弹开了，不过还是有一些箭正中目标，戴维看见其中一支扎在它的眼睛里，顿时燃烧起来。腐肉燃烧的气味越来越烈，那"兽"疼得直摇头，开始朝护村墙移动。这会儿他们才看清它有多大：从头到尾三十英尺长。它移动得比罗兰预计的快得多，只是厚厚的雪稍稍阻碍了它的速度。很快它就要到他们跟前了。

"继续射箭，能射多久就多久，把它引到村里来之后立即撤退！"罗兰喊道。他抓住戴维的胳膊，"跟我来，我需要你的帮助。"

可是戴维无法挪步。他被"兽"的黑眼睛吸住了注意力，难以自拔，仿佛他噩梦的碎片莫名其妙来到现实生活，躺在他想象的阴影里的东西最终成了有形物。

"戴维！"罗兰吼道。他摇着男孩的胳膊，魔力解除，"来，咱们时间不多了。"

他们从平台下来，奔向村门。门由两块厚木板组成，里面用半根树干闩上，用力压树干的一端就能使它抬起。罗兰和戴维冲到门前，开始使尽全力压树干。

"你们干什么？"铁匠吼道，"你们会害死人的！"

正在这时，"兽"的大脑袋出现在铁匠头上，一只爪臂迅疾伸出，抓住铁匠，将他举至高高的半空中，直接投入正等着的大嘴中。戴维别过脸，无法直视铁匠的死。其他守卫的村民此刻正在用矛和剑刺它的身体，砍它的两侧。弗莱彻比别的人更加高大强壮，他举起剑，一剑砍去，想把"兽"的一只手臂从身上砍下来，可它又硬又粗，就像一棵小树的树干，剑只砍破了它的表皮。不过，疼痛使它分散了精力，为村民们赢得了时间，他们开始撤离护村墙，当时戴维和罗兰正在设法从村门口抬起栅栏。

"兽"试图爬过护村墙，不过罗兰早已指示过村民，一旦"兽"靠得够近，就把尖端带钩的棍子推进墙缝。棍子撕开了"兽"的肉，它在棍子上翻腾扭转。棍子上的尖钩使它慢了下来，但它还是一个劲儿地把自己推过护村墙，身受重伤也在所不惜。就在这时，罗兰打开了城门，出现在护村墙外边。他搭起一支箭，射中了"兽"脑袋的一侧。

"嘿！"罗兰喊道，"这边，到这边来！"

他挥动手臂，接着又射箭。"兽"拖着身子越过护村墙，猛地落地，伤口渗出的东西把雪染成了黑色。它冲过村门转向罗兰，手臂努力想抓住跑在前面的罗兰，脑袋向前强力推进，大嘴在罗兰脚跟后面猛咬。跨过门槛的时候，它注意到弯曲的街道和逃散的人们，于是停了下来。罗兰挥动着手中的火把和剑。

"这儿！"他叫道，"我在这儿！"

罗兰又放了一箭，差点射中"兽"的嘴，不过它已不再对他感兴趣了。相反，它鼻孔翕动着，低头使劲儿嗅着，找着。"兽"找到躲在铁匠铺外阴影下的戴维时，戴维看见自己的脸映在它眼睛深处。它嘴巴张开，口水和鲜血一起滴下，接着，当它抬起一只巨爪去够男孩时，一把掀掉了铁匠铺的房顶。戴维纵身向后，刚好躲过那怪物的巨爪，没有被巨爪扫起来。他隐约听到罗兰的声音。

"跑，戴维！你得为我们引它过来！"

戴维站起身，开始在村中狭窄的街道里飞跑。在他身后，"兽"一边紧跟，一边压碎村舍的墙和房顶，脑袋朝前边的小身影一伸一探，爪子在空中挥掠。有一下戴维绊倒了，那爪子立刻撕裂了他背后的衣服，他一个翻滚逃过巨爪，又开始奔跑。此刻他离村子中心的小屋只有扔一颗石子那么远的距离了。教堂周围是个小广场，过去比较快乐的日子里，这儿就是市场。守卫的村民们已经在这儿挖了沟，这样油能流进广场，包围怪兽。戴维飞快地跑过开阔空地，奔向教堂门口，"兽"紧跟其后。罗兰早已在门廊等候，催促戴维向前跑。

突然，"兽"停下了脚步。戴维转身瞪着它。附近的房屋里，男人们正准备把油倒进沟里，此刻他们也跟着停止动作，只是看着"兽"。它开始颤抖、摇晃。它的嘴张到令人难以置信的大，全身痉挛，仿佛遭受了巨大的痛苦。突然，它倒在地上，同时它的腹部开始鼓胀。戴维看见里面有动静。"兽"的皮肤下印出一个身形，就在它的身体里面。

她。扭曲人曾经说过，"兽"是雌性的。

"它要生产！"戴维叫道，"你们现在就得杀死它！"

太迟了。伴随着一声巨大的撕裂声，"兽"的腹部裂开一道大口子，它的儿女鱼贯而出，迷你版的它，每个都跟戴维个子差不多，它们眼神阴翳，什么也不看，但是嘴巴张开，渴望进食。它们中的一些正在咬开母亲的肚子好出来，离开它将死的身体获得自由的同时，啃食着它的肉。

"倒油！"罗兰对其他人喊道，"倒油，点燃，然后跑！"

小兽们已经冲撞着穿过广场，它们捕猎与杀戮的本能异常强大。罗兰把戴维拖进教堂，锁上门。有东西在外面猛推，门在门框里抖动。

罗兰抓住戴维的手，带他去钟楼。他们沿着石梯拾级而上，一直到达顶楼，那儿只有钟，他们在那儿能俯瞰广场。

"兽"仍然侧卧着，不过已经没了动静。就算它还没死，也很快了。它的一些儿女仍在啃食它，咀嚼它的内脏，咬啮它的眼睛。另有一些蠕动着穿过广场，或者在周围的小屋里觅食。油在沟里快速流窜，但小兽们没有觉察到这危险。远远地，戴维看见幸存的村民奔向村门，不顾一切地逃命。

"那儿没火，"戴维嚷道，"他们没把油点燃！"

罗兰从箭袋里抽出一支蘸了油的箭。

"那我们来帮他们点火。"他说。

他从火把上借火点燃箭头，瞄准下面的一条油沟。箭离开弓，射向那黑色的溪流，霎时间，火焰腾起，沿着早已挖好的路线，迅疾蹿过广场。路线上的小兽们被烧着了，滋滋作响，翻滚着死去。罗兰又搭上一支箭，射进一间小屋的窗口，但什么也没有发生。戴维已经能看见一些小兽想逃离广场和火焰。不能让它们回到森林中。

罗兰将最后一支箭搭上弓，把它拉到腮边，然后放箭。这一次，那间小屋里传来一声爆炸的巨响，屋顶都被气流掀掉了。火焰喷向空中，接着传来更多的爆炸声，是罗兰安置在屋内的桶一个接一个点燃了，燃着的液体洒向整个广场，火焰所及之处，一切都被烧死了。只有罗兰和戴维还活着，他们高居钟楼的有利位置，火焰无法烧及教堂。空气中满是怪兽燃烧的恶臭和刺鼻的浓烟，他们就待在那儿，直到火焰渐熄，只剩下火苗噼啪作响、雪被火融化的嗞嗞轻响，打破了夜的宁静。

二十二　扭曲人和怀疑的开始

　　戴维和罗兰在第二天早晨离开村庄。之前雪已经停了，尽管厚厚的冰块仍遮盖着地面，但隐匿在树木覆盖的群山之间的路已经能够辨别了。女人、孩子和老人已经从藏身的山洞回到村中，戴维听见他们中的一些人站在曾经是家园、如今成废墟的地方痛哭哀号，有的则在悼念死者，因为与"兽"那一战，死了三个男人。另外一些人已经聚集在广场上，牛马再次被征用，这次是要运走"兽"和它的儿女们烧焦发臭的尸体。

　　罗兰没有问戴维，"兽"选择他作为目标在村中追逐，他自己觉得是什么原因，不过他们准备离开的时候，戴维已经发现士兵在若有所思地看着他。弗莱彻也目睹了当时发生的事，戴维知道他也好奇。戴维拿不准，万一被问起，该怎么回答这个问题。他感觉"兽"对他很熟悉，在他想象的某个角落，那怪物发现了它自己的影子，可这些他如何解释？最让他害怕的是那种感觉：他多少对它的产生负有责任，而士兵和村民的死此刻让他良心不安。

　　给赛拉上好鞍，张罗来一些食物，又找到新鲜的水，罗兰和戴维穿过村子，向大门走去。几乎没有村民来与他们辞别，甚至大多数人都对将要上路的行者不理不睬，或者站在废墟之上恶意地盯着他们。只有弗莱彻为他们的离开真心抱歉。

　　"我为其他人的行为向你们道歉，"他说，"他们应该对你们所做的一切表示更多的感激。"

　　"他们因为村子的遭遇而怨恨我们，"罗兰对弗莱彻说，"他们干吗要对掀走他们头上房顶的人表示感激呢？"

弗莱彻尴尬极了。

"有人说'兽'是跟随你们来的，一开始就不该让你们进村。"他说着，飞快地瞥了戴维一眼，不愿正视他的眼睛，"有的在议论这孩子，说'兽'是如何跟着他而不是你。他们说他是被诅咒的，我们最好摆脱你和他。"

"你带我们来这儿，他们生你的气吗？"戴维问。这男孩的关心让弗莱彻有点震惊。

"就算有，他们也会很快忘记。我们已经计划派人去森林里砍树了。我们要重建家园。当时的风向拯救了南边和西边的大部分房屋，我们大家会搭伙住，直到房屋建好为止。到那时候，他们会明白，假如没有你们，村庄将不存在，我们中的更多人会死在怪物和它的后代的口中。"

弗莱彻递给罗兰一袋吃的。

"我不能接受，"罗兰说，"你们都很需要吃的。"

"'兽'一死，动物们就会回来，我们又可以打猎了。"

罗兰谢过他，准备牵过赛拉朝东去。

"你是个勇敢的年轻人，"弗莱彻对戴维说，"我也想有更多的东西可以给你，但是现在我只能找到这个。"

他的手里握着一个烧黑的钩子样的东西，他把它交给戴维。很重，是骨头的质地。

"这是'兽'的一只爪子。"弗莱彻说，"假如有人质疑你的勇敢，或者你感到自己勇气消退，就把它拿在手里，想想你在这里的作为。"

戴维谢了他，把爪子放进包裹里。接着，罗兰策马向前，将废墟中的村庄留在了他们身后。

●

他们沉默地骑马穿行在这微光中的模糊世界，飘落的雪令它更显诡异。一切看上去都闪着淡青的光，让这土地变得明亮，同时也更显得陌生了。天气很冷，他们的气息像是重重地悬在半空中。戴维觉得鼻孔里的毛冻住了，呼出的热气在睫毛上凝成了冰晶。罗兰骑得很慢，注意让赛拉远离沟渠和浮冰，怕她受伤。

"罗兰，"戴维终于开口了，"有件事一直在我心里。你跟我说过你只是个士兵，但我觉得那不是实话。"

"怎么这么说？"罗兰问。

"我看见你是怎么对那些村民发号施令以及他们是怎么服从你的，连那些不怎么喜欢你的人都听你的。我还见过你的盔甲和剑，原以为那上面装饰的是铜，或者是镀的金属，后来仔细看，才发现都是金的。你胸甲和盾上的太阳标志是金子做的，剑鞘和剑柄上也有金子。假如你只是个士兵，怎么可能这样呢？"

罗兰没吭声，过了一会儿才说："我曾经不仅仅是一名士兵。我的父亲是一个大产业的地主，我是他的长子，也是继承人。但是，他不赞成我以及我的生活方式。我们争吵不休，他一时气愤，把我从他的身边、他的领地赶了出来。在那场争吵之后不久，我就开始出来寻找拉斐尔了。"

戴维还想问，但他感觉到罗兰与拉斐尔之间的事是私密的、个人的，继续追问下去未免太无礼，会伤到罗兰。

"那你呢？"罗兰问，"跟我说说你和你的家。"

戴维讲了。他尽量向罗兰解释他那个世界的神奇事物：飞机、无线电、照相机、汽车、还说起战争，国家间的征战和对城市的轰炸。就算觉得这些事很不寻常，罗兰也没有表示出来。他以一个大人听孩子讲故事的方式听着这些事，令他印象深刻的是，人的脑子竟能有那般新奇古怪的创造，却又不愿意分享他们的信仰。他好像对守林人跟戴维讲的国王以及他那本掌握秘密的书更感兴趣。

"我也听说国王对书本和故事有很多了解，"罗兰说，"他的领地也许正在分崩离析，但他总有时间讲故事。守林人想把你领到他那儿去，也许他是对的。"

"如果国王像你说的那样很弱，那么他死了之后，他的王国会发生什么事？"戴维问，"他有没有儿女继承他的王位？"

"国王没有孩子，"罗兰说，"他统治了这个王国很长时间，打我出生以前就开始了，不过他一直没有娶妻。"

"他之前呢？"戴维问。他对国王、王后、王国以及骑士总是那么感兴趣，"是他父亲当王吗？"

罗兰努力地回忆。

"我想，在他之前有位王后。她非常非常老啦。她宣称，将有一位谁也没有见过，但不久就会到来的年轻人来统治她的领地。据当时活着的人们传说，事情就是这样。那年轻人到来之后，成了国王，王后则躺在她的床上睡去，再也没有醒来。他们说，她对于死似乎是……充满感恩之情。"

他们来到一条河边，河水被直线下降的气温冻住了，他们打算在这儿休息片刻。罗兰用剑柄敲开河面的冰，好让赛拉喝点水。罗兰吃东西的时候，戴维沿着河边散步。他不饿，早餐吃了弗莱彻太太给他的厚厚的自制面包片和果酱，现在肚子里还没消化呢。他坐在一块岩石上，从雪里挖石头往冰上扔。雪很深，一会儿连胳膊肘都埋在雪里了。他的手指摸到一些鹅卵石——

一只手突然从身旁雪地里探出，抓住他胳膊肘上方，那手又白又瘦，留着锯齿状的长指甲，力气很大，一下子把他从岩石上拖进雪里。戴维张嘴喊救命，但又一只手伸出来捂住他的嘴唇。他被拖进冰雪深处，那两只手一直没有松开，雪落在他头顶，他无法再看见上面的树和天。他感觉到背后是坚硬的土地，可怕的窒息感袭来，接着土地崩塌，他发现自己来到一个满是灰尘石头的洞里。那双手放开他，一束光透过黑暗照过来。树根从上边垂下，轻轻抚着他的脸，戴维看见三条地道的入口，宛如三张嘴集中在这一个点。发黄的骨头堆在一个角落，从前覆盖它们的肉则已腐败或被吞食了。四处都有蠕虫、甲虫和蜘蛛，它们在这潮湿阴冷的土里疾跑、打斗或者等死。

是扭曲人。他蹲在一个角落，刚才拖戴维下来的那双苍白的手，此刻一只提着灯，另一只正抓着一只黑色的大甲虫。戴维看着他把挣扎的虫子送入口中，先是脑袋，然后一口将它咬成两半。嚼着虫子的时候，他一直注视着戴维。虫子剩下的一半身体持续扭动几秒钟后，停止不动了，扭曲人把它递给戴维。戴维能看见它的部分内脏，是白色的，他觉得恶心。

"救我！"他叫嚷道，"罗兰，请救我出去！"

可是没有应答。相反，他的声音把洞顶的灰尘震了下来，落在他的头上和嘴里。戴维吐一口灰，接着准备再叫。

"哦，要是我就不会这么叫。"扭曲人说。他剔着牙，拔出一条长长的黑色的虫子腿，是刚才扎进牙龈里去的。"这儿的土不稳固，何况上边还有雪，哦，我不愿去想，假如土从你头顶塌下来会发生什么事。你会死的，我想，而且不会死得很愉快。"

戴维闭上嘴。他可不想跟昆虫、蠕虫还有扭曲人一起被活埋在这里。

扭曲人把玩着虫子剩下的部分，把它的后背揭掉，内脏完全露出来。

"你真的一点儿也不想吃？"他问，"很好吃的，外脆里嫩，不过，有时候，我发现我不喜欢脆的，只喜欢嫩的。"

他把虫子举到嘴边吸肉，然后把壳丢到角落里。

"我想，你跟我该谈谈了，"他说，"不怕你那个，呃，'朋友'出现来打扰我们。我想你对自己的困境还没有根本的了解。看起来，你仍然以为和陌生的路人结交能够对你有所帮助，其实不然，你也知道。我才是你还活着的原因，而不是那无知的守林人或者名声扫地的骑士。"

听到有人这样说曾经帮过他的人，戴维无法忍受。

"守林人并非无知，"他说，"罗兰是跟他父亲争吵，他没有给任何人丢脸。"

扭曲人不高兴地笑了笑。"是他告诉你的？哎呀呀，你没见过他那小盒子里的照片吗？拉斐尔，他要找的人是不是叫这个名字？如此美妙的名字，一个年轻男子。他们曾经非常亲密，知道吗，哦，哦，非常亲密。"

戴维不太明白扭曲人的意思，但他说话的样子让他感到肮脏龌龊。

"兴许，他会让你成为他的新朋友，"扭曲人继续说，"他半夜里看着你，这你知道，就在你睡着的时候。他觉得你好看，他想跟你亲近，比一般的亲近更近。"

"不许那样说他，"戴维警告他，"你敢！"

扭曲人从角落一蹦，像只青蛙似的，落在戴维面前。他瘦骨嶙峋的手捏住男孩的下巴，捏得他生疼，指甲扎进他的皮肤里。

"别对我发号施令，小孩。"他说，"只要我想，就能撕下你的脑袋，用它装点我的餐桌。还能在你的头盖骨上钻个洞，在里面插上蜡烛，不过要等我把那里边的东西吃光再说，我想，里边内容一定不多吧。你不是个特别聪明的男孩，对不对？你追寻那个明明知道已经死去的人的声音，进入一个自己都不明白的世界。你找不到回家的路了，而且还冒犯了唯一能帮你回家的人，那就是我。你是一个粗鲁的、不知领情的、无知的小男孩。"

扭曲人手指噼啪一响，变出一根长长的尖针，穿着一根粗糙的黑线，像是用死虫子的腿编结而成的。

"现在，是不是在逼我缝上你的嘴巴之前，想想怎么改变一下你的态度呢？"

他松开捏着戴维的手，然后在他脸颊上轻轻拍几下。

"让我向你证明一下我的好意吧。"他捏着嗓子说。然后把手伸进腰带上的小袋里，拿出他从狼侦察兵头上割下的鼻子，在戴维眼前摇晃。

"它一直跟着你，你刚出现在森林教堂，它就发现了你。它还想杀了你，假如我不干涉的话。它所到之处，其他的狼就会跟上。它们跟踪你，而且数量渐增。其中越来越多的狼在变化，它们无法阻挡。它们的时代到了。就算国王清楚这一点，也没有力量阻挡它们的去路。在它们发现你之前，你最好回到自己的世界中去，我可以帮你。只要把我想知道的告诉我，天黑前你就安全回到自己的床上啦，你家里一切都会平安无事，你的麻烦也将统统解决。爸爸会爱你，只爱你一个。这些我都能保证，只要你回答一个问题。"

戴维不想和扭曲人做交易，他叫人无法信任，而且戴维肯定他对自己隐瞒了很多事。跟他打交道从来没那么简单，也不会不付出代价。不过戴维也明白，他说的很多都是真的：狼群正在赶来，不找到戴维它们不会罢休。罗兰无法把它们全部杀死。还有那"兽"，尽管它够可怕的，但它也不过是这片土地所隐藏的众多凶相之一。还会有其他的威胁，也许比路普和"兽"更糟。无论戴维的妈妈现在在哪儿，在这个世界还是另一个世界，看来他都鞭长莫及。他没能找到她。他曾经愚蠢地认为自己能够找到，也那么渴望这个愿望成真。他曾希望她再活过来，他想念她。有时他能忘记她，但是在忘记她的过程中，他还是会记起她，而且因她而生的痛会再次报复性地回来。然而，他为何孤独，答案并不在这个地方。是回家的时候了。

于是戴维说：

"你想知道什么？"

扭曲人把身子靠过来，低声说道："我想让你告诉我你家里那个小孩的名字。"他说，"我想让你为我说出你那异母兄弟的名字。"

戴维的恐惧顿时减轻了一些。

"可是，为什么？"他说。他不明白。假如扭曲人跟他在卧室里看到的是同一个人，那么他怎么可能不到家里其他地方去？戴维还记得自己那时醒来的时候常有不愉快的感觉，像是有什么人或什么东西趁他睡着时摸过他的脸。还有一种奇怪的味道留在乔治的房里（至少比乔治自己的味道要奇怪）。那是不是说明扭曲人出现过？扭曲人侵入他们家的时候没能听见有人叫过乔治的名字，这可能吗？总之，知道乔治的名字为什么对他那么重要？

"我只是想听你亲口说出那个名字，"扭曲人说，"就这么件小事儿，芝麻大点儿小忙，你就说吧，然后一切就将结束。"

戴维难以相信。他那么想回家，只要说出乔治的名字就行了，那会有什么害处呢？他张嘴要说，可接下来说出的名字不是乔治的而是他自己的。

"戴维！你在哪儿？"

是罗兰。戴维听到头顶挖掘的声音。对这突来的骚扰，扭曲人嘘声表示不高兴。

"快点！"他对戴维说，"名字！告诉我那个名字！"

尘土落在戴维头上，蜘蛛飞快掠过他的脸颊。

"告诉我！"扭曲人尖叫起来，接着戴维头上的土层塌下来，将他埋起来，什么也看不见了。他看到的最后一眼，是扭曲人飞快奔向一条地道，逃避坍塌。土堵塞了戴维的嘴和鼻子，他想呼吸，可是气憋在嗓子眼里。他被淹没在土里了。他被从土里拖出来，回到地面干净、轻薄的空气中时，这才感觉一双有力的手正抓着自己的肩膀。他的视野清晰了，不过还被泥土和小虫弄得呼吸困难。罗兰用手拍打戴维的身体，帮他把土和虫子从喉咙里吐出来。戴维把土、血、胆汁以及爬虫全咳了出来，这才通了气管，然后他侧躺在雪里。泪水凝固在脸庞上，牙齿在打战。

罗兰屈膝跪在他身边。"戴维，"他说，"说话呀。告诉我发生了什么事。"

告诉我。告诉我。

罗兰的手抚摸着戴维的脸，戴维觉得自己缩了一下。注意到他的反应，罗兰也立刻将手抽回，并从男孩身边移开。

"我想回家，"戴维低声呓语，"仅此而已。我只想回家。"

他在雪地上缩成一团，一直哭泣，直到泪干了为止。

二十三　狼群进军

戴维坐在赛拉背上。罗兰没有与他同骑，而是再一次用缰绳牵着马儿一路走。罗兰和戴维之间有种说不出的紧张，男孩能意识到罗兰的伤神以及缘由，可他就是不知该如何为此道歉。扭曲人暗示过有关罗兰与失去的朋友拉斐尔之间关系的事，戴维觉得应该是真的，但扭曲人还暗示罗兰现在对戴维怀有相似的情感，这他不怎么相信。他打心眼里认为那么说不对，罗兰对他除了友善，别无他图，假如他的行为是出于某种阴暗的动机，那么此前早就暴露了。他很抱歉之前躲开罗兰出于关怀的抚摸，可是，要承认这一点，哪怕是一眨眼的工夫，也是逼迫他承认扭曲人的话没说错。

过了很久，戴维才完全恢复。他一说话嗓子就疼，嘴已经用河里的冰水清洗过了，可还能尝到土味儿。静静地骑马走了很久，他才得以告诉罗兰，在地下发生了什么事。

"他的要求就是这些吗？"戴维把说过的大部分又重复了一遍之后，罗兰说，"他要你说出你异母兄弟的名字？"

戴维点点头。"他对我说，如果我照做，就可以回家。"

"你相信他吗？"

戴维想了想这个问题。"嗯，"他说，"如果他愿意，我想他会给我指路。"

"那么，你必须自己决定该怎么做。不过要记住，天下没有白吃的午餐。村民们在目睹家园变成废墟的时候懂得了这一点。任何事情都要付出代价，不过在达成协议之前，若能弄清那代价是什么倒是不错。你的朋友守林人把这家伙称为骗术精灵，如果真是如此，那么他说的话就不能全信。跟他打交道要当心，仔细听清他说的话，因为他话里藏话，说得少，瞒得多。"

罗兰说这话的时候并没有回头看戴维，而且，这是他在又走了许多里路之前，说的最后一席话。那一晚，当他们停下来休息的时候，他们面对面坐在罗兰生的小火堆的两边，都只静静吃东西。罗兰从赛拉背上卸下了马鞍，靠在一棵树旁，离他为戴维铺毯子的地方挺远。

"你可以放松去睡，"他说，"我不困，你睡着的时候，我会一直注意树林的。"

戴维谢过罗兰。他躺下，闭上眼睛，可是无法入睡。他想起了狼群和路普，想起了爸爸、罗斯和乔治，也想起了失去的妈妈以及扭曲人的承诺。他想离开这个地方。如果跟扭曲人说出乔治的名字就是所有的条件，那么也许他该那么做。可是既然罗兰在守夜，扭曲人就不会再回来，戴维感觉自己对罗兰的怒气更盛了。罗兰在利用他：他答应保护他，并护送他去国王的城堡，可代价也太高了吧。戴维被卷入一场追寻，要找的人他根本没见过，而且只有罗兰对他有感情，而那种感情，如果扭曲人值得信任的话，是不自然的。在戴维自己的那个世界，像罗兰这样的人是有名称的，属于那些最坏的称呼。戴维以前一直被提醒，要远离这样的人，可现在，在一个陌生的地方，他却一直与那种人中的一个为伴。不过也好，他们就快分道扬镳了。罗兰估计第二天就能到城堡了，在那儿他们将最终查明拉斐尔的命运。之后，罗兰就要带着他去找国王，然后他们的协议将宣告结束。

●

就在戴维睡着、罗兰沉思的时候，那个叫弗莱彻的男人正跪在村子的护墙上，弓握在手中，一袋箭放在身旁。其他人蜷伏在他身边，火把又一次照亮了他们的脸，就像他们准备面对"兽"的时候那样。他们盯着眼前的森林。即使在黑暗中，他们也明显感到森林不再空寂。无数身影穿行于树林，成千上万。它们四脚前进，有黑有灰有白，而在它们中间，还有两脚行走的，穿着像人类，可面部还有着曾经为兽的痕迹。

弗莱彻不禁打战。那么，这就是曾经听说过的狼军了。还从未见过如此众多的动物行动一致地进行，连他仰望夏末的天空看见的鸟儿迁徙也不像这样。况且它们现在不只是动物。它们行进的目标早已超越了猎食与繁衍，有路普领头加强纪律并计划战斗，它们代表了狼与人最恐怖的结合。在战场上，国王的武力将不足以击败它们。

路普中的一个从队伍中出现，站在森林的边缘，盯着蜷伏在小村护墙后面的男人们。它穿得比别的路普更为精致讲究，即使从远处看，弗莱彻也能看出它比其他路普更像人类，不过还不会被误认为是人。

勒洛伊，将要称王的狼。

在等"兽"到来的漫长时间里，罗兰曾经跟弗莱彻讲过他所知道的狼群和路普的事，以及戴维曾如何挫败过它们。虽然弗莱彻也祝愿那士兵和男孩健康快乐，但也为他俩不在村里而由衷高兴。

勒洛伊知道这些，弗莱彻想，它知道他们曾经来过这儿，如果它以为他们还跟我们在一起，它定会集合它狂怒中的军队来攻击我们。

弗莱彻站起身来，目光穿过村前空地，直视勒洛伊站着的地方。

"你在干吗？"身边有人低声问。

"我不能在一个畜生面前畏畏缩缩，"弗莱彻说，"不能叫那东西太得意。"

勒洛伊点点头，仿佛明白弗莱彻的意思似的，然后将一根带利爪的手指慢慢横着拉过喉咙。一旦对付了国王，它就会回来，它们要看看弗莱彻和其他人究竟有多勇敢。之后，勒洛伊转身回到队伍中。人们在那儿枉然监守，而狼群大军已经穿过树林，继续上路去夺取国位。

二十四　荆棘堡

　　戴维第二天早晨醒来时，发现罗兰不见了。火熄了，赛拉也不在拴着她的树旁。戴维站起来，看见马消失于森林的足迹。他先是有些担心，接着有种松口气的感觉，再接着是生气，怪罗兰不辞而别，最后才开始感觉到一阵恐惧初次来袭。突然间，再次单独面对扭曲人的愿望不那么强烈了，与狼群遭遇的可能性也不那么令他着急了。他喝着壶里的水，手在打战，弄得水泼在了衬衫上，伸手去揎，裂开的指甲又挂在粗布上了，一根线被挂下来，他试图把线解开，结果却弄得指甲裂得更厉害，他疼得叫起来。他怒气冲冲，拿起水壶就往旁边的树上砸，然后猛地坐在地上，双手抱住头。

　　"这是干什么？"是罗兰的声音。

　　戴维抬起头。罗兰高高骑坐在赛拉背上，从树林边上注视着戴维。

　　"我以为你走了。"戴维说。

　　"你怎么会那么想？"

　　戴维耸耸肩。现在他为刚才性急的表现和对伙伴的猜疑感到羞愧，可是又想加以掩饰，只好硬着头皮继续说刺话。

　　"我醒来的时候你不见了，"他回答，"你说我该怎么想？"

　　"你可以认为我到前面探路了嘛。我并没有离开很长时间，而且我相信你在这儿是安全的。这儿的土层下面一点儿就是石头，所以我们的朋友无法用地道对付你，况且这边的动静我能听到。你没有理由怀疑我。"

　　罗兰下马，牵着赛拉，走到戴维坐着的这边来。

"自从你被那龌龊小人拖入地下之后，咱们之间就不一样了。"罗兰说，"我想我大概知道他是怎么说我的。我对拉斐尔的感情是属于我的，我一个人的。我爱他，每个人都该知道这一点。其他的不关任何人的事。

"而你，你是我的朋友。你很勇敢，而且，你比你看起来以及你自己以为的要强壮得多。你被困在不熟悉的地方，只有一个陌生人相伴，却敢于挑战狼群、恶搞侏儒以及曾经摧毁了一支武装队伍的'兽'，还有你称为扭曲人的那位的肮脏承诺。经过这些事，我从未对你失望过。当初我同意带你去见国王的时候，原以为你会成为我的负担，可事实相反，你证明了自己是值得信任和尊敬的。我希望我也能够证明自己配得上你的信任和尊敬，因为，如果缺少这一点，我们都会迷失方向。现在，你还愿意跟我走吗？我们快要到达目的地了。"

他向戴维伸出手。男孩握住手，罗兰把他拉起来。

"对不起。"戴维说。

"没有什么好抱歉的，"罗兰说，"把你的东西收拾好就行，终点近在眼前。"

●

他们才走了一段时间，所到之处，周围的气息已经改变了。戴维头上、胳膊上的毛发根根竖立，用手去摸，能感觉到静电。西风吹来一种奇怪的气味，干燥，发霉，像地窖里面的味儿。地面在他们身下隆起，直到他们走上山脊，他们就在那儿停下俯瞰。

他们眼前，恰似白雪之上一点污点，是一座堡垒的黑影。戴维想想，觉得它更像是一个轮廓，而不只是一个堡垒而已，因为有什么东西非常奇怪。一座中央塔楼，墙壁和外屋，都能辨认，但是全都有点模糊，就像湿纸上画的水彩画。堡垒立在森林中心，可四周所有树木全是躺倒的，像是经历过大爆炸。戴维看见城墙上到处都是金属在闪光。鸟儿在上空盘旋，那干燥的气味愈加浓烈了。

"那是些专食腐肉的猛禽，"罗兰指着那边说，"它们以死人为食。"

戴维知道他在想什么：拉斐尔就是进入了那个地方，再也没有回来。

"也许你该待在这儿，"罗兰说，"那样对你比较安全。"

戴维看看四周。这里的树跟以前所见的不同，盘根错节，古老沧桑，树皮病态地凹下许多洞，看起来就像被点了穴的痛苦的老头老太太，他可不想一个人与它们为伍。

"比较安全？"戴维表示怀疑，"有狼在追我，谁知道这林子里还有什么活物？如果你要把我留在这儿，我就算是步行也要跟着你。到了那儿，我也许对你有用呢。在村子里，'兽'追赶我的时候，我没让你失望，现在更不会。"他决心已定。

罗兰没有争辩。他们一起策马奔向堡垒。穿过森林的时候，有低声说话的声音，像是从树里面传来的，就从树干的开口处，但是，究竟是树本身在说话还是寄居其中、不见身影的什么东西在发声，戴维拿不准。有两次他觉得看见了树洞里的动静，还有一次他肯定有眼睛从树的深处回应他的注视，可当他跟罗兰说时，那士兵只说："别害怕，不管它们是什么，都与堡垒无关。只要它们不特意引起我们的注意，我们就不用在意。"

尽管如此，他还是一边骑马一边慢慢拔出剑来挂在赛拉一侧，右手紧紧握住剑柄。

森林里树木密集，在林中穿行的时候根本看不见堡垒，所以，当他们终于进入那个树干颓倒的衰败地界时，那情形让戴维震惊不已。是爆炸的力量或者别的什么，将树拔出了地面，它们的根都暴

露在深深的空洞之外。坐落在震中地带的正是那堡垒，现在戴维明
白为什么从远处看它那么模糊了。堡垒完全被褐色的蔓生植物覆
盖，它们缠绕着中央塔楼，覆盖了墙壁和城垛，从它们之中生出黑
色的棘刺，至少有一尺长，比戴维的手腕还要粗。要借助枝蔓爬过
墙去也许有可能，不过，假如稍一失足，一只胳膊或一条腿，更糟
糕的，头或者心脏就会被等在那里的棘刺给刺穿。

他们骑马绕堡垒一圈，一直绕到大门口。门开着，可是枝蔓组
成了一道屏障挡在入口处。透过棘刺之间的缝隙，戴维能看见一道
庭院，还有中央塔楼底层关闭的门，一套铠甲躺在门前的地上，但
是没有头盔，也没有头。

"罗兰，"戴维说，"那骑士……"

可罗兰没有去看大门和那骑士，他抬起头，目光凝视着城垛。
戴维顺着他的目光看去，看见了从远处看在城墙上发光的东西。

无数男人的头颅被钉在最高处的那些棘刺之上，在大门之上面
向门外。一些仍戴着他们华丽的头盔，不过面罩都被揭起或撕掉，
以便能够看见他们的表情，另外一些根本没有了头盔。大多数头颅
跟骷髅差不多，只有三四个还是可辨认的人形，他们的脸看上去完
全没有血肉，骨头上只覆着一张苍白的、纸样的皮。罗兰挨个儿仔
细查看了每一颗头颅，最后，又将城垛上每个男人的脸都看了一
遍。做完这些，他释然了。

"能辨认的那些人中间没有拉斐尔，"他说，"我没看见他的脸，
也没看见他的铠甲。"

他下马走近入口处，拔出剑，削掉了一根棘刺。棘刺落在地
上，一瞬间，另一根在原来的位置上长出来，比刚才削下的那根还
要长还要粗壮。它长得如此之快，要不是罗兰及时反应，迅速弯下
身子，就刺到他的胸口了。接着罗兰想在枝蔓中间砍出一条路，可
是剑之所及，只在枝上留下了轻微的伤口，而创口处立刻又在他眼

前自我修复了。

罗兰退后，将剑插入剑鞘。

"肯定有路可以进去，"他说，"不然那些骑士死前是怎么进去的？我们等吧。等等看，再观察观察，到时候，也许它自会为我们揭开秘密。"他们生了个小火堆，然后坐下来，静静地、心神不宁地守着荆棘堡。

●

夜幕降临了，或者说是更深的黑暗加重了白昼的阴影，在这古怪的世界里就成了黑夜。戴维望着天空，看见一点微弱的月光。月亮一出来，来自森林、连他们绕堡垒一周时也不曾停下的低语声便戛然而止。专食腐肉的猛禽也消失无踪。

只剩下戴维和罗兰。

塔楼顶层的窗里亮起一线微弱的灯光，接着一个身影出现在窗口，挡住了灯光。它站住，像是朝下面的男人和男孩看了一眼，然后走开了。

"我看见了。"戴维还未开口，罗兰倒先说了。

"看起来像个女人。"戴维说。

是那女巫，他想，她在塔里看守那沉睡的女子。月光照着钉在城垛上的死人头盔，叫他想起了自己和罗兰此刻面临的危险。他们接近堡垒时一定是全副武装的，可还是难免一死。那个躺在大门内的骑士身材高大，比罗兰至少高出一尺，跟他差不多宽。守卫塔楼的不论是什么，一定是身体强壮、动作迅捷，而且非常非常残酷无情。

这时，就在他们眼前，挡住大门的枝蔓和棘刺开始移动。它们慢慢地分开，形成一道能容一个人通过的入口，就像一张张开的嘴，棘刺悬着，正是等待咬啮的牙齿。

"是陷阱，"戴维说，"肯定是陷阱。"

罗兰站住。

"我还有什么选择呢？"他说，"我必须弄清拉斐尔的遭遇。我一路寻来，可不是为了坐在地上盯着墙壁和棘刺的。"

他将盾放在左臂上，看起来丝毫不惧怕，实际上，在戴维看来，这会儿他显得比他们相遇后的任何时刻都要快乐。他从自己的国度旅行到此，是为了找寻朋友消失的真相，被他可能的遭遇所折磨。不管现在堡垒里发生了什么事，也不管他最后是活着还是死去，最终他都要把有关拉斐尔旅程之终点的真相查个明白。

"待在这儿，让火继续燃烧。"罗兰说，"天亮前我要是还没回来，骑上赛拉，尽快从这儿离开。赛拉现在是我的，也是你的，我想，她钟爱你如同钟爱我一样。一直沿大路走，路会一直把你引向国王的城堡。"

他低头冲戴维微笑。

"跟你同路是我的荣幸。假如我们不能再见，我希望你能找到你的家，还有你寻找的答案。"

他们握握手。戴维没有掉一滴眼泪，他想要像印象中的罗兰那样勇敢。直到后来他才想到，当时罗兰是不是真的那样勇敢。他知道，罗兰现在相信拉斐尔死了，他想找杀死拉斐尔的人报仇，不论他是谁。可是，当罗兰准备走向等待着的堡垒、走进大门时，他也能感觉到，罗兰的一部分不愿离开拉斐尔独自苟活，而死对他来说，强过一个人活着。

戴维陪着罗兰走向大门。靠近的时候，罗兰盯着等待的棘刺，心怀忧惧，仿佛害怕一旦进入它们的范围就会被它们紧紧抓住。然而枝蔓没有移动，罗兰没有任何意外地进入了门口。他跨过骑士的铠甲，推开塔楼的门，再回头望望戴维，挥剑作最后的告别，然后走进暗影之中。大门上，枝蔓扭动，棘刺伸展，恢复了挡在入口与庭院之间的屏障，接着，一切又回到往昔的模样了。

●

扭曲人在森林里最高的树的顶枝上，注视着这里发生的一切。住在树干里的东西们没有侵扰他，因为跟生活在这森林里的任何生物比，扭曲人都是最让它们害怕的。堡垒里的生物够老够残忍，而扭曲人更老更残忍。他老远盯着，男孩坐在火堆旁，赛拉紧靠着他站着，没有拴绳，她是一匹勇敢智慧的马，不会轻易受惊或者离弃她的主人。扭曲人想再次接近戴维，问出小孩的名字，不过他又有了更好的打算：独自一人整夜待在森林边上，面对荆棘堡，被死去骑士的头颅盯着，第二天早晨，他一定更加心甘情愿地找扭曲人谈谈。

因为扭曲人知道，骑士罗兰再也不会活着走出堡垒，戴维呢，又将一个人待在这个世界。

●

戴维觉得时间过得很慢。他往火里添柴，等待罗兰回来。有时他感觉赛拉在用鼻子轻轻摩挲他的脖子，提醒他她就在身旁。他为马儿在这儿感到高兴，她的勇敢和忠诚给了他信心。

但是困倦来袭，思维开始捉弄他。他会在一两秒钟之内睡着，很快就开始做梦。家一闪而过，这些天以来的境遇——在脑子里闪现，所有经历重叠在一起，狼群、小矮人、小兽，全都成了同一个故事的一部分。他听见妈妈叫他的声音，就像她最后那段日子里因为剧痛而无法忍受时那样，接着她的脸变成了罗斯的，而被爸爸疼爱的他被乔治所替代。

然而，那是真的吗？他突然意识到自己想念乔治，那种感觉令他吃惊，几乎让他从梦中醒来。还记得小宝贝冲他笑，或是把他的手指紧紧握在小拳头里的样子。没错，他是吵，是有味儿，还总是要人为他干这干那，可是，所有的婴儿都是那样的。那不算乔治的错，真的。

这时，乔治的身影渐渐消失，戴维看见罗兰手持宝剑，正走下一条黑暗的长廊。他在塔楼里面，可是塔本身是个幻影，隐藏其中的是无数房间和走廊，每一间都有陷阱，等着容易上当的人。罗兰走进一间环形大屋，戴维在梦里看见罗兰的眼睛难以置信地睁大了，墙壁变成红色，暗影里有什么在叫唤戴维的名字……

戴维猛然惊醒。他还坐在火堆旁，但火苗已然熄灭。罗兰还没回来。戴维站起身，向大门走去。他走开的时候，赛拉紧张地嘶叫起来，但仍留在火堆边没动。戴维站在门前，然后伸出手，小心翼翼地去碰触一根棘刺，立刻，枝蔓后退，棘刺缩回，屏障间闪现一道入口。戴维回头看看赛拉和火堆的余烬。现在我该去了，他想，我不应该等到天亮。赛拉会带我去国王那儿，他会告诉我该怎么做。

可是他仍在门前徘徊。尽管罗兰已经告诉他，若自己不能回来，他该怎么做，戴维还是不想抛下他的朋友。就在他面朝棘刺站在那里，不知怎么办才好时，他听见一个声音在呼唤。

"戴维，"那声音说，"到我这里来，请到我这里来。"

是妈妈的声音。

"我就是被带到了这个地方，"那声音继续说，"当疾病压倒我时，我陷入了沉睡，从我们的世界来到这里。现在她在看守着我，我无法醒来，无法逃离。戴维，救救我，如果你爱我，请你救我……"

"妈妈,"戴维说,"我害怕。"

"你已经走到了这一步,一直是那么勇敢。"那声音说,"我一直在梦里看着你,我太为你感到骄傲了,戴维。再走几步就够了,再多一点点勇气,我只要求这些。"

戴维将手伸进包裹,找到"兽"的爪骨。他把爪骨放进口袋,想起了弗莱彻的话。他曾经勇敢过,现在,为了妈妈,他也能表现出勇气来。此刻仍站在树上监视这边的扭曲人意识到将要发生什么事,打算行动。他从站着的位置跳下,一根树枝接一根树枝地往下腾挪,然后像猫一样落在地上。可他还是晚了。戴维已经走进堡垒,荆棘屏障在他身后合上了。

扭曲人气愤地狂叫,而戴维已经消失在堡垒里面,没有听见他的叫声。

二十五　女巫，以及拉斐尔和罗兰的遭遇

庭院以黑白石头胡乱铺成，沾满了白天在上空盘旋的食腐肉的猛禽的粪便。石雕的台阶延至城垛，一架一架的武器立在一边，可是矛、剑、盾什么的全都生锈无用了。其中一些武器设计精良，精细的螺纹和银、铜精心交织的链子在剑鞘和盾面上相互呼应。戴维无法将如此精美的手艺和拥有它们的险恶环境联系在一起。这说明堡垒不会从一开始就这样，一定是被什么东西给霸占了去，鸠占鹊巢，它一来，原来住在这里的人非死即逃。

现在身处其中，戴维看见了毁坏的印记：墙壁和庭院受到了炮火的冲击，到处都是空洞。显然这堡垒非常古老，然而四周颓倒的树木表明，罗兰听说的和弗莱彻声称亲眼所见的，虽然奇怪了点，但都符合事实。堡垒很可能是随月亮的圆缺在空中飘移，移到一个个新的地点的。

墙根下面是马厩，但是没有草料，也没有这样的地方长久以来该有的健康牲畜的气味，相反，只有马的骨骸，它们是在主人死后饿死的，体内萦绕不去的恶臭让人联想到缓慢的腐朽过程。马厩对面，中央塔楼的另一边，是原先卫兵们的宿舍和厨房所在。戴维轻悄悄地窥视了宿舍和厨房的每一扇窗户，里面毫无生气。宿舍里只有空荡荡的床铺，厨房里只有冰冷的空炉，盘子和杯子放在餐桌上，仿佛是正在进行的晚餐被打断了，而当时正在吃饭的人们再也没有机会回来继续晚餐。

戴维走向塔楼的门。骑士的尸体躺在他脚边，一支剑还握在他的大手里。剑还没锈，骑士的铠甲还闪着光，除此以外，他身上有

一枝白色的花，插在肩甲的洞里，还没有完全萎谢，因此戴维猜想，他的尸身待在这儿还不久。他的脖子和四周的地面上都没有血迹，戴维对杀头的器具了解不多，但在他的想象中，至少会流一些血。他在想，这骑士是谁，他有没有在胸甲上画上什么图案表明自己的身份，就像罗兰那样？高大的骑士趴在地上，戴维没有把握把他翻过身来。可他还是觉得应该辨认一下这死去的骑士的身份，以便有办法将他的遭遇告诉别人。

戴维跪下，深吸一口气，作好准备搬动尸体，然后，他将铠甲使劲儿一推。让他惊讶的是，骑士的尸骸很容易就移动了。不错，铠甲是重，可是远远没有里面有具尸身应有的重量。刚把骑士翻过身来，戴维就看见他胸甲上的图案，是一只鹰，一条蛇在它利爪之下挣扎。他用右手指关节轻敲铠甲，里面有回声，就像敲在一只垃圾箱上似的，那套铠甲看来是中空的。

可是，不对，不是空的，因为戴维翻转铠甲的时候，能听见，也能感觉到里面有东西在动，当他检查铠甲顶端的洞，就是脑袋被砍掉的那地方时，能看见里面的骨头和皮，脊骨顶端、砍头切口处呈白色，但连这个位置都没有血。某种程度上说，铠甲里面的骑士尸骸只剩了一具空壳，迅速地蚀至无物，连他身上佩戴的花朵——也许是运气好——都没来得及死去。

戴维考虑逃出堡垒，但他知道就算他能试一把，那些棘刺也不会为他开路。这是一个有进无出的地方，况且，尽管他也怀疑，但他又一次听见了妈妈的声音在呼唤。假如她真的在这儿，那么现在他不能弃她不顾。

戴维跨过倒地的骑士，进入了塔楼。一道楼梯螺旋向上，他仔细听了听，没听见上面有什么声响。他想叫妈妈的名字，或者大声呼叫罗兰，又怕引来塔里的人或动物。不过，不论等在这里的是什么，大概已经知道他在堡垒中了吧，而且还分开棘刺让他进来。毕竟，保持安静总比发出声响要明智一些，于是他没有说话。他想起了亮灯的窗口那个身影，还有女巫囚禁一位女子的故事：她诅咒那女子永远地、不老地沉睡在一间装满珠宝的房间里，直到被一个吻唤醒。那个女子会是他的妈妈吗？答案就在楼上。

他拔出剑，开始爬楼。每走十步台阶，就能看见一个窄小的窗口，通过它们，一缕缕光线得以滤进来，让戴维看见脚下的路。数完十二个这样的窗口，然后才到达塔顶的石头地面。一道走廊在眼前伸展开去，两边都有开着的门。从外面看，这塔似乎有二三十尺宽，可眼前这走廊如此的长，尽头消失于远远的暗影里，肯定有几百尺长，由嵌在墙壁里的火把照亮，可不知为什么，却被容纳在尺寸只有它一小部分的塔楼里。

戴维慢慢走下长廊，边走边注意每一个房间。有些是卧室，奢华地配以大床和金丝绒窗帘，另一些里面放着睡椅和坐椅。一间房里除了一架豪华钢琴以外空无一物。还有一间房里，满墙装饰了几百幅画，是同一张画的不同版本：两个男孩，一模一样的孪生子，身后有一幅画，背景正是他俩这张画的复制样本，如此一来，就变成他们目光向外，瞪着眼看无穷版本的自己。

长廊下到一半，是一间偌大的餐厅，主要的陈设是一张巨大的橡木餐桌，四周围着一百把椅子，无数蜡烛顺桌摆开，光照亮了一桌盛大的筵席：烤火鸡、烤鸭、烤鹅，中心是一头嘴里含着个苹果的大猪，浅盘里盛着鱼和冷肉，蔬菜在大锅里冒着热气。香味四溢，戴维不由自主走进餐厅，难以阻挡大声叫唤的肚子发出的愿望。有谁先切过火鸡了，腿已经被撕掉，几片白白的胸脯肉被切下来，现在软软的、湿湿的，盛在一只瓷盘里。戴维夹起最大的一块，正要大咬一口，就在这时，他看见一只虫子从桌上爬过。是一只大红蚁，正朝着从火鸡身上掉下来的一块碎皮开拔呢。只见它将小片棕色脆皮用嘴咬住，打算运走，可突然它步履蹒跚起来，好像碎皮的重负超过它的预期。它丢下碎皮，剧烈摇晃一番，接着彻底停止了动作。戴维用手指拨弄它，可虫子没有反应。它死了。

戴维把手里的鸡块丢到桌上，迅速把手擦干净。这会儿仔细一看，才发现桌子上乱七八糟全是死去的昆虫。苍蝇、甲虫以及蚂蚁的尸体星星点点散布在木头和盘子上，都是被食物里的什么东西给毒死的。戴维从桌旁离开，回到长廊，一点胃口都没有了。

如果说餐厅够叫他恶心的，那么下一个房间，他一看之下更加烦心。那是他在罗斯家里的那间卧室，连书架上的书都复制得完美无误，只是比戴维在的任何时候都更有条理。床叠得整整齐齐，但是枕头和床单有点发黄，上面覆着一层薄薄的灰尘。书架上也是灰，戴维走进去的时候，地板上留下了他的脚印。面前是那扇朝向花园的窗，窗开着，外面传来嘈杂的声音，是笑声和歌声。他走到窗边往外看，下面的花园里，三个人在围着圆圈跳舞：戴维的爸爸，罗斯，还有一个戴维没有见过的男孩，不过他一下子意识到那是乔治。乔治现在长大了，大概四五岁的样子，不过还是个胖嘟嘟的孩子。他笑得合不拢嘴，父母在身边和他跳舞，爸爸握着他的右手，罗斯拉着他的左手，美妙的蓝天下，阳光照耀在他们身上。

"乔治·波治，布丁和派，"他们对他唱道，"吻吻女孩，弄哭她们[1]。"

乔治快乐地大笑。蜜蜂嗡嗡，鸟儿唱歌。

"他们已经把你忘了。"是妈妈的声音，"这里曾经是你的房间，可是现在没人再来这里。你爸爸一开始常来，可是他现在也接受了你已经不在的事实，而在另一个儿子和新娶的妻子身上找到了乐趣。她又怀孕了，不过她还不知道。乔治将会有一个妹妹，而你爸爸将再次拥有两个孩子，不需要再回忆你了。"

---

[1] 选自《鹅妈妈童谣集》，鹅妈妈是英美等英语国家和地区民间传说和童谣中的著名文学形象。

声音四处都有，却不知来自何处，来自戴维身体之内，也来自走廊之外，来自脚下的地板，也来自头上的房顶，来自墙上的石头，也来自架上的书。一时间，戴维甚至看见她的影子映射在窗玻璃上，是妈妈模糊的身影站在背后，目光越过他的肩膀凝视着他。他转过身去，后面没人，但她的身影仍然留在玻璃上。

"事情不一定要变成那样。"妈妈的声音说。玻璃上那个身影的嘴唇在动，但好像说的是别的话，因为那口形和戴维听到的话不搭调，"保持勇敢坚强，再坚持一会儿。在这里找到我，我们可以回去过以前的生活。罗斯和乔治会走开，我和你将代替他们的位置。"

这时，楼下花园里的声音不一样了，没有了欢笑和歌唱。戴维往下看，只见爸爸在割草，妈妈正拿着一把剪子修剪玫瑰，她仔细剪掉枝茎，把红色的花朵丢进脚边的篮子里。他俩之间有个凳子，坐在上面读书的正是戴维。

"看见了吗？事情会是这样的，你看见了吗？来吧，我们分开得太久，是重新团聚的时候了。不过要小心：她在监视，在等你。当你看见我的时候，不要左顾右盼，要把目光集中在我的脸上，那样一切都会顺利。"

玻璃上的身影不见了，楼下的情景也跟着消失。一阵冷风吹来，扬起房里的灰尘，把里面的一切都蒙住了。灰尘使戴维咳嗽流泪，他退出房间，在长廊里弯下腰，拼命咳嗽吐灰。

附近传来一声响动：是门"砰"地关上，并从里面上锁的声音。他转了一圈，第二扇门也关上了，接着是下一扇。他走过的每一个房间的门都紧紧关闭了。此刻他卧室的门也在他眼前突然封上，面前所有的门也开始关闭。只剩下墙上的火把照亮他的路，可突然间，连火把也开始熄灭，从离楼梯最近的那些开始。现在他的身后是一片黑暗，并且黑暗迅速向前蹿过来，很快，整个长廊将会陷入黑暗。

戴维开始跑，拼命想把追逐而来的黑暗留在身后。耳朵里充斥着门砰然关闭的响声。他尽力快跑，双脚落在石头地板上"啪啪"地响，但是，火光熄灭的速度比他跑得要快。他看着身后的火把灭掉，接着是身旁两侧的，最后，前面的光也咝咝然死去。他继续奔跑，希望好歹能追上它们，那样就不会独自留在黑暗中了。这时，最后一只火把熄灭了。完全的黑暗。

"不！"戴维大叫，"妈妈！罗兰！我看不见了。帮帮我！"

可是无人应答。戴维静静站在那里，不知如何是好。不知道前面有什么，但他知道后面是楼梯，如果他掉头扶着墙走，还能找到楼梯，但是那样的话也就意味着抛弃了妈妈和罗兰——他要是还活着的话。如果他往前走，就只能摸黑磕磕绊绊地进入未知的地域，很容易被抓住，就是妈妈说的那个"她"，用蔓生植物和棘刺守卫这个地方，把人变成铠甲里的空壳、城垛上头颅的那个女巫。

这时，戴维看见远处有一点微小的光，像是萤火虫，悬在黑暗里。妈妈的声音响起：

"戴维，别害怕。你已经快到那儿了，不要放弃。"

他听到这话就往前走，那光大起来，亮起来，直到他看见一盏灯从屋顶垂下。慢慢地，一道拱门的轮廓在灯下逐渐变得清晰。戴维一步一步走近，最后他站到一间大房间的门口。房间的圆形屋顶由四根巨大的石柱支撑，墙和柱子上都覆盖着长满棘刺的枝蔓，比堡垒大门口那些要茂盛得多，棘刺长而尖，有的比戴维的身高还要长。在每一根石柱之间，都有一盏铜灯从华丽的铁框里垂下，它们的光芒照射在一箱一箱钱币和珠宝上，照在高脚杯和镀金相框上，剑和盾上，使它们和金子、宝石一起闪亮。这里的金银珠宝比大多数人能够想象的都要多，可是戴维看都没看一眼，而是把注意力集中在房间正中一方高筑的石头祭坛上。一个女人躺在祭台上，安静得有如死去一般。她身穿红色丝绒，双手交叉放在胸前。戴维再仔细一看，能够看见她呼吸时的一起一伏。那么，这就是那受到女巫诅咒的沉睡的女子了。

戴维走进房间，闪烁的灯光照在他右侧布满荆棘的墙上，越发亮起来。他转过身，眼前的情形使他胃一阵绞痛，不得不弯下腰去。

罗兰的身体钉在离地面十尺高的一根粗大的棘刺上。刺尖穿透他的胸腔，从胸甲上穿出来，毁坏了双日标志。铠甲上有一道血线，但是血不多。罗兰的脸瘦而苍白，面颊空洞，骨骼在皮肤下凸出来。罗兰旁边还有另一具尸体，也穿着有双日图案的铠甲，是拉斐尔。罗兰已经最终弄清了朋友失踪的真相。

还不止是他们。这拱顶大屋内缀满了男人的残骸，像干瘪的苍蝇被固定在荆棘网上一样。一些已经置于这里很长时间，他们的铠甲早已锈成了红褐色，还有一些有脑袋的，早已变得跟骷髅差不多了。

戴维的愤怒压过了他的恐惧，也盖过了要逃跑的想法。那一刻，他不再是一个男孩，他变成成年人的过程郑重开始了。他缓步走向睡着的女子，慢慢地转弯绕行，以防暗藏的威胁攻其不备。妈妈叫他不要左顾右盼，他记着，但一看见被钉在墙上的罗兰，他就想直面女巫，杀了她，为朋友报仇。

"出来，"他叫道，"现身吧你！"

屋里没有任何响动，也没有人回应他的挑战，唯一能够听见的声音，半是真实、半若幻想的，是"戴维"，妈妈的声音。

"妈妈，"他回答，"我在这儿。"

他现在到达了石头祭坛，只有五步台阶就能到沉睡的女子那里。他缓步攀登，仍然留心着暗藏的危险——杀害罗兰、拉斐尔以及被穿透、掏空后挂在墙上的所有男人的凶手。终于，他登上了祭台，俯身看那沉睡女子的面容。是妈妈。她皮肤极白，但双颊仍有一点粉色，嘴唇丰满而湿润，红色的头发在石头上像火一样闪光。

"吻我，"戴维听见她说，尽管她的嘴唇保持不动，"吻我，然后我们就可以重新团聚了。"

戴维把剑放在一旁，俯身去吻她的脸颊。他的嘴唇接触到她的皮肤，那么冰凉，比她躺在尚未合上的棺木里的时候还要冰凉，太冰了，接触她让戴维感到心痛。他嘴唇失去了知觉，舌头变得麻木，呼出的气变成了冰晶，像小颗钻石在凝固的空气中闪光。当他离开她的时候，又有人叫他的名字，这次不是女人的声音，而是男人的。

"戴维！"

他环顾四周，想找到声音的来处。墙上有动静，是罗兰，他左手无力地摇晃，抓着穿透胸膛的那根棘刺，仿佛这样才能集中最后的力量，说出必须说的话。他的头动了动，用尽全身的力气迸出一句话。

"戴维，"他的声音还是很轻，"当心！"

罗兰抬起右手，食指指向祭台上的人，然后颓然放下。接着，他的身体在棘刺上慢慢松弛，他的生命终于完结了。

戴维低头看沉睡的女子，她的眼睛睁开了。不是戴维妈妈的眼睛。她的眼睛是棕色的，善良而充满爱意，这双眼睛却是黑色的，全无色彩，像嵌在雪地里的煤块。那女子的脸也变了，不再是戴维妈妈的脸，不过他还认识，是罗斯的脸，他爸爸的情人。她的头发是黑的，不是红的，如流动的夜色般铺开。她嘴唇张开，戴维看见她的牙齿非常白，非常尖，犬齿比别的要长。那女人从石床上坐起来，戴维后退一步，差一点跌落祭台。她像猫一样伸展身体，脊背弓起，前臂绷紧，肩上的披巾掉落，露出一截雪花膏似的脖子和胸的上面部分，戴维看见上边有血，像一串红宝石项链凝固在她的皮肤上。女人在石床上转个身，好让一双赤脚搭在床边。那双深邃的黑眼睛瞧着戴维，灰白的舌头舔着牙尖。

"谢谢你，"她说。她的嗓音柔和低沉，但发音的时候能听见"咝咝"的小音，仿佛一条会说话的蛇。"这这这么一个帅气气气的男孩，这这这么一个勇敢的男孩。"

戴维往后退，但他每退一步，那女人也跟着前进一步，所以他们之间的距离保持不变。

"我不美吗？"她问道。她的头稍稍一歪，面露烦恼之色，"在你看来我不够美吗？来吧，再亲亲亲亲我。"

她是罗斯，又不是罗斯。她是不可能见到曙光的黑夜，是没有希望点亮的黑暗。戴维去摸剑，这才意识到剑还在祭台上，要拿到它，得要找到一条道越过女人，同时他本能地意识到，假如他想打她身旁溜过，她一定会杀了他。她像是猜到了戴维的想法，回头朝剑瞥了一眼。

"你现在不需要它了，"她说，"之之之前从来没没没没有如此此此年轻的人来过，如此此此年轻，如此此漂亮。"

她将一根细瘦的手指——指甲已被鲜血蚀成红色，放在自己的唇上。

"这儿，"她轻轻地说，"亲亲亲亲我这里。"

戴维看见自己的影子淹没在她的黑眼睛里，渐渐沉入她身体内部，便明白了自己的命运。他脚跟一转，跃下最后几个台阶，落地的时候右脚脚踝笨拙地扭了一下。痛极了，但他没打算让这疼痛妨碍自己。面前的地板上有一把死去的骑士的剑。如果他能拿到——

一个身影从他头顶滑过，长袍的边缘掠过他的头发，那女人出现在他面前。她的双脚没有着地，而是悬在空中。红与黑，血色与暗夜。她不再微笑。她张开嘴唇，露出尖牙，突然间她的嘴巴看起来比之前大了许多，里边是一排擦一排尖利的牙齿，像鲨鱼的嘴。她向戴维伸出手来。

"我要得得得到我的吻。"她说着，指甲扣住他的双肩，头凑近戴维的嘴唇。

戴维将手伸进外套口袋。只见他右手朝空中一划，兽爪在女人脸上画出一道裂开的红色划痕。伤口裂开，但没有血流出来，因为她的血管里没有血。她尖叫着，将手按在伤口上，戴维再一挥，兽爪自左至右砍过，立即弄瞎了她的眼。那女人用指甲抓他，抓住他的手，将兽爪打飞了。戴维朝房间的门口跑去，没有别的想法，只想回到漆黑一片的长廊，找到楼梯。可是，荆棘扭曲翻动，挡住了去路，将他与假罗斯一起困在屋里。

她仍然悬在空中，这会儿正双手伸展，眼睛和脸已经被毁了。戴维从门口挪开，再次设法拿回失落的剑。女人瞎了的双眼跟着他转。

"我能闻闻闻到你，"她说，"你得为你对我所做的付出代价。"

她张牙舞爪地朝戴维飞过来。戴维猛冲向右，接着再向左，希望能够骗过她好拿到剑。可她太聪明了，切断了他的去路。她在他面前来回移动，动作太快了，变成了空中的一个点，总是抢先堵住戴维的逃路，把他逼回到荆棘前，到最后她离他只有几尺远了。戴维感到脖子和背后一阵刺痛，原来他正背靠棘刺，又长又尖的刺像矛一样。他无路可逃了。那女人的手在空中乱抓，离他的脸只有一寸的距离。

"现在，"她啐啐地说，"你是我的了。我会爱你，而你也要以死回报我的爱。"

她伸展脊背，嘴巴张到很大，骨骼都快裂成两半了，一排排尖牙立起，准备撕开戴维的喉咙。她猛然冲过来，戴维纵身到门口，等到她几乎扑过来时再动。她的衣服蒙住了他的脸，所以他只能听到，却看不见之后发生了什么事。是腐烂的水果被刺破的声音，一只脚照他脑袋踢了一下，然后不动了。

戴维从卷着的红色丝绒下面站起身。棘刺从心脏和两肋刺穿了女人，她的右手也被钉起来了，但左手还能动。它对着一枝藤蔓颤抖着，这是她全身唯一还在活动的部分。戴维看见了她的脸。她不再像罗斯了，头发变成银色，皮肤衰老打皱，一股潮湿发霉的气味从她身上受伤的地方透出来。她的下巴松垮垮地垂在满是皱纹的胸前，鼻孔颤动，在闻戴维。她想说话。开始她的声音太弱，他根本听不见她说什么。他倾身凑近，同时警惕她的动静，尽管知道她快死了。她的气息是腐败的臭味，但这次他听懂了她的话。

"谢谢你。"她轻声地说。然后她的身体在棘刺上渐渐松弛，在他眼前化为尘埃。

她消失的同时，荆棘开始枯萎死去，而死去骑士的遗骸噼哩啪啦纷纷落地。戴维奔向罗兰躺下的地方。他身体里的血几乎已经耗尽，戴维觉得想为他大哭一场，可是没有眼泪。他把罗兰的遗体拖上台阶，挪到祭台石床，再使劲儿让他躺在床上。又把拉斐尔也挪上来，将他安置在罗兰身旁。他按照在书里看到的死去的骑士该有的样子，把他们的剑放在他们胸前，使他们双手交叉按在剑柄上。他找回自己的剑，插入鞘中，然后从灯盏里拿起一盏灯，用它照亮，回到塔楼楼梯处。有着无数房间的长廊现在不见了，那个位置只有布满灰尘的石头和倒塌的墙。他走到外面，看见这里的荆棘也已枯萎死去，剩下的只有一座被毁坏的衰颓的老城堡。大门外，赛拉站在火堆灰烬旁等他。看见他走过来，她喜悦地嘶叫起来。戴维把手放在她的额头上，对着她的耳朵轻声诉说，好让她明白她亲爱的主人发生了什么事。最后，他跃上马鞍，指引她朝着森林和东边的大路走去。

他们穿过树林的时候，一切寂静，因为住在树里的东西们听见是戴维来，就害怕了。连回到高枝上的栖息处的扭曲人也以全新的眼光看着这男孩，思索着该如何利用事情最新的进展达到他的目的。

二十六　两场杀戮，两个国王

戴维和赛拉沿着大路向东走。戴维的眼睛直直盯着前方，却极少注意前面有什么。赛拉的头比以往更低一些，似乎她也在为主人的逝去而表示哀悼，以她温柔的尊严的方式。雪在没完没了的暮色中闪光，冰柱从灌木和树上垂下，像凝固的泪。

罗兰死了。戴维的妈妈也一样。他以前是个傻瓜，竟然存有别的想法。现在，当马儿踏着沉重的脚步缓慢走在这冰冷黑暗的世界中，戴维终于对自己承认，也许从一开始，他就知道妈妈不在了。他只是希望相信另一种可能。就像妈妈病中他履行那些惯例仪式一样，他希望那样可以使她活着。那都是些虚幻的愿望，无根的梦，像他追寻而来的那个声音一样不堪一击。他无法改变他离开的那个世界，而这一个，也在以事情说不定会不同的可能性愚弄了他一番的同时，彻底挫败了他。是回家的时候了。如果国王不能帮助他，那他不得已还可以跟扭曲人做做交易。他要做的就是对他大声说出乔治的名字。

可是，扭曲人不是说过，一切可以回到从前吗？那是个谎言。妈妈已经死了，曾经有她的那个世界一去不返了。就算他能回去，那也只是个她成为回忆的世界。家，现在是一座与罗斯、乔治同住的房子，为了他自己，也为了他们，最好的办法是适应现状。如果扭曲人的诺言不能兑现，那么还有什么他不能违背的？就像罗兰警告的那样：

他话里藏话，说得少，瞒得多。

任何与扭曲人的交易都充满潜在的圈套和危险。戴维只盼着国王能够并且愿意帮他,使他不至于还要跟那骗子进一步打交道。可是到目前为止,他听到的有关国王的消息都让他心生疑虑。罗兰明显没拿他当一回事,连守林人也承认,国王对他的王国的掌控不如从前了。如今,面对勒洛伊和它的狼军的威胁,兴许国王将要受到的考验超出了他可以承受的范围。他的王国将被强势夺走,而他将死于勒洛伊的血口之中。扛着因了解这些现状而产生的重负,国王还会有时间帮这个迷失在这世界的男孩解决问题吗?

还有,那本《失物之书》呢?那里面有什么内容能够帮助戴维重返家园?一张地图,又一棵中空的树,或者,一个能把他变回去的魔咒?可是,假如那本书有魔力,那么国王为什么不能用它保护他的王国呢?戴维希望国王不要像伟大的奥兹魔法师[1]那样,只有烟、镜子和一片好心,就是没有一点真正的为自己撑腰的实力。

戴维就这样迷失于自己的遐思中,对空无一人的大路也已经习以为常,因此当那两个人几乎扑上身来的时候,他才看见他们。是两个男人,身上穿的简直就是破布片,脸上蒙着布,只能看到他们的眼睛。一个手握一把短剑,另一个正张弓搭箭,只待射击。他俩猛地从草丛中冲出来,扔掉伪装在身上的白色毛皮,站在戴维面前,举起武器。

"站住!"拿剑的男人吼道。戴维叫赛拉停下,离他们只有几尺的距离。

手持弓箭的那个斜睨一眼箭的长度,将绷紧的弦放松,放下武器。

"啊?是个小男孩?"他嗓子嘶哑,低沉的声音中带着恐吓的语气。他揭下蒙面巾,露出一张扭曲的嘴,嘴唇被一道垂直的疤痕割成了两半。他的同伴也把头巾往脑后一推。他的鼻子几乎被割掉,

---

1 Great Oz,美国作家弗兰克·鲍姆所著《绿野仙踪》中的人物。

剩下的只是一团留了疤的软骨，中间两个洞。

"管他是不是小男孩，他骑的马倒是很不错。"他说，"他跟这样一匹好牲口可没什么关系，有可能是偷来的，所以，拿走不属于他的东西不算罪过。"

他过去牵赛拉的缰绳。戴维牵马后退一步。

"不是偷来的。"他轻声说。

"什么？"那贼说，"你说什么，小男孩？别吭声，否则你活不长久，甚至来不及后悔碰见我们。"

他朝戴维挥舞手中的剑。那剑简单而粗糙，戴维能看见剑刃上磨刀石的痕迹。赛拉嘶叫着，又走了几步远离危险。

"我说过，"戴维重复一遍，"我没有偷马，她不会跟你们去任何地方。现在，离我们远一点。"

"啊呀，你个小……"

那持剑的男人又去抓赛拉的缰绳，这次戴维驾驭她，让她抬起后腿，催她上下蹬蹄。她一蹄蹄在持剑男人的额头上，一声空洞、断裂的声响，那人倒地身亡。他的盗贼同伙吓得要死，一时反应不过来。他还想举弓，而戴维已催马上前，抽出了自己的剑。他朝那射手挥剑，剑尖划过那人的喉咙，透过衣服划到下面的肉。那贼脚步踉跄，弓掉落在地，他将手举至脖子，想说什么，但只发出湿湿的、汩汩流水的声音。鲜血顺他的手指往下涌，洒落在雪地上。衣服前襟已经染成了红色，他跪倒在死去同伴的脑袋旁，血流慢慢开始停止，他的心跳没有了。

戴维牵赛拉转身，对着死去的两个人。

"我警告过你们！"戴维大声说。现在他终于哭出来了，为罗兰，为妈妈和爸爸，甚至也为了乔治和罗斯，为所有他失去的，包括那些能说出名字的，以及那些仅仅能感觉到的。"我叫你们离我们远点，可你们不。现在好，看看你们的下场。你们这些笨蛋，你们这些愚蠢的人，愚蠢的人！"

那个射手的嘴一张一合，看他嘴唇，是在说什么，可是发不出声音。他的眼睛盯着男孩。戴维看着他眼睛渐合，好像那射手不大理解对他说的那些话，以及他跪在雪地里，被自己的血包围，是怎么一回事。

接着，他的瞳孔缓缓放大，安静下来，死亡给了他一个解释。

●

戴维从赛拉背上下来，检查她的腿，确信她在刚才的冲突中没有伤到自己。看起来她没受伤。戴维的剑上有血，他想在其中一个人的破衣服上擦血，可又不想碰到尸体。他也不想用自己的衣服擦血，那样的话，他们的血将染在他身上。他打开包裹，找到一块弗莱彻包奶酪给他时用的薄布，用它擦掉了剑上的血。他把染了血的布丢在雪地上，然后把两个男人的尸体踢到路边的沟渠里。他太累了，顾不上把他们好好埋起来。突然，他感到肚子叽哩咕噜响，嘴里一阵发酸，皮肤油光光的，都是汗。他踉踉跄跄离开尸体，在一块大石头后面呕吐起来，吐了又吐，直到最后，除了满口酸气外，什么也吐不出来了。

他杀了两个人。他不是故意的，真的不是，可他们现在因他而死了。在峡谷杀死路普和狼，甚至在女猎手的木屋里对付她，在荆棘堡对付女巫，都没有像这样影响他的心情。没错，他是导致了别人的死，可现在是，他至少亲手杀死了这两人中的一个，用剑尖刺进他的肉体。另外一个算是死在赛拉的蹄下，可当时是戴维骑在马背上，并催促她这样做的。他甚至连想也没想自己在做什么，事情就那么自然而然地发生了，正是这种伤人的能力比其他任何事情都让他忧心。

他用雪擦了擦嘴，然后骑到赛拉背上，催她前行，把整件事——而不是关于这事的回忆——留在了身后。路上，厚厚的雪片开始飘落，落在他的衣服上，赛拉的头上、背上。没有风。雪缓慢地、直直地落下，在碎冰上又覆上新的一层，也覆盖了路、树、灌木丛和尸体，活着的，死去的，没有分别地在它的面纱之下。两个贼的尸身很快穿上了白色的寿衣，他们将待在那儿，没人发现，无人哀悼，要不是有个动物的湿鼻子寻到气味翻出他们的遗骸，恐怕他们要待到来年春天了。狼发出一声低吼，狼群突来，森林顿时活了。它们撕肉啃骨，强壮而迅捷的狼填饱肚子的时候，孱弱的那些则在为残渣碎骨而厮咬打斗。不过，它们数量太多，这么一顿薄食实在太少。狼群数量已然膨胀，已经壮大到数千匹了。白狼来自遥远的北方，它们已经完美地融入了冬季景色之中，只有黑色的眼睛和红色的嘴会暴露它们的存在；黑狼来自东方，据老婆婆们说，是兽类的躯壳装了女巫与魔鬼的灵魂；灰狼来自西边的森林，比其他两种要高大，速度却慢一些，它们只和本帮来往，不信任别的狼群；最后一种是路普，穿着像人，饥饿如狼，企图像国王一样君临天下。它们待在大部队以外，在森林边缘观看它们的低等同胞撕咬死去盗贼的内脏并为之打斗。一只母狼从路那边走过来，嘴里叼着一块薄布，上面是凝固的血迹。血的滋味使它垂涎不已，它所能做的就是忍住，不要在来的路上把它嚼烂了一口吞下。此刻它把薄布丢在首领的脚边，顺从地退回。勒洛伊拾起布片放到鼻前嗅一嗅，死人的血味浓烈而刺鼻，但它仍能从中辨别出男孩的气味。

勒洛伊最后一次闻到男孩的气味，是在荆棘堡的庭院里，是侦察兵们带他去的。它们察觉到什么，被里面的情形吓着了，不肯爬上塔楼的阶梯，可勒洛伊上去了，与其说是出于弄清上面情况的强烈欲望，不如说是在向手下展现它的勇气。女巫被击败了，这塔现在也不过是立在这座古老堡垒中央的一具空壳而已。原来的塔身仅剩的是塔顶的一间石屋，里面到处都是死人的遗骸，化灰四散的，是曾经的一些物件。屋子正中是一方高筑的祭台，上边躺着罗兰和拉斐尔的遗体。勒洛伊熟悉罗兰的气味，便知那男孩的保护人如今死了。它曾试图把两个骑士的尸体撕成碎片，以亵渎他们的休憩地，不过它知道，那是动物干的事，而它已不是动物。它将尸体原样不动地留在那里，尽管它绝不会向它的副官承认这一点，不过离开那石屋和塔楼，它真的很高兴。那儿有某种它不能理解的东西，让它感到不安心。

现在它爪子里握着沾血的布片站在这儿，对它正在猎捕的男孩怀着某种程度的敬意。你成长得多快啊，勒洛伊想。不久以前你还是个胆小害怕的孩子，现在你却在全副武装的骑士战败之处打了胜仗。你取了那些人的性命，然后将剑擦净，准备下一场杀戮。不过你还是得死，可以说很可惜。

勒洛伊一天天越来越像人，越来越不像狼了，或者说是它如此要求自己。它身上仍有尖细的毛，耳朵还是尖的，牙齿也还锐利，可是它的狼鼻子现在只相当于嘴巴四周隆起的一块，面部骨骼也在重组，使它更像一个人类，而不那么像狼了。它极少用四条腿行走，除非迫不得已需要加快速度的时候，或者闻到某种气味后短暂地被兴奋冲昏了头脑。有众多部下供使唤有一个好处：马的体味虽浓，比男孩和男人的气味要浓烈得多，最近的降雪也意味着常常失去他们的行踪，但是，因为有为数众多的侦察兵，每一次又能很快找到。它们跟踪他到过村庄，勒洛伊当时想全军上阵攻击那村子，但是它们找到了马和男人向东的足迹，知道两个人已不在村子里。它的一些路普仍然劝它袭击村子，因为狼群正饥饿，但勒洛伊明白那样只会浪费宝贵的时间。况且，这也比较符合它的心机，吊足狼群的胃口，引而不发，那样，等到攻击国王城堡的时候，它们会因饥饿而更加残忍。它想起站在护村墙上，公开藐视狼军的那个男人，勒洛伊敬佩那种姿态，正如它敬佩人类特征中的很多方面一样。这就是它为自己的转变感到如此惬意的原因，不过这不能阻止它回到村庄，让他们看看想要压倒它会有怎样的下场。

男孩和男人离开大路的时候，狼群曾一时失利，因为勒洛伊猜测他们会直接去往国王的城堡，于是在它意识到自己失策之前，已经浪费了半天的时间。接着，戴维离开荆棘堡的时候，好运气又一次降临，使狼群错失了他的踪迹，因为狼群对森林异常警惕，拿不准住在树里面的那些隐藏的活物会怎样，因此绕过森林最深处，这才到达堡垒。一旦勒洛伊确信里面无人生还，它就派了十二个侦察兵跟随戴维穿过森林，而狼军主力部队则沿一条较远但较安全的路线朝东边国王城堡前进。侦察队再次和狼群会合的时候，只剩三名活着。七名被栖居树中的生物给杀了，另外两名——最让勒洛伊感兴趣的就是它们——被发现时，它们的喉咙被切断，鼻子被割掉了。

"那扭曲人在保护那男孩。"勒洛伊最信任的副官听到消息之后咆哮起来。它也一样，正在变得像一个人，不过它的变化比较缓慢，也不那么明显。

"他以为找到了一个新国王呢。"勒洛伊答道，"但我们在这儿，就是要终结人类国王的统治。那男孩永远不会称王。"

它吠叫一声，命令它的路普们集合全军，同时冲那些反应不够迅速的家伙怒吼、撕咬。它们的时代不远了。城堡离这儿不足一天的行程，它们一到那儿，就会有足够的肉给所有的狼吃，新王勒洛伊的血腥统治即将开始。

勒洛伊也许正在变成动物之上、人类之下的某种东西，但在他内部深处，它将永远是一匹狼。

二十七　城堡与国王的问候

白昼——一个可怜的、迟钝的东西——过去了，它离开时几乎对替代它的黑夜满怀感激。戴维情绪低迷，而且几个钟头骑在马上，背和腿都疼。不过，他已经设法校正过马镫，以便脚能够舒服地蹬在上面，他还观察过罗兰的动作，学会了如何正确握缰绳，所以，现在的他面对赛拉时比以前轻松得多了，尽管这马对他来说仍然过于高大。雪小了，只有一点小雪花，很快就会彻底不下了。这片土地看来像是尽情享受着自己的宁静和雪白，它知道，大雪把它妆点得比任何时候都更美了。

他们来到路上一个拐弯处。在他们前方，地平线被一种柔和的黄色光线照得发亮，戴维知道，他们离国王城堡近了。他突然感到精力充沛，便催促赛拉前进，尽管他俩都已又饿又累。赛拉奋蹄疾跑起来，仿佛已经闻到了干草和新鲜饮水的味道，还有温暖的谷仓供她休息，可说时迟那时快，戴维却又拉缰叫她停下，侧耳倾听起来。他已经听到了什么，像是风的声音，除此以外，夜很静。赛拉好像也感觉到什么，嘶叫着，用蹄扒地。戴维轻拍她的肚子，叫她镇静，不过连他自己也感到紧张起来。

"嘘，赛拉。"他轻声说。

那声音又来了，现在清晰了一些。是一匹狼在咆哮。雪消掉了所有的声响，说不清它有多远，不过已经近到了能够听见的距离，太近了，一点都不合戴维的意。右边森林里有动静，他抽出剑，已经开始想象白牙赤舌、咬得"咯咯"响的嘴巴。出乎意料地，扭曲人出现了。他手里拿把细窄卷曲的匕首。戴维拿剑指向来者，上下打量他的身高，剑尖正对着扭曲人的喉咙。

"把你的剑放下，"扭曲人说，"我没什么叫你害怕的。"

但戴维还是把剑对着刚才的地方，看到自己的胳膊没有发抖，他很高兴。扭曲人并不惊讶。

"那么，很好，"他说，"你想怎样便怎样吧。狼来了，我不知道能够拖延它们多久，但肯定够你到达城堡了。不要离开大路，也别试图走捷径。"

更多咆哮声传来，现在更近了。

"你为什么要帮我？"戴维问。

"我一路都在帮你，"扭曲人回答道，"你就是太任性，所以不明白。我一路跟随你，救了你的命，都是为了让你到达城堡。现在去找国王吧，他正盼着你呢。去吧！"

说着，扭曲人从戴维身旁跳开，绕过森林边缘，他舞着手中的匕首，弄出呼哨声响，已经在心里杀狼了。戴维看着他，直到他消失于视线之外，然后，除了照他说的去做，没别的选择，他催促赛拉朝前面有亮光的地方走去。扭曲人从一棵老橡树根下的空洞里看着他离开。情况比他预期的要棘手得多，不过男孩很快就会到达他应该去的地方了，扭曲人也离自己应得的酬劳更近了一步。

"乔治·波治，布丁和派，"他唱着，舔舔嘴唇，"乔治布丁，乔治派。"他哈哈大笑，然后捂住嘴巴堵住笑声。这儿不只有他一个人。粗粗的喘息声从附近传来，在黑暗中形成了一缕鹅毛般的气息。扭曲人蜷曲起来，变成一个球，一半埋进雪里，只剩刀尖朝外。

等狼侦察员经过，他将它从喉到尾开膛破肚，那狼的内脏在夜里凄厉的空气中冒着热气。

●

路七弯八拐的，戴维接近目的地的时候，路也越来越窄。峻峭的岩面在他两旁出现，造成一个峡谷，路面被墙遮住了，这里积雪没有外面那么厚，所以赛拉的马蹄声在里面"踢踏"回响。戴维走完了峡谷，面前横亘着一条山谷，里面河水奔流。岸边一里左右的距离，屹立着一座城堡，围着又高又厚实的城墙，有许多塔和房屋。城堡的窗户里闪着灯光，城墙上点着火把，戴维能看见守城的卫兵。他正盯着看的当儿，吊闸升起，一队十二位骑马人出现了。他们走过吊桥，飞快地骑马朝戴维的方向而来。戴维还在担心狼会来，于是骑过去与他们碰面。骑马的人们一看到他，就策马奔来，到了他身旁，将他包围起来。后面的男人掉头面向峡谷，手握矛枪，时刻准备应付从那个方向袭来的危险。

"我们一直在等您。"其中一个大声说。他比其他人年长一些，脸上带着往昔战争留下的伤疤，灰褐色的鬓发从头盔里露出来，黑色披风下面，是一件钉着铜钮扣的银色胸甲。"我们将带您去国王的大殿，那里安全。现在就来吧。"

戴维与他们同往。他被包围着，周围全是武装骑士，于是他立刻感到被保护了，同时也觉得成了囚犯。他们顺利到达吊桥，进入了城堡，吊闸立刻在他身后放下。仆人上前，帮戴维下马。他们用一块柔软的黑毛斗篷为他擦去尘土，又给他一杯用银杯盛着的热腾腾、甜蜜蜜的饮料让他取暖。一个仆人牵起赛拉的缰绳，戴维正要阻止他，这时那位骑士首领来干涉了。

"他们会照看好您的马，她会待在离您住处很近的马厩里。我叫邓肯，王国护卫队的队长。不要害怕，作为国王的尊贵客人，您跟我们在一起很安全。"

他请戴维随他来。戴维照做，离开外庭，走向城堡深处，一直跟在他身后。这里的人比他在这个旅途中看到的人都要多，而他成了所有人感兴趣的对象。女佣们停下脚步，在他们身后低声议论他。经过之处，老年人轻轻鞠躬，而小男孩们看着他，像是敬畏的样子。

"他们听说了很多关于您的事。"邓肯说。

"怎么会？"戴维问。

但邓肯只告诉他，国王自有办法。

他们走下石廊，经过熊熊燃烧的火炬，装饰豪华的房间。此刻眼前不再是奴仆，而是朝臣，他们面容肃穆，颈上挂着金串，手里拿着纸。他们看着戴维，表情复杂：有高兴，有担心，有怀疑，还有恐惧。最后，邓肯和戴维来到一扇雕饰着龙和鸽子图案的对开的大门前。大门两侧各有卫士，每个人都拿着长枪。戴维和邓肯走来的时候，卫士为他们打开大门。一间阔大的房间出现在眼前，里面排列着大理石柱，地上铺的是美丽的织毯。织锦自墙上垂下，为这大殿增添了温暖的气息。织锦上的图案记录着战争、婚庆、葬礼和加冕仪式。这里有更多的朝臣和卫士，站成两排，戴维和邓肯从他们中间走过，一直走到位于三个石阶之上的宝座跟前。宝座上坐着个很老的老头。他头上戴着金色王冠，上面镶着红宝石，王冠看起来有点沉，他前额上挨着金边的地方，皮肤被磨得通红。他两眼半闭，呼吸短促。

邓肯单膝跪下，低头鞠躬。他拉拉戴维的腿，暗示他也得这么做。戴维当然从没见过国王，不知道该怎么做，于是他跟着邓肯的样子照做，只从发沿下边向上瞟，能看见那老头。

"陛下，"邓肯说，"他来了。"

国王动了一下，眼睛睁大了一点点。

"走近一点。"他对戴维说。

戴维拿不准是该站起来还是继续跪着挪过去。他不想冒犯什么人或惹什么麻烦。

"你可以站起来，"国王说，"来，让我看看你。"

戴维站起身，走向高台。国王用满是皱纹的手指冲他招手，戴维走上台阶，面对着国王。国王使了好大的劲儿才探过身子，抓着戴维的肩膀，整个上半身似乎撑在男孩身上。他几乎没什么重量了，戴维想起了荆棘堡里变成干壳的那些骑士。

"你走了很长的路，"国王说，"没几个人能够做到你所做的。"

戴维不知该如何回答。"谢谢"似乎不合适，况且他并没有感到特别自豪。罗兰和守林人都死了，两个盗贼的尸体还躺在路上，被雪掩盖着。他不知道国王是否也知道这些。作为一个据说快要对自己的王国失去掌控的人来说，国王似乎知道得很多。

最后，戴维镇定下来，说："我很高兴来到这里，陛下。"他想象着，罗兰的幽灵一定对他这一外交举动大加赞赏。

国王笑着点点头，似乎有他作陪，别人不可能不开心。

"陛下，"戴维说，"我听说您可以帮助我回家。听说您有一本书，里面——"

国王抬起他满是皱纹的手，手背上紫色血管纵横交错，还有褐色的斑点。

"会的，"他说，"会的，不急。现在你得吃饭休息。我们早上再谈。邓肯会带你去你的住处，离这儿不远。"

就这样，戴维与国王的第一次会面结束了。他从高高在上的宝座前后退着下来，因为他觉得背对着国王可能会被看作粗鲁的表现。邓肯赞赏地冲他点头，然后站起来再向国王鞠躬。他领戴维来到王位右边的一扇小门，这儿有楼梯通向一道走廊，从上面可以俯瞰大殿，戴维被带进了走廊起始的一个房间。房间极大，一端是一张很大的床，中间是一张餐桌六把椅子，另一端是壁炉，另有三扇窗，能够俯瞰通向城堡的河流与大路。换洗的衣服放在床上，餐桌上放着食物：热气腾腾的鸡、土豆和其他三种蔬菜，还有配布丁吃的水果。还有一罐水，戴维闻闻，觉得像是盛在石罐里的热酒。一个巨大的浴盆放在火炉前，下面架着燃烧的煤，用于加热。

"想吃就吃，然后睡一觉。"邓肯说，"我早上再来叫您。有什么需要的话，就拉您身旁的铃铛。门不锁，但是请不要离开这个房间。您不熟悉城堡，我们不希望您迷路。"

邓肯向他鞠躬，然后离开。戴维脱下鞋子。他吃掉了几乎整整一只鸡和大部分水果，又尝了尝热酒，不过不感兴趣。在床边的一个小储藏室里，他发现了一张木凳，上面钻了一个圆洞，算是厕所了，尽管墙上挂了一束花和香草，可那味儿也够难闻的。戴维尽可能快地做了他不得不做的事，一直屏住呼吸，然后冲出小屋，把门关得严严实实，然后才松气。他脱了衣服，取下剑，在浴盆里洗了个澡，然后穿上那硬邦邦的棉睡衣。上床以前，他跑到门口，轻轻把门打开。下面的大殿已经没有了大队卫士，国王也不在了。只有一名卫士在走廊里走来走去，他背对着戴维，戴维看见对面还有一名。厚实的墙壁挡住了所有的声音，于是这城堡里好像只有他和这两名卫士似的。戴维关上房门，筋疲力尽地倒在床上，几秒之内，就沉沉睡去。

●

戴维猛地醒来，一时间，不知道自己身在何处。先以为是回到了自己的床上，可环顾四周找自己的书和玩具，却什么都没看到。接着，发生的一切迅速回到他脑海之中。他站起来，看见火里新添了木头，是他睡着时添的。他吃剩的晚餐和用过的盘子已经收走了，连浴盆和煤架也搬走了，这些都没把他从睡梦中吵醒。

戴维不知道现在多早或多晚，但他猜想是半夜时分。城堡像是睡着了，他朝窗外望去，只见一轮苍白的月亮被稀疏的云环绕。有什么东西弄醒了他。他梦见了家，在梦里他听见了不属于那幢房子的声音。一开始他只想把那些声音并入梦里，就像他累了或者睡得很香的时候，会把闹钟响变成梦里的电话铃声那样。此刻，他坐在柔软的床上，被枕头拥住，清楚地听见了两个男人低沉的说话声，而且他确信听到他们说到自己的名字。他推开被子，蹑手蹑脚走到门口。他试着从锁眼里听，可声音太低了，没法听清楚，于是他尽可能静悄悄地把门打开，向外窥视。

在走廊里巡逻的卫兵不见了，声音来自下面的大殿。在阴影的掩护下，戴维藏到一只长满蕨类植物的大缸后面，朝下看那两个男人。他们中的一个是国王，但他并没有坐在他的宝座上，而是坐在石头阶梯上面，白金相间的睡衣外面罩着一件紫色的长袍。他的头顶几乎全秃，上面褐斑更多，长长的白发松松地搭在耳朵和长袍的领子上。在寒冷的大殿里，他瑟瑟发抖。

扭曲人坐在国王的宝座上，双腿交叉，手指竖起做成尖塔形状。他似乎对国王刚才说的话不高兴了，厌恶地朝石头地板上吐了一口痰，戴维听见痰落在地上，发出哒哒灼烧的声响。

"不能操之过急，"扭曲人说，"再多几个钟头你又不会死。"

"看来，没什么能让我死。"国王说，"你承诺过要给个结果的。我需要的是休息，是睡眠。我想躺在我的墓穴里，化成灰尘。你答应过，允许我最后死去。"

"他认为那本书能够帮他，"扭曲人说，"等他发现它一无用处的时候，就会听我们解释原因，到那时我们都可以从他那儿获得我们应得的报酬。"

国王换了个位置，戴维看见他腿上放着一本书，棕色皮面，看上去很旧、很破。国王充满深情地用手指划过封面，脸上笼罩着悲伤的神情。

"这书对我很重要。"他说。

"那你就把它带到坟墓里去吧,"扭曲人说,"它对别人毫无用处。在那之前,把它留在可以嘲弄他一番的地方。"

国王痛苦地站起来,蹒跚着走下楼梯。他走到墙上的一个小壁橱前,小心地把书放到一个金色的软垫上。戴维之前没注意到这个壁橱,因为他跟国王谈话的时候,壁橱外的窗帘是拉上的。

"不用担心,陛下,"扭曲人说着,语调里充满嘲讽的意味,"咱们的约定就要有结果啦。"

国王眉头蹙起。"没有什么约定,"他说,"对我来说那不是约定,对被你弄来实现目的的那个人来说也不是。"

扭曲人从宝座上跳起来,只那么一跳,落在离国王几寸远的地方。可那老人并不胆怯,更没有试图挪开。

"这协定可不是你不情不愿定下的啊,"扭曲人说,"我给了你想要的,而我想从你那儿得到的也说得很清楚了。"

"我当时还是个孩子,"国王说,"而且是一气之下,我并不明白自己做的事有什么害处。"

"你以为这样就可以为自己开脱罪名?作为一个孩子,你看事情只知道黑和白,好和坏,让你高兴的和让你难受的。如今你眼里的一切都是灰色的。你连管理自己的国家都勉强,因为你那么不情愿去决定对与错,去承认你能区分事情的差别。你明白我们达成协议那天你所同意的是什么。悔恨像阴云笼罩了你的记忆,而现在你想为你自己的弱点来指责我。说话小心点,老头子,否则我不得不提醒你,我还有力量操控你。"

"你没对我做的还能有什么?"国王问,"剩下的只有死亡了吧,而你还一直拒绝让我死。"

扭曲人靠国王那么近,鼻子都碰到一起了。

"记得,记得清楚着呢:死有容易的,也有艰难的。我能让你走得平静，有如下午打了一个盹儿，也可以叫你在衰老的身体和脆弱的骨头能承受的范围内，死得痛苦而漫长。不要忘记我说的。"

扭曲人转过身，走向宝座后面的墙壁。一张绘着捕猎独角兽情景的挂毯在火炬的光亮下稍微动了一下，然后大殿里就只剩下国王一个人了。老人走向壁橱，再次打开那本书，漫无目的地盯着看了一会儿，再把书合上，从走廊下边的一个门口离开了。现在只剩下戴维一个人了。他等着卫兵回来，但他们没来。五分钟过去了，一切都静悄悄，他顺着楼梯下去来到大殿，脚步踩在石板上尽量轻些，他来到放书的地方。

那么，这就是守林人和罗兰说的那本书了。《失物之书》。尽管国王把它看得比自己的王冠还要珍贵，但扭曲人宣称它根本没用。也许扭曲人是错的，戴维想，大概是他不理解书里的内容。

戴维伸出手去，把书打开。

二十八 《失物之书》

戴维翻开的第一页上，是用铅笔画的一座大房子：有树，有花园，有长长的窗户。太阳在天空微笑，粘上去的三个画像，一个男人、一个女人和一个小男孩，手拉着手在大门旁。戴维翻到另一页，发现了一张票根，是伦敦一家剧院的演出，背面是一个孩子的笔迹，"我看的第一场戏！"对着的一页上是一张海边码头明信片，已经很旧了，原来的黑白两色褪成了棕色和白色。戴维又翻了其他书页，里面有粘上的花朵，一簇狗毛（"吉吉，一只好狗"），照片，画儿，一片女人衣服上的布，还有一根断了的项链，表面镀得像金，但底下的金属已经露了出来。还有从另一本书上撕下的一页，写的是一位屠龙骑士，另有一首关于猫和老鼠的诗，是一个男孩手写的。那诗不怎么样，不过至少还押韵。

戴维不明白了。所有这些都属于他那个世界，不属于这里。都是一种生活的象征和纪念，那种生活跟他自己的相差无几。他继续翻看，翻到了一系列日记。大多数都很短，描述的是上学的日子，海边旅行，甚至在花园里的蛛网上发现一只奇大的长毛蜘蛛也记下了。日记一天一天记下去，语气渐渐发生了变化，篇幅长了，细节更多，同时也有了苦恼和愤怒。它们记载了一个小女孩的到来，一个可能成为他妹妹的女孩来到家里，男孩为父母的关注转移到新来者身上而生气。有遗憾，有怀旧，希望能够回到只有"我、妈妈和爸爸"的时候。戴维与那男孩心有戚戚焉，但又不喜欢他：他对小女孩的愤怒，以及因为父母把她带到他的世界而对他们产生的怨气太强烈了，已经变成了纯粹的恶意。

"我将做一切事情赶走她，"戴维读到其中的一篇，"我愿放弃所有的玩具，我拥有的每一本书，我所有的积蓄。我愿意这辈子每一天都扫地。我能出卖我的灵魂，只要她能够滚开！！！"

但是最后一篇是所有日记里最短的，只简单写道："我已经决定了。我要行动了。"

最后一页纸上贴着一张全家照，一家四口站在照相馆的花瓶旁边。上面是一位头发谢顶了的爸爸，一位穿着白色蕾丝花边裙的漂亮妈妈，她的身边站着的是儿子，一身海军服，一脸怒气地对着照相机，好像摄影师刚刚说了什么让他生气的话似的。在他身边，戴维只辨认出裙装的一边和一双小小的黑鞋，但小女孩图像的其他部分已经被刮掉了。

戴维翻回到最前面的一页，看见了上面的字，写的是：

乔纳森·塔尔维。他的书。

戴维"啪"的一声把书合上，慌忙离开。乔纳森·塔尔维，罗斯的大伯，跟他那个被收养的妹妹一起消失了，再也没有人见过他们。这是乔纳森的书，他往日生活的遗物。他想起了那个老国王，以及他抚摸着书时深情的样子。

"这书对我很重要。"

乔纳森就是国王。他跟扭曲人作了交易，作为报偿，他成了这个国度的统治者。甚至他可能也是经过戴维来这儿的那个通道来的。可是，究竟是怎么一回事？那小女孩发生了什么事？无论他跟扭曲人定下的协议是什么，他最终都付出了昂贵的代价。恳求一死的老国王就是活生生的证据。

下面传来一声响。戴维向后缩到墙边，一个卫士的身影出现在走廊里，因为大殿已空无一人，他又回到了自己的位置。戴维没有办法回到寝室而不让人发现，他看看四周，想找到另一条路从这里出去。他可以走国王刚才走的那道门，但那意味着肯定会碰到卫士。国王宝座后面的墙上还有挂毯，不管怎样，扭曲人从那儿找到了出去的路，戴维觉得扭曲人走掉的地方不会有卫士，他也很好奇。第一次，他感觉自己知道的比扭曲人和国王以为他知道的要多。是试着利用这些信息的时候了。

他静静地走向挂毯，把它从墙上掀起来。后面是一扇门。戴维在门把手上一推，门悄无声息地开了。门那边横着一条低顶过道，由嵌入石雕壁橱里的蜡烛照亮。过道的屋顶很低，戴维进去的时候差点碰了头。他关上身后的门，顺着过道往里，再往里，进到深处，是位于城堡之下寒冷阴暗的地方。他经过一些废弃的地牢，有的里面还四散着骨头，还有一间满是让人遭受痛苦和折磨的刑具：牵扯犯人直到他们尖叫的齿条，用来夹碎骨头的拇指夹，刺穿血肉的长钉、矛和刀，还有一具"铁少女"，放在远处角落里，形状跟戴维在博物馆里看到的木乃伊冥棺一样，不过盖子里钉了钉子，任何人只要被放进去，就得面对痛苦的死亡。戴维感到不安，于是尽快走过这间地牢。

最后他来到一个巨大的房间，房间被一个大沙漏占据着，每个玻璃球都有一间房子那么高，但最高的那个球里的沙几乎已经漏空了。制造沙漏的木头和玻璃看起来已经很旧。属于某个人或某个事物的时间，正在流逝，现在快要流光了。

沙漏屋隔壁是一间小寝室，里面摆着一张简单的床，上边铺着褪色的床垫和发灰的旧毯子。床对面的墙上是一排带刃的武器，刀、剑、匕首，由长到短渐次排开。另一面墙上有个搁板，摆满了各种形状和大小的玻璃罐。其中一个看起来有微弱的光。

近处一股难闻的味道让戴维皱起了鼻子，他转身寻找味道的来源，头差点撞在一个狼鼻子"花环"上，一共二三十只狼鼻子被串成一串，从屋顶挂下来，有些上面血迹未干。

"你是谁？"一个声音说。戴维听到声音，为之一震，心跳都要停了。他想看看这声音从哪儿来，可周围一个人也没有。

"他知道你在这儿吗？"那声音又说了。是个女孩的声音。

"我看不见你。"戴维说。

"可我能看见你。"

"你在哪儿？"

"我在这儿，搁板上。"

戴维循着声音找到搁板上的罐子，在那儿，靠边的一个绿色罐子里，他看见了一个微型小女孩。她的头发是长长的，金色的，眼睛是蓝色的。她闪着一种暗淡的光，身上只穿了一件简单的白色睡裙，睡裙左胸口处有个大洞，周围浸着大块巧克力色的污迹。

"你不应该在这儿，"小女孩说，"如果被他发现，他会伤害你的，就像他伤害我一样。"

"他对你做了什么？"戴维问。

可小女孩只是摇头，嘴唇紧紧抿住，像是在忍着不哭出来。

"你叫什么名字？"戴维问。他想换个话题。

"我叫安娜。"小女孩说。

安娜。

"我是戴维。怎么才能把你弄出去呢？"

"你不能，"女孩说，"你看，我已经死了。"

戴维俯身靠罐子再近一点儿。能看见女孩的小手抵着玻璃瓶壁，可是壁上没有她的指印。她的脸是白的，嘴唇是紫的，眼睛周围有黑圈。睡裙上的洞现在看清了，戴维觉得那周围的污点是干了的血迹。

"你在这儿多久了？"他说。

"我已经数不清年月了。"她说，"我到这儿的时候还很小，当时这个房间里还有一个小男孩。我常常梦见他。他当时就像我现在这样，但是非常虚弱。我被带到这个房间的时候，他越来越衰弱，渐渐消失了，后来再也没有见过他。不过，我也在变得虚弱。我很害怕。我怕发生在他身上的事情将要发生在我身上了。我将会消失，那样就再也没人知道我遇到了什么事。"

她开始哭，可是没有眼泪流出来，因为死人是不会流泪或流血的。

戴维用小拇指抵着罐子，对着女孩从里面抵住的位置，这样他们之间只隔了一层玻璃。

"还有谁知道你在这儿吗？"戴维问。

她点点头。

"我哥哥有时会来，不过他现在很老了。唉，我叫他哥哥，可他从来不是我哥哥，其实不是。只是我希望他是。他跟我说他很抱歉。我相信他。我想他的确感到抱歉。"

突然，所有这些让戴维开始感到可怕。

"乔纳森带你来这儿，他把你交给了扭曲人，"他说，"那就是他做的交易了。"

他沉重地坐在冰凉而不舒服的床上。

"他妒忌你，"他继续说道。现在他的语气更温和，是对罐子里的女孩说的，也像是对自己说的，"扭曲人为他提供了一个除掉你的方法。乔纳森成了国王，而他之前那个老王后，便被允许死去。也许，很多年以前，她也跟扭曲人做了一个类似的交易，而你来时看见的罐子里的男孩就是她的弟弟，或者表弟，或者是邻居某个惹急了她的小男孩，她做梦都想除掉他。"

扭曲人听见了她的梦，因为梦是他漫步的地方。想象之地，故事开始的地方，就是他的地盘。故事总是在寻找一个被讲述的方式，通过书和阅读被带进生活。它们就是那样从它们的世界来到我们的世界的。然而与它们同来的还有扭曲人，他在他那个世界和我们的世界之间逡巡，寻找属于他自己的故事，再加以创造，并猎取尽做坏梦的嫉妒、愤怒而骄傲的孩子。然后他让他们成为国王或王后，以某种权力诅咒他们，尽管实权掌握在他的手中。作为回报，他们将自己妒忌的对象出卖给他，他把他们带到城堡深处他的老巢里来……

戴维站起来，回到罐子里的小女孩身旁。

"我知道这对你很难，可是你得告诉我来这儿以后发生了什么事。这很重要，拜托，试着说出来。"

安娜转头脸朝上，摇摇头。

"不行，"她低声说，"太伤心了，我不想再想起来。"

"你必须想起来。"戴维说。他的声音里有一股新的力量，听起来更深沉，仿佛他即将成为的那个男人刹那间提前出现了，"只要不会再次发生，你就得告诉我他干了些什么。"

安娜一边摇头一边发抖。

"我们是从沉园来的。"她开始诉说，"乔纳森对我态度一直很恶劣。他跟我说话的时候都在嘲笑我，他掐我，拽我的头发，还把我带进森林里，想把我丢在那儿，除非我开始哭，他才不得不回来找我，以免他爸爸妈妈听到我哭。他说，要是我对他爸妈告状，他就把我扔给陌生人。他还说他们不会相信我的话，因为他才是他们的小孩，而我不是。我只是个他们施以同情的小女孩，就算我不见了，他们也不会难过很久。

"可有些时候他也会显得和气、可亲，仿佛他忘了他应该恨我似的，那时候他变成了真实的乔纳森。也许那就是那晚我跟他去沉园的原因吧，因为那天他对我很好。他用自己的钱给我买糖吃，我自己的苹果布丁掉在地上之后他把他的分给了我。晚上他把我叫醒，对我说要给我看一样东西，一样特别而神秘的东西。其他的人全都睡了，乔纳森拉着我的手，我们偷偷摸摸去了沉园。他给我看了一处空洞，我怕，不想走进去，可是乔纳森说，要是我进去，会看到一片陌生的土地，神话般的土地。他先走了进去，我跟在后面。一开始，我什么都没看见，那儿只有黑暗和蜘蛛。接着我看见了书和花，闻到苹果花和松树的味儿。乔纳森站在一片空地上，围着一个圆圈跳舞，一边大声欢笑一边叫我加入他。

"我就进去了。"

一时间，她陷入沉默。戴维等着她继续说。

"有个男人等候在那儿：扭曲人。他正站在一块大石头上，一边盯着我一边舔嘴唇，然后他对乔纳森说：

"'对我说吧。'他说。

"'她的名字叫安娜。'乔纳森说。

"'安娜。'扭曲人说，仿佛他在尝我的名字，看看自己是不是喜欢这种味道，'欢迎你，安娜。'

"接着他从岩石上跳过来，一把把我夹在腋下，然后他开始转圈，转圈，就像刚才乔纳森那样，不过他转得那么用力，在地上钻出一个洞，然后把我一起转着，穿过树根和尘土、蠕虫和甲虫，来到蜿蜒在这个世界之下的隧道。他带我跑了一里又一里路，尽管我不停地哭，直到最后，我们来到这些房子里。

"然后……"

她停住了。

"然后怎样？"戴维鼓励她继续。

"他吃了我的心。"她声音很轻。

戴维脸色灰白。他觉得恶心极了，感觉几乎要晕倒。

"他将手伸到我身体里，用指甲把我撕开，把心扯出来，在我面前吃掉了。"她说，"好痛好痛，痛极了。那么大的痛苦，疼到我离开自己的身体，好逃避这痛苦。我看见自己在地板上渐渐死去，然后被捡起来。四处都有光和声音。接着玻璃罐把我围住，我被关在这个罐子里，放在这搁板上，从那以后就待在这儿了。再次见到乔纳森的时候，他头上戴了王冠，称自己为国王，可是他看起来并不开心。他一副恐惧而可怜的模样，而且从那以后他就一直那样了。而我，再也没有睡过觉，因为我从来不困；再也不吃东西，因为我不饿；也从来不喝水，因为感觉不到渴。我只是待在这儿，无法弄清时间过去了多少天、多少年，除非乔纳森来的时候，我能看见时光在他脸上留下的痕迹。不过大多数时候，是他来。他现在看起来也老多了。他病了。随着我越来越衰弱，他也一样。我听过他说梦话，他现在正在寻找另一个人，代替乔纳森的位置，也代替我的位置。"

戴维又看一眼那边房间里的沙漏，上边一半的沙粒几乎快要空了。它是在数着每一天，每个钟头，每一分钟，直到扭曲人生命结束吗？如果条件允许他找到另一个孩子，那个沙漏会不会倒过来，让他生命的大计数重新开始？那个球倒转过多少回了？搁板上有很多罐子，大多数都覆盖着厚厚的灰尘和霉点。是不是每一个罐子，在某个时间里，都装过迷失孩子的灵魂？

协议：把小孩的名字告诉他，你便宣判了自己的人生。你成为一个没有权力的统治者，背叛的罪过将缠绕你一生——你背叛了一个比你小、比你弱的人，一个相信你会为他挺身而出的人，一个仰视你的人，一个多年以后长大成人，会以同样的行动报答你的人。一旦你达成协议，就没有回头路，明白自己曾经做下可怕的事以后，有谁还能回到过去呢？

"你跟我来，"戴维说，"我不能再让你一个人待在这儿了，多一分钟也不行。"

他从搁板上拿起罐子。罐子上有个软木塞，可戴维怎么使劲儿也打不开，脸涨成酱紫色，还是无济于事。他环顾四周，发现角落里有个麻布袋。

"我把你放在这里面，"他说，"免得别人看见我们。"

"好的，"安娜说，"我不怕。"

戴维小心地把罐子放进麻布袋，然后把袋子搭在肩上。正要离开的时候，房间一角有什么东西吸引了他的目光。那是他的睡衣裤、睡袍和一只拖鞋，就是守林人在他们出发来找国王前丢掉的那些衣物。仿佛是离现在很久远的事情了，可这些都是他所离开的生活的见证，他不喜欢让它们留在这儿，扭曲人的巢穴里面。他把它们收捡起来，走到门口，侧耳细听。没有什么声响。戴维深吸一口气让自己镇静，抬腿便跑。

二十九　扭曲人的隐秘王国和他存放在那儿的宝藏

扭曲人的巢穴比戴维以为的要大得多、深得多，在城堡之下纵横极远，那里有许多房间，里面存放的物件，比那套生锈的刑具以及困在罐子里的死去女孩的灵魂还要恐怖得多。这里是扭曲人世界的中心，一切诞生、一切死亡的地点。第一个人类来到世界上的时候，他就已经在那儿，和他们一起诞生成形。一方面，他们给予他生命与目标，反过来，他给了他们故事供他们讲述，因为扭曲人记得所有的故事。甚至他还有自己的故事，尽管在故事被讲述之前他已经用重要的方法改变了它们的细节。在他的故事里，要人来猜的是扭曲人的名字，不过那是他的小小把戏。实际上，扭曲人没有名字，别人爱怎么叫就怎么叫，可是他是个如此古老的存在，以至于人类给他的名字对他已没有任何意义了：骗子，扭曲人，皱老头儿——

哦，还有个名字叫什么来着？不要紧，不要紧……

他只在意孩子的名字，因为在扭曲人给予世界的关于他自己的故事里面，有这么一个真相：只要名字被正确运用，它们就富有力量，而扭曲人懂得如何真正利用好它们。他的巢穴里一间巨大的屋子证明了扭曲人所知的一切：屋里满是小小的头骨，每一个都承载着一个迷失的小孩的名字，因为扭曲人曾订下许多协议以获取孩子的生命。他记得每一个小孩的容貌和声音，有时候站在他们的骸骨中间，他用魔法唤回有关他们的记忆，于是房间里装满他们的影子，迷失的男孩女孩同时为他们的爸爸妈妈而哭泣，那是一场被遗忘者与被背叛者的聚会。

扭曲人有无穷的宝藏——讲述过的故事以及将要讲述的故事留下的印记。一个长长的地下室用来储藏一排排厚玻璃容器，每个容器里都用黄色液体浸泡着一具尸体，以防腐烂。来，看看这儿。凑近点，细看这个容器，近到你呼出的热气在玻璃上留下一朵小云，你能看进里面那个肥胖秃顶的男人乳白色的眼里。好像他自己还在呼吸似的，尽管他已经很久没有吸气，也没有呼气了。知道他的皮肤是怎么裂开、怎么烧坏的吗？知道他的嘴和喉咙、肚子和肺为什么会肿胀膨大吗？你想知道他的故事吗？那可是扭曲人最宝贝的故事之一呢。是个让人恶心的故事，非常恶心……

知道吗，这个胖男人名叫马涅斯，他很贪婪。他拥有许多土地，一只鸟从他的第一块田地出发，飞一天一夜，也飞不到他田地的尽头。他向为他种地和住在他村子里的人征收重税，哪怕脚在他的地盘上踏一踏，也得给他交钱。就这样，他变得非常富有。但他从不餍足，总在想着法儿地增加他的财富。假如他能叫在他的田地上采集花粉的蜜蜂、生根发枝的树木交钱的话，他一定会那么做。

有一天，马涅斯在他最大的果园里散步的时候，看见土地被翻乱了，地下蹦出那扭曲人，正忙着扩展他的地道网络呢。马涅斯向他挑衅，因为他看见扭曲人的衣服了，虽然沾了土，却是金钮金饰，腰带上的匕首上红宝石和钻石闪闪发光。

"这是我的土地，"他说，"上上下下所有的东西都归我所有，你打这下面经过，就必须付钱买下这一权利。"

扭曲人若有所思地挠挠下巴。"听来很公平嘛，"他说，"我会给你一个合适的价钱的。"

马涅斯笑着说："今晚我预订了一桌筵席。在我开始吃之前，我们把桌上的食物都称一称，还有我吃完后剩下的。你就按我吃下去的食物付给我同等重量的金子吧。"

"一肚子黄金。"扭曲人说,"好啊,我同意。我今晚来找你,我会按你吃下去的付给你金子。"

他们握手达成协议,然后各自离开。那天晚上,那人一直坐着看马涅斯吃啊吃。他吞下整整两只火鸡,一只火腿,一碗又一碗土豆和蔬菜,一碗又一碗汤,大盘的水果、蛋糕和乳酪,一杯又一杯上好的酒。扭曲人在晚餐开始之前仔细称了所有食物,晚餐结束之后又称了那点可怜的剩食,两者之间的差达到很多很多磅,或者说,是能买下一百块田地的金子。

马涅斯打了个饱嗝。他觉得很累,累得眼睛都睁不开了。

"好啦,我的金子呢?"他问。可是扭曲人越来越模糊,房间也在旋转,他还没来得及听到回答就睡着了。

醒来的时候,他被链子锁在一间黑暗地牢的椅子上,嘴巴被一把老虎钳撑开,一只咕嘟嘟冒泡的大锅炉悬在头顶上。

扭曲人在他身边出现了。"我这人说话算话,"他说,"准备接收你的一肚子黄金吧。"

大锅炉一斜,熔化的金子流入马涅斯嘴里,涌入他的喉咙,烫了他的肉,烧了他的喉咙。那痛出乎想象,但他没有立刻死去,因为扭曲人有办法拖延死亡,让他的痛苦延续。扭曲人先倒一点金子,等它冷却,然后再倒一点,这样一直到他把马涅斯填得满肚子都是黄金,连牙齿后面都咕嘟嘟起泡了。当然,在那之前马涅斯已经死定了,因为连扭曲人也没法让他一直活下去。最后,马涅斯在这间满是玻璃容器的房间里占了一席之地。扭曲人有时会来看他,一想起当初自己的妙计就会大笑。

扭曲人的地牢里有太多这样的故事:一千个房间,每一个房间有一千个故事。每个房间还有一群能够心灵感应的蜘蛛,很老,很狡黠,而且非常非常大,一只有四尺多长,牙上有剧毒,仅仅一滴毒液,如果滴到水井里的话,立即能毒死整个村子的人。扭曲人常用它们捕获那些闯进地道的人，一旦入侵者被发现，蜘蛛就用丝把他们缠住，将他们带回蛛丝纵横的房间，一滴一滴吸干他们的血，食他们的肉，他们将在那儿慢慢死去。

在一间更衣室里，有个女人面朝一面空墙坐着，没完没了地梳理她银色的长发。有时扭曲人会将惹怒他的人带来见这个女人，她一回头看他们的眼睛，他们就能在她眼里看到反射的自己，因为她的眼睛是镜面玻璃做的。在这双眼睛里，他们能够目睹自己死亡的一刻，那样他们就能准确地知道自己什么时候死以及怎么个死法。你可能以为这个发现没有那么恐怖，那么你错了。我们不是说知道时间和死亡的本质（我们私下里都希望能够长生不死）。那些有此发现的人为自己所看到的深受折磨，以至于吃不下睡不着，无法享受生活里的一切乐趣。他们的生活变得生不如死，全无快乐可言，所剩的只有恐惧和悲伤，于是，当结局终于到来的时候，他们几乎是感激涕零。

一间卧室里有一个赤裸的男人和一个赤裸的女人，扭曲人会把一些孩子带到他们这儿（不是那些特别的，给予他生命的，而是其他的一些，他从村子里偷来的，或是偏离大路在森林中走失的孩子）。那对男女就会在黑暗的房间里对他们说悄悄话，告诉他们一些孩子不知道的事，大人们在儿女们熟睡的深夜里在一起做的事。孩子们的内心就这样死去。他们在做好准备以前就被迫进入成人期，天真被夺走，心灵在恶毒念头的压抑之下崩溃。很多孩子长大之后就变成可怕的魔鬼或妖女，堕落从此蔓延开来。

有间明亮的小房间里只装了镜子，很普通，未加修饰。扭曲人从新婚的床上偷走丈夫或者妻子，留下另一个继续沉睡。他强迫掳来的那位坐在镜子前，镜子就会显示他们的那一位对他们隐瞒的所有不好的秘密：所有他们犯下的以及想要犯的罪过，他们已经存在于心的背叛以及可能成为事实的背叛。然后，被掳来的那位被送回床上，等他们醒来的时候，他们不会记得那个房间，那面镜子或者那人的诱导，他们能想起的就是，他们深爱的，也是原以为会同样深爱他们的那个人，并非他们所相信的那样。于是，生活被猜疑和背叛摧毁了。

还有一个大厅，里面全是水池，池里的水看起来很清，每个水池显示这个王国的不同部分，城堡之外发生的任何事情很少有扭曲人不知道的。扭曲人能在水池反射的地方现身。空气波动并泛光，然后一只胳膊会突然出现，接着是一条腿，最后是扭曲人的脸和他弓起的驼背，这样他便立刻从城堡下深深的地道变换到远处的一个房间或一块田地里。扭曲人最爱的酷刑是，掠走男人或女人，最好是有着大家庭的人，把他们吊在水池大厅里，然后，让他们眼睁睁地看着他追捕他们的家人，之后一个一个地杀掉。每杀死一个，他就回到水池大厅，听被掳掠者的苦苦哀求，但是无论他们如何大声尖叫，哭喊，乞求他发发善心，他也绝不会放过一条命。最后，当他把被掳掠者的家人全部杀死后，就把这孤绝的男人或女人带到他最深、最暗的地牢里去，让他们在孤独与悲痛中发疯。

小恶，大恶，都如扭曲人面包上的黄油，为他添料。通过地道网络和水池大厅，他比任何人都了解他的世界，这些信息给了他操纵这个王国所需的力量。而且，他始终出没在另一世界的阴影里，那是我们的世界，他将男孩女孩变成国王或王后，靠摧毁他们的精神、逼迫他们出卖自己应当保护的小孩来控制他们。对那些扬言要反抗他的孩子，他许下诺言，某一天，他定会放走他们以及他们按照约定贡献给他的小孩，还说他会使罐子里的虚弱人形复活，只要他愿意（对大多数孩子来说，比如乔纳森·塔尔维，很快就意识到，和扭曲人打交道是大错特错）。

不过，也有扭曲人无法操控的一些事——外来者被带进这片土地，使它发生了变化。孩子们带着恐惧、带着梦想和噩梦而来，这片土地使它们变成了实物。这就是路普的来历。它们是乔纳森最深的恐惧：从孩提时代开始，他就厌恶狼和像人一样走路说话的野兽。当扭曲人最终将他弄到这个王国以后，那种恐惧随他而来，于是狼开始变形。它们本身不害怕扭曲人，仿佛乔纳森对扭曲人的一些私下里的憎恨在它们身上赋予了形式，而且它们的数目在增长。现在它们成了这个王国最大的威胁，尽管这正是扭曲人希望自己还能利用的一点。

这个叫戴维的男孩跟扭曲人诱拐来的其他孩子不一样，他协助摧毁了"兽"，还有霸占了荆棘堡的女巫。戴维并没有意识到，不过，某种程度上说，它们正是他的恐惧，是他使它们成形。让扭曲人吃惊的是他对付它们的方式。他的愤怒和悲伤竟让他做到了比他年长的男人们试图成就的事。这个男孩很强大，足够征服自己的恐惧。现在他又开始控制自己的仇恨和嫉妒了。这样的一个男孩，假如能掌握他，一定能成为一个伟大的国王。

可是扭曲人的时钟快要走完了。他需要榨取另一个孩子的生命。假如他吃了乔治的心，那孩子的寿命就会成为扭曲人的。如果乔治命中注定能活到一百岁，那就意味着扭曲人能有一百年可活，而乔治的灵魂将会关进扭曲人的罐子里。现在紧要的就是让戴维大声说出那孩子的名字，纵容他的仇恨，从而将他们两个置于毒咒之下。

扭曲人的生命沙漏里剩下的不足一天了。他需要戴维在午夜之前背叛异母弟弟。此刻，他坐在水池大厅里，看着城堡周围的山上出现的身影，多少年来头一次感到真正的恐惧，即使走出自己孤注一掷的最后一着棋时，也一样害怕。

狼群正在聚集，很快，它们就要降临城堡了。

●

　　就在扭曲人正为步步趋近的狼军分神的时候，戴维用罐子带着安娜，穿过拥挤的地道，走在返回王宫大殿的路上。他们走近被挂毯掩盖的门，听到有人在大声发令，还有跑步声和武器盔甲的"嚓嚓"声。他想着这次行动是不是因为他的失踪，同时脑子里转着，怎样为自己不在寝室找一个最好的解释。他从挂毯后面偷偷看去，只见邓肯站在附近，派遣人马去城墙，并吩咐其他人等守住城堡所有入口。趁侍卫队长转身的当儿，戴维溜出去，以最快速度奔向楼梯上到走廊。有人看见他也没太在意，于是他明白了，这场麻烦不是他引起的。他一跑回寝室，就关上门，从麻布袋里取出装着安娜灵魂的罐子。仅仅从扭曲人的地牢到城堡这段短短的路程，她的光看起来更弱了，她跌坐在玻璃罐底，脸色比之前更苍白了。

　　"怎么了？"戴维问。

　　安娜举起右手，已经暗淡到接近透明了。

　　"我觉得很虚弱，"安娜说，"我正在发生变化，看来越来越没力气了。"

　　戴维不知道怎样才能安慰她。他想找个地方把她藏起来，最后决定把她放在一个大衣橱的阴暗角落里，那里只有被很久以前的蛛网困死的昆虫的空壳。可是就在他要把罐子放在选好的藏身之地时，安娜大声叫喊起来。

　　"不，"她哭喊道，"求求你，我已经被单独囚禁在黑暗中这么多年了，不想再待在那个世界。把我放在窗台上吧，那样我能向外眺望，看看树，看看人。我会安安静静的，没人会想到去那儿找我。"

　　于是戴维打开一扇窗。外面是个锻铁铸的阳台，已经生锈了，一碰就发出"咔嗒咔嗒"声，不过要支撑罐子的重量还是很安全的。他把罐子小心翼翼放在阳台一角，安娜往前挪，靠在玻璃上。她笑了，这还是他们见面之后第一次呢。

"哦，"她说，"太棒了。看那河水，那远处的树，还有那些人。谢谢你，戴维，这就是我想看的。"

可是戴维没有听她讲这些，因为她说话的时候，嗥叫声正从高处的山上传来，他看见黑、白、灰三种身影，成千上万的，正跨过地界而来。狼群有纪律、有目标，跟备战中的军队分部已经差不多了。站在最高点俯瞰城堡，只见穿着衣服的身影后腿直立地站着，而更多的狼则跑前跑后，在路普和前线的狼群之间来回传递消息。

"发生了什么事？"安娜问道。

"狼来了。"戴维说，"它们想杀死国王，霸占他的王宫。"

"杀死乔纳森？"安娜说。她的声音那么惊骇，戴维目光离开狼群，转向这个女孩小小的正在淡去的身形。

"他对你做了那样的事，你怎么还为他担心啊？"他问，"他背叛了你，让扭曲人吃了你的心，之后还把你留在地牢的罐子里等死。你怎么不恨他，反而还有别的感情呢？"

安娜摇摇头，一瞬间，似乎又老了许多。她也许在身形上还是个女孩，可她存在的时间比外貌显示的要久得多，而且在那个黑暗的地方，她已经学到了智慧、忍耐与原谅。

"他是我的哥哥，"她说道，"我爱他，不管他对我做了什么。他和扭曲人订协议的时候还小，而且很生气、很傻，假如他能够让时光倒转，取消他曾经做过的事，他一定会的。我不想看见他受到伤害。况且，如果狼群战胜，取代人类的统治，那么下面这些人会有怎样的遭遇？它们将把城墙内的一切撕得粉碎，这里仅剩的一点美好将被破坏殆尽。"

戴维一边听她讲，一边又想，乔纳森怎么会背叛这么一个女孩呢？他一定是太气愤太伤心了，以至于愤怒和伤心吞噬了他。

戴维目睹狼群围聚，它们只有一个目的：拿下城堡，杀死国王以及所有站在他这边的人。可是城墙厚实坚固，大门关得严严实实，将垃圾运出城堡的弥漫着恶臭的洞口有卫士把守，每个房顶、每扇窗户也都有士兵站岗。狼比城里的士兵多得多，可戴维看不出它们有什么办法能攻入城内。只要这种情形继续，狼群想叫就叫，路普也能按照它们的想法传递和接收消息，但那并不能改变什么，城堡仍然固若金汤。

三十　扭曲人的背叛行动

在深深的地底下，扭曲人眼睁睁看着自己的生命之沙一粒一粒流走。他在一点一点变得衰弱。身体系统正在瓦解，嘴里的牙正在松脱，嘴唇生疮流脓；血从他弯曲的指甲里滴落，双目昏黄模糊；皮肤干裂，他一抓，就裂开长且深的口子，露出肌肉和肌腱；关节疼痛，头发大块大块从头上脱落。他快要死了，可他还不恐慌。在他漫长而可怕的一生中，曾经有过比现在更加接近死亡的时刻，那是他选错了孩子，于是没有背叛，也就没有新的国王或王后供他放在王位上像木偶那样操纵的时候。不过，到最后，他总还是想出了办法让他们堕落，或者如他更中意的方式，让他们自行堕落。

扭曲人相信，人类自身的任何一种邪恶，都是从他们诞生的那一刻起就在那儿了，问题就是在孩子那里发现它的本质。男孩戴维的愤怒和受到的伤跟扭曲人以前碰到的每一个孩子都一样多，只是他抵制了它们进一步的发展。是最后赌一把的时候了。尽管他已经有所作为，并且展现了他的勇气，但男孩不过是个男孩。他远离家园，与爸爸以及生活中的熟悉事物一概隔离，在内心的某个地方，他是恐惧而孤单的。如果扭曲人能使这种恐惧变得难以忍受，他就会说出家里那个婴儿的名字，那样扭曲人就能继续活下去了，那时候，寻找戴维的替代者的行动又将开始。恐惧就是钥匙。扭曲人深谙此道。面对死亡的时候，大多数人会不顾一切以求活命。他们会哭，会乞求，会杀死或背叛别人以保全自己的生命。如果他能让戴维为自己的性命感到害怕，那戴维就会把他想要的给他。

于是，这驼背的怪物，与人类的记忆一样古老的东西，离开他镜面水池、沙漏、蜘蛛与死亡之眼的巢穴，消失于蜂房般纵横于他的领土之下的地道大网中。他从城堡里的建筑、城墙下经过，进入了上面的乡村地界。

听到上面传来狼的嗥叫，他知道他的目的地到了。

●

戴维犹豫着不想离开安娜，她看起来那么虚弱，他担心一旦丢下她，她可能就此消失。而她，一个人在黑暗中待了那么久，现在非常感激他的陪伴。她对他讲了与扭曲人一起度过的那几十个年头，他做过的可恶的事情，以及他对反对他的人实施的酷刑和惩罚。戴维则跟她讲了死去的妈妈，以及他现在与罗斯和乔治同住的大房子——安娜在爸爸妈妈死后也在那里暂住过。提到以前的家，小女孩的光晕亮了许多，还追问戴维那房子和附近的村庄的情况，以及她离开之后发生了哪些变化。他于是对她说了战争和横扫欧洲、一路征伐的大军。

"就是说，你离开了一场战争，然后发现自己又卷入了另一场战争。"她说。

戴维看着下面的狼群，它们有目的地翻过峡谷和山岭，数量每一分钟都在成倍增加。黑色和灰色的狼群各就各位，要包围城堡。像弗莱彻一样，戴维也为它们的秩序感和纪律感而觉得忧心。他怀疑那是很脆弱的：如果没有路普，狼群将溃不成军，一路打斗，以腐肉为食，回到它们自己的地界，可是现在，路普已经破坏了狼的本性，就像它们自己的本性被改变一样。它们相信自己比那些四腿行走的兄弟姐妹更伟大、更高级，但事实上它们要差得多。它们已经不纯了，是既非人又非兽的变种。戴维好奇的是，当人性、兽性两方面相持不下、争抢霸权的时候，路普是什么样子呢？勒洛伊的眼睛里有一种疯狂，戴维对这一点非常肯定。

"乔纳森不会向它们投降的，"安娜说，"它们无法进入城堡。它们只消解散就行，可它们不。它们在等什么？"

"一个机会。"戴维说，"也许勒洛伊和它的路普们有个计划，或者它们也许就盼着国王犯个错误，但现在它们不会回头。它们不会再集结另一支这样的军队了，假如战败，它们也无法活命。"

戴维寝室的门开了，侍卫队长邓肯走了进来。戴维立即关上窗，以免队长发现阳台上的安娜。

"国王想见您。"他说。

戴维点点头。尽管在城墙之内，而且有士兵守卫，他很安全，但他还是首先走到床边，从床柱上取下剑和腰带，把它们系在腰间。这个动作已经成了他的惯例，如今要是剑不在手边，他就感觉不对劲。自从那次被劫到扭曲人的巢穴之后，他尤其感到需要这把剑。在那骗子的房间里挨疼受折磨，他早已认识到没有武器是多么不堪一击。戴维也知道，扭曲人一定会注意到安娜不见了，他一旦发现肯定会来找她。不用多久他就会明白过来，戴维多少跟这事有关，而男孩不愿意手中无剑去面对扭曲人的愤怒。

队长没有反对他带剑，实际上，他让戴维带上所有行李。

"您不会再回到这个房间了。"他说。

戴维只能忍住不往窗户后边看，安娜就藏在那儿。

"为什么？"他问。

"国王会告诉您的。"邓肯说，"我们早些时候来叫过您，但您不在房间里。"

"我去散步了。"戴维说。

"我告诉过您要待在这儿。"

"我听见狼叫，想看看出了什么事。可是大家好像都忙着跑来跑去，所以我就回来了。"

"您不用害怕它们。"队长说,"这城墙还从来没有被攻破过,军队不能,一群动物就更不能了。现在咱们走吧,国王在等着呢。"

戴维收拾好包裹,把在扭曲人的屋子里找到的衣服也装进去,跟着队长下楼来到大殿。走前他朝窗户看了最后一眼,透过玻璃,他仿佛看见安娜身上闪着微弱的光。

●

森林中,狼军防线后面,一阵雪射向空中,跟着是尘土和乱草。一个洞出现了,扭曲人从洞里现身。他握着自己那些弯刀中的一把备用,因为这会是一场危险的交易。他没办法和狼达成什么协议,它们的领导者路普深知扭曲人的力量,它们不信任他正如他不信任它们一样。他还对它们那么多同伴的死负有责任,没那么容易放过他,假如一个狼群围困他,他连活着为自己申辩的时间都没有。他静悄悄地往前走,直到看见一队身影出现在面前,全都身着从死去士兵身上剥下来的军服。其中一些还抽着烟斗在看画在雪地上的城堡地图,试图研究一条进城的路线。侦察兵们已经派出,它们将接近城墙,看看有没有什么墙洞或裂缝或者无人把守的洞穴和入口能够利用。灰狼当了炮灰,它们一进入防御部队的射程中就几乎全军覆没。白狼不容易被发现,尽管它们中的一些也死了,但也有足够多的白狼能够靠近城墙,进行短暂的侦察,又嗅又刨,努力想找一条进城的路。那些幸存下来回去报告的白狼肯定地说,城堡就像看起来那样坚如磐石。

扭曲人离它们很近,听见了路普们的声音,闻到了狼皮的臭味。愚蠢自负的畜生,他想。你们可以穿得跟人一样,模仿他们的态度和样子,可是你们永远跟畜生一样臭,永远都是假装成别的东西的动物。扭曲人恨它们,也恨乔纳森通过想象的力量把它们召来，还创造了自己的故事——披红色斗篷的小姑娘——好让它们得以诞生。扭曲人警觉地目睹了狼群变异的开始：一开始很慢，它们的咆哮和吠叫有时形成像是语言的东西，当它们想学人走路的时候，前爪便抬起。开始的时候他觉得它们很可笑，可是接着它们的脸开始变化了，它们本来已经迅捷机警的脑子也变得越来越敏锐。他曾试图让乔纳森下令在疆界之内挑选一些狼杀掉，可是国王行动太迟，他派去杀狼的第一批士兵反而被杀掉了，而且村民们过于惧怕这一新的威胁，什么也做不了，只在村庄周围把墙加高，夜晚锁上门窗。现在情况变成这样：一支狼军，在半人半兽的首领领导下，决心颠覆这个王国，自己称王。

"那就来吧，"扭曲人自言自语道，"要是你们想抓国王，就去抓吧。我跟他之间已经完蛋了。"

扭曲人退回去，围着狼军将领所在的位置绕行，结果碰见一头正在执行望风任务的母狼。他确信自己处在下风口，便根据小片雪花吹离地面的方向，计划该怎样向它靠近。它注意到他的时候，他几乎已经扑上身来，当时它就注定要毙命。扭曲人跳起来，弯刀已经开始向下的运动，他一跳到狼身上，刀子就划破它的皮，深深插入下面的肉里。扭曲人的长指头捂住它的口鼻，让它紧紧闭住，于是它无法叫喊，没来得及。

当然，他本来可以杀死它，然后取了它的鼻子拿回去收藏，但他没有。相反，他刺得很深，以至于它立刻倒在地上，周围的雪很快被它的血染成了红色。他松开握在它鼻子上的手，那狼开始吠叫，向其他的狼发出警报——它遇难了。这可是一招险棋，扭曲人明白，比开始时抓住大母狼的举动更加冒险。他想让它们看见他，但又无法靠近到能抓到他的地步。突然，四匹高大的灰狼出现在山脊上，向其他的狼发出警报。它们身后来了一个令人鄙视的路普，把所有到手的军用华服一股脑穿在身上：一件亮色的红色外套，上边织着金线，缀着金扣，一条白色长裤，只有一部分被前主人的血弄脏了。它的黑色皮带上挂着一把长马刀，此时已经把刀抽了出来，站在那里看着垂死的狼和使它受此痛苦的家伙。

它就是勒洛伊，将要称王的野兽，最可恶最可怕的路普。扭曲人停止了动作，离最大的敌人这么近，他一下子来了兴致。虽然他已老朽，安娜身上正在消失的光芒和慢慢流走的生命之沙使他变弱，但扭曲人依然迅捷而强壮。要杀死四匹灰狼，剩下勒洛伊一个持刀自卫，他想是没问题。如果扭曲人杀死勒洛伊，那么狼群就会解散，因为是它的意志力将它们集合在一起的。别的路普都不如它进化得高级，会被新国王拿下。

新国王！他一下子想起了自己是来干什么的，这才清醒起来，而更多的狼和路普出现在勒洛伊背后，一队白狼开始从南边悄悄靠近。一时间，万物无声，所有的狼都站在将死的母狼旁边，看着它们最鄙视的敌人。这时，扭曲人一声欢呼，在空中挥舞着他的血刀，开始跑。狼群立即跟上，它们穿越树林，目光因追击的刺激感而发亮。一只比较健壮迅捷的白狼脱离队伍，想切断扭曲人的逃路。扭曲人跑过的地方是个斜坡，因此那狼处在他上头大约十尺的位置，此时它后腿一弯，弹跳到半空中，龇牙咧嘴，要撕开猎物的喉咙。可扭曲人是一个老谋深算的家伙，趁它跳起来的时候灵巧地转一个圈，弯刀高举至头顶，从下面破开那狼。它从半空掉下，死在他脚下，扭曲人继续跑。三十尺，二十尺，只剩十尺了。他能看见前面有个地道入口，用土和脏雪做了标记。就要跑到入口了，这时一道红光在他左边一闪，剑在空中划过的声音嗖嗖作响。他及时举刀阻挡勒洛伊的马刀，但那路普比他想象的更有力，扭曲人身子轻轻一晃，差点摔倒在地。假如他真的摔倒，一切也就很快结束了，因为勒洛伊早就做好了杀死他的准备。然而，勒洛伊的刀只是划破了扭曲人的长袍，差一点没划到胳膊。可扭曲人假装受了重伤，他扔下弯刀，踉跄着后退，左手捂住想象中的右手伤口。狼群现在包围了他，看着两位斗士，嗥叫着为勒洛伊加油，希望它结束这场战斗。勒洛伊抬头长吠一声，所有的狼都安静下来。

"你犯了一个致命的错误，"勒洛伊说，"你应该待在城堡后边。到时候，我们会攻破城门的，不过，如果你待在他们的地盘里，兴许可以多活一会儿。"

扭曲人对着勒洛伊的脸大笑起来。那张脸现在除了乱蓬蓬的毛发和稍稍凸起的口鼻以外，看起来已经是人的模样了。

"不，犯错的是你。"他说，"看看你，人不是人，兽不像兽，就是一个可怜的四不像。你恨自己现在的身份，想要成为不可能变成的东西。你的外表可以变，你可以穿上所有从你的受害者尸体上偷来的漂亮衣服，可是内里你还是一匹狼。你想过吗，一旦你外表的转换完成，开始跟你曾经捕杀的人类完全一样的时候，会是什么情况？你看起来将像个人，狼群将不再把你当作它们的同类。你痴心妄想的事恰恰会毁掉你，因为它们会把你撕得粉碎，你将死在它们的口中，正如别人死在你的口中。到那时候，你这杂种，我再向你……告别吧！"

说完，他脚先消失，接着整个儿钻进地道入口不见了。勒洛伊过了一两秒钟才意识到发生了什么事。它张开嘴愤怒地咆哮，可发出的声音听起来像是一种被扼住的咳嗽。正如扭曲人说的那样：勒洛伊的转变几乎已完成，它的狼的嗓子现在正变成人的声音。为了掩饰自己无法咆哮的惊诧，它示意两名侦察员，命它们向地道入口处追击。它们警惕地嗅着翻搅过的土地，然后其中一只狼很快地将头探进去，又很快地拔出来，以免扭曲人在下边等着。见没什么意外，它又试探一下，这回停留的时间长一点。它在闻地道里的气味。扭曲人的气味还在，但已经渐渐淡去，他已经跑远了。

勒洛伊单膝跪下检查那个洞，然后朝挡在城堡前面的山脉望去。它考虑着该何去何从。尽管有它的威吓，但它们要找到入城的路，看来是越来越不可能了。如果它们不能尽快攻城，它的狼群将军心动摇，比之前更加饥饿。本来就敌对的几群狼将彼此不服，互相打斗，以同类中的弱者为食。它们一旦愤怒，将反抗勒洛伊和它的路普们。不，它需要有所行动，而且要快。如果它能拿下城堡，那么它的大军就能以守城卫兵果腹，它和它的路普们就可以着手策划新的秩序了。大概扭曲人只是高估了自己利用地道离开城堡的能力，他冒险来杀一些狼，甚至希望杀死勒洛伊，实在没有必要。无论什么理由，勒洛伊已经得到了一个几乎无望得到的机会。地道狭窄，每次只能容一匹狼或一个路普通过，不过，还是能为进入城堡提供微薄的力量。如果它们能够到达城门，从里面打开城门，那么守城军队将全军覆没。

勒洛伊转身面向它的一名副官。"派散军去城堡，分散城墙上面的守卫力量。"它说，"主力军开始行动。把最好的灰狼带到这儿来。进攻开始！"

三十一　大战，妄图称王者的命运

　　国王瘫倒在他的宝座上，下巴抵着胸口，看上去好像睡着了，但是戴维走近的时候，看见那老人的眼睛睁开，茫然地盯着地板。《失物之书》搁在他腿上，他的手放在封面上。高台上四名卫士站在他周围，一角站一个，门口和走廊上还有更多侍卫。队长跟戴维走近的时候，国王抬起眼角看过来，他脸上的表情叫戴维的胃一阵收缩。拥有这张脸的人，他被告知自己逃避刽子手的唯一机会就是说服别人替代他的位置，而国王好像在戴维身上看到了那个人。队长在王座前面停步，鞠躬，然后离开他们。国王命令卫士们后退，以免他们听到他和戴维的谈话，然后使劲儿调整姿态，想做出和善的表情。然而他的眼睛出卖了他：绝望、狡猾而不怀好意。

　　"我本来希望，"他开口了，"和你在更好的环境下谈话。我们被包围了，但没有理由害怕什么。它们只是野兽，我们比它们高级。"

　　他朝戴维勾勾手指头："走近一点，孩子。"

　　戴维走上通向王座的阶梯。他的脸现在跟国王的平行了。国王的手指沿着王座扶手划动，不时停下来查看特别精致的装饰细节，轻轻抚摸上边的红宝石或者翡翠。

　　"这宝座很不错，是不是？"他问戴维。

　　"很美。"戴维说。国王目光敏锐地扫他一眼，好像不确定这男孩是不是在嘲笑他。戴维的表情没有什么不妥，于是国王决定由他这么回答，不予非难。

　　"从最久远的时代开始，这个国家的国王和王后就是坐在这个宝座上，在这里统治这片土地。你知道他们都有什么共同点吗？我告诉你：他们都来自你那个世界，而不是这个世界，你的世界，也是我的。一个统治者死了之后，另一个就会穿越两个世界之间的界限来继承王位。这里的方式就是这样，能被挑中是最大的荣耀。这份荣耀现在属于你。"

戴维没有答话，于是国王继续说道：

"我知道你遇到过扭曲人。不要因为他的外貌而厌恶他。他的本意是好的，尽管他爱……利用和操控真相。你来到这儿之后，他一直跟随着你，好几次你濒临死境，都是他出手相救。我知道他一开始说要帮你回家，但那是撒谎。他没有能力做到，除非你接受王位。一旦你登上正确的位置，就可以命令他按照你的意愿去做。如果你拒绝王位，他就会杀了你，再去找其他人。他一般都是这么做的。

"给你的，你必须接受。如果你不喜欢，或者发现你并不擅长统治国家，那么你可以命令扭曲人把你送回你的世界，协议就将结束。毕竟你将成为国王，而他只是一个臣民。他只要求你的弟弟跟你一起来，你在这个世界开始统治的时候还能有个伴儿。到时候，如果你喜欢的话，他会连你爸爸也一起带来，想想看，他看到自己的长子坐在王位上，成为一个大国的国王的时候，该有多么骄傲！嗯，你觉得怎么样？"

国王说完以前，戴维对他的那点同情早已经没有了。国王所说的一切都是谎言。他还不知道戴维已经翻看了《失物之书》，还去了扭曲人的地牢，见到了安娜。戴维了解被黑暗吞噬的心，也认识了被囚禁在罐子里、为扭曲人的生命提供能量的孩子的灵魂。被内疚和悲痛压垮了的国王，想摆脱他与扭曲人的协议，为了让戴维替代他的位置，他什么都说得出来。

"您手里是那本《失物之书》吗？"戴维问。"他们说那里面有各种各样的知识，说不定还有魔法呢，是真的吗？"

国王的眼睛在闪光。

"哦，是真的，是真的。等我退位、你加冕之后，我就把它送给你。它是我要送给你的加冕礼物。有了它，你可以命令扭曲人按照你的意愿行事，他必须遵从。一旦你成了国王，我就用不上它了。"

一时间，国王显得很遗憾的样子。他的手指又一次滑过书皮，捋着松脱的装订线，摸索着书脊与其他部分剥离的地方。在他手里，它就像一个活物，仿佛在他来到这个地方的时候，他的心就脱离了身体，变成了书的形状。

"我成了国王的话，您会怎么样？"戴维问。

国王把目光转开，然后回答：

"哦，我将离开这儿，去找一个安静的地方，享受我的退隐生活。"他说，"说不定我还会回到咱们的世界，去看看我离开之后有了哪些变化。"

然而，他的话听起来那么空洞，连声音也在罪恶和谎言的重压之下变得断断续续。

"我知道你是谁。"戴维轻声说道。

国王身子朝王座前一倾。"你说什么？"

"我知道你是谁。"戴维又说一遍，"你是乔纳森·塔尔维，你家里收养的妹妹名叫安娜。她被带到你家的时候，你很嫉妒她，而且从来没有摆脱过嫉妒。扭曲人来了，向你展现了没有她之后的生活，于是你出卖了她。你骗她随你穿过沉园，进入这片土地。扭曲人害死了她，吃了她的心，然后把她的灵魂放在一个玻璃罐里。你腿上那本书里没有魔法，它所有的秘密就是你的秘密。你是个悲伤而邪恶的老头，你可以继续拥有你的王国和你的王位。我不想要，我什么都不想要。"

一个身影从阴影里走出来。

"那你就去死吧。"扭曲人说。

他比戴维最后一次见到他的时候显得老得多,皮肤仿佛被撕裂了或是生病了,手上、脸上都是伤口和水泡,而且发出腐败的臭味。

"我知道,你可是很忙了一阵子啊,"扭曲人说,"尽去些跟你无关的地方探头探脑。你拿了属于我的东西吧。她在哪儿?"

"她不属于你,"戴维说,"她不属于任何人。"

戴维拔剑。他的手有点抖,剑也跟着微微颤动,不过不明显。扭曲人就笑开了。

"无所谓,"他说,"她已经快没有用了。当心点,这话就快用在你身上了。你以为你很勇敢,那就让我们看看,等到狼向你哈热气,把唾沫吐到你脸上,你的喉咙就要被它们撕开的时候,你有多勇敢吧。那时候你就会哭天抢地,向我哀求,也许我会答应你,也许……

"说出你弟弟的名字,我就把你从所有痛苦中解救出来。我承诺不会伤害你。这个国度需要一个国王。如果你同意接受王位,那么我把他带到这儿来以后会让他活着。我会另找一个代替他,因为我的沙漏里还有沙子。你们将一起待在这儿,而你将公平公正地统治这里。现在的一切都会过去。我向你保证。只要告诉我他的名字就行。"

卫士们此刻正盯着戴维,剑拔弩张,一旦他想伤害国王,他们就会将他拿下。但是国王抬起手,让他们知道一切正常,于是他们放松了一点,等待下一步情况。

"如果你不说出他的名字,那我就回到你那个世界,把他杀死在他的卧室里,"扭曲人说,"就算是我要做的最后一件事吧,我要把他的血留在枕头和床单上。你的选择很简单:你们俩一起统治这里，或者你们分别死去。没有别的路。"

戴维摇摇头。

"不，"他说，"我不让你那么做。"

"不让？不让？"

扭曲人挤出这几个字的时候，他的脸变了形，嘴唇裂开，一点点血从裂缝里流出，他也只有那么点血可流了。

"听我说，"他说，"我来告诉你关于你拼命想回去的那个世界的真相吧。那是痛苦、磨难与悲伤之地。你离开的时候，城市正在被攻陷。女人和孩子们被飞机上丢下的炸弹炸成了碎片或者被活活烧死，而开飞机的人也有自己的妻子儿女。人们被拖出家门，枪杀在街上。你的世界正在把自己撕得四分五裂，最有意思的是，即使大战开始以前也没好到哪儿去。战争只是给了人们一个不断纵容自己的理由，以后还会有战争，而每次战争之间，人们也还是互相争斗、互相伤害、互相损毁、互相背叛，因为他们一直就是这么干的。

"即使你躲过了战事，躲过了惨死，小屁孩，你觉得生活还为你准备了些什么呢？你已经看见了它擅长干些什么。它把妈妈从你身边夺走，榨干她的健康和美丽，然后把她丢掉，就像丢掉干瘪腐败的果壳。总之，它还会把其他的人从你身边夺走。你所在乎的那些人——爱人、孩子——会倒在路旁，你的爱也无法拯救他们。健康将舍弃你，你会变老，生病。四肢疼痛，视力模糊，皮肤起皱衰老，你的身体内部会有连医生也无法治愈的深深的痛。疾病将在你的身体里找个温暖潮湿的地方，它们生殖繁衍，在你的身体系统里蔓延，一个一个细胞地摧毁它，直到你乞求医生让你死，让你摆脱不幸，可是他们不。于是你只好苟延残喘，等到死亡来召唤你的时候，没人握住你的手，没人抚平你的眉毛。你离开的那个生活根本不是生活。而在这儿，你可以成为国王，我允许你带着尊严、毫无痛苦地老去，当死亡的时刻到来时，我会送你轻轻入睡，你将在你自己选择的天堂里醒来，因为每个人都有自己的梦中天堂。我想要的回报只是你家里那个孩子的名字，那个孩子将在这个地方陪伴你。说出他的名字！现在就说，不然就迟了！"

他正说着，国王身后的挂毯翻动起来，一个灰色的身影从挂毯后面现身，迎面扑向离它最近的一个卫士。狼低头扭颈，卫士的喉咙顿时被撕裂了。那狼发出一声嗥叫，被长廊上的卫士一箭射中了心脏。更多的狼从那个门口涌出来，数不胜数，以至于古老的挂毯被扯下来，从墙上掉落在地，化作一片尘埃。灰狼，勒洛伊手下最忠诚、最凶猛的队伍，此刻正入侵王室大殿。只听一声号角响，卫士们从各个门口出现在大殿。一场激战开始了。卫士们用刀砍、用枪戳，试图压制狼群的进攻浪潮，而狼则猛咬、怒叫，寻找每一个能置人于死地的机会。它们在卫士的腿上、肚子上、胳膊上乱咬，撕开他们的腹部，咬断他们的喉咙。不一会儿的工夫，地面有如被血洗过一般，红色的血在一道道石缝里穿流。卫士们在大开的门口围成一个半圆，可绝对数量的狼逼迫他们向后退。

扭曲人指着战乱之中难以计数的人和兽。

"看！"他对戴维吼道，"你的剑救不了你。只有我可以。告诉我他的名字，我立刻就可以把你偷偷带走。说出来，拯救你自己吧！"

现在，灰狼中加入了白狼和黑狼。狼群从侍卫周围突破，开始进入房间和走廊，对一路阻挡者格杀勿论。国王从他的王位上跃下，恐惧地瞪着在狼群逼迫之下离他越来越近的卫士人墙。

侍卫队长出现在他右边。"来吧，陛下，"他说，"我们必须带您去安全的地方。"

可是国王推开他，愤怒地盯着扭曲人说。"你背叛了我们，"他说，"你背叛了我们所有人。"

扭曲人并不理会，他的注意力全在戴维身上。"名字，"他又说，"说出他的名字！"

他的身后，狼群突破了人墙。现在它们之中有了新到来者，后腿直立，穿着士兵的服装。路普们用剑砍杀卫士，从门口杀出了一条通往大殿的路。两名路普迅速从走廊跳下，后面跟着六匹狼，它们的目标是城堡大门。

接着，勒洛伊出现了。它俯视着眼前这场残杀，看见了王座，它的王座。它从身体里找出最后一声属于狼的嗥叫，以彪炳自己的胜利。国王被那声音吓得发抖，勒洛伊的眼睛寻到了他的目光，移步上前要杀了他。侍卫队长还在保护着国王，他正逼得两头灰狼走投无路，可是，他显然已经累了。

"走，陛下！"他叫道，"现在就走！"

话还没完，一箭穿胸，射箭的是勒洛伊的路普。队长倒在地板上，狼向他扑去。国王伸手从长袍下面抽出一支装饰华丽的金色匕首，朝扭曲人冲过去。

"龌龊的东西，"他喊道，"我做了那么多，你让我做了那么多，到头来你还是背叛了我。"

"我没有让你做任何事，乔纳森，"扭曲人应道，"你做那些事是因为你想做。没人能逼你作恶。你自己内心有恶，而又任其泛滥。人们总是放纵自己的邪恶。"

他用自己的弯刀朝国王砍去，老头踉跄着，摇摇欲坠。扭曲人快得有如闪光，他转身抓住戴维，但戴维忽地闪开，用剑刺他，一剑刺伤扭曲人的胸口，却只闻到一股臭味，不见流血。

"你就要死了！"扭曲人叫道，"告诉我他的名字，你就能活命！"

他不顾伤势，朝戴维进攻。戴维想再刺他一剑，但扭曲人闪身躲过，反攻过来。他的指甲深深掐进戴维胳膊里，戴维感觉自己好像中了毒，疼痛渗入手臂，传进血管，凝固了血液，麻木感直达右手，剑从失去知觉的指间掉落。他此刻正靠着一面墙，周围都是激战的卫士和咆哮的狼。越过扭曲人的肩膀，他看见勒洛伊正攻击国王。国王试图用匕首刺他，可勒洛伊一掌将匕首拨开，匕首掉落，在石地上滑过。

"名字！"扭曲人尖声叫道，"名字！不然我就把你交给狼啦！"

勒洛伊像拎木偶似的拎起国王，伸手去掐国王的下巴，让他抬头，露出脖子。这时勒洛伊停顿一下，看着戴维。"你是下一个。"它洋洋得意地说。然后它张大嘴巴，露出尖锐的白牙，一口咬进国王的喉咙，左右摇晃着他，将他弄死。扭曲人看着国王渐渐殒命，恐惧使他瞪大了眼睛。一大块皮肤像旧墙纸一样从这骗子的脸上翘起，露出下面灰白的、正在溃烂的肉。

"不！"他尖叫起来，然后伸手掐住戴维的喉咙，"名字。你必须告诉我那个名字，不然我们两个都会没命。"

戴维非常害怕，他知道自己快要死了。

"他的名字叫——"他开口了。

"对！"扭曲人说，"对！"国王的最后一口气在喉间"咕噜"一响，勒洛伊将他垂死的身体丢到一边，擦擦嘴上的血，向戴维走来。

"他的名字叫——"

"告诉我！"扭曲人尖叫。

"他的名字叫'弟弟'。"戴维说。

扭曲人的身体在绝望中倒下了。"不，"他发出呻吟，"不。"

在城堡深处，最后一粒沙流过沙漏瓶颈。而上面高处的阳台上，一个女孩的灵魂明亮地闪烁了一下，然后完全暗淡了。假如有人在那儿目睹当时的情况，就能听见她的轻轻叹息，带着欣喜和平静，因为她的磨难终于结束了。

"不！"扭曲人吼起来。他的皮肤裂开，臭味一股脑从里面喷出。一切都完了，一切都完了。在难以度量的时间和无法讲述的故事之后，他的生命到了终点。他如此愤怒，他把指甲挖进头皮，连皮带肉地把它一撕两半，一个深深的裂口出现在额头上，迅速裂至鼻梁，他继续往下撕，嘴巴裂成了两半。现在，他的两只手里各扯半个脑袋，眼珠子疯狂打转。可他还继续撕，巨大的伤口延至喉咙、胸口、腹部，一直到大腿根，到那儿，他的身体终于变成了两个部分，完全分离了。从扭曲人的两半身体里，跑出各种曾经存在过的无脊椎动物：臭虫甲虫蜈蚣，蜘蛛白肉虫，所有虫子在地板上缠绕、翻腾、疾跑，直到最后，当最后一粒沙流过瓶颈，扭曲人死去的时候，它们也不动弹了。

勒洛伊瞧着这一片混乱，咧嘴笑了。戴维已经准备闭上眼睛等死了，这时，勒洛伊突然浑身颤抖起来，它张开嘴巴想说什么，下巴却脱落，掉到它脚下的石头上。它的皮肤像陈旧的石膏一样粉碎、剥落。它想动，可是腿已经无法支撑，反而从膝盖处断开，于是它身体朝前扑倒在地，从脸到手背都开始爆裂。它还想用手抓地面，可是手指像玻璃一样碎了。只有眼睛还完好无恙，可是此刻，眼里充满了困惑和痛苦。

戴维眼看着勒洛伊死去。只有他明白发生了什么事。

"你们是国王的噩梦，不是我的。"他说，"你杀死他的时候，也就毁掉了自己。"

勒洛伊的双眼不解地眨了一下，然后停止了一切动作。现在，再没有其他人的恐惧赋予它生机，他只是一个破碎的动物雕像而已。细微的裂缝遍布了它的全身，接着它粉身碎骨，变成万千碎片，不复存在。

大殿内外，其他的路普都碎成尘土，所有普通的狼，失去首领之后，开始从地道撤退，这时，更多的卫士进入大殿，他们举起盾牌，形成一道铁墙，枪尖朝外，像刺猬竖起的刺。他们没留意戴维，他拾起剑，跑过城堡的走廊，经过受惊的仆人和不知所措的城民，直到发现自己来到外面。

他爬上高高的城垛，向远处眺望。狼军已经一片混乱。曾经的同盟者如今开始内讧，它们厮斗、啃咬，动作快的情急之下踩到动作慢的身上，得以撤退，回到它们的老地盘去。大批的狼已经离开城堡，逃向山丘。而留下的路普变成了一个个灰柱，在空气中回旋片刻，然后随风四面八方地散去。

戴维感觉有只手在他肩上，一回头，看见一张熟悉的面孔。

是守林人。他的衣服和皮肤上还沾着狼血，血从斧刃上滴下来，在地板上聚成黑黑的一片。

戴维说不出话来，只扔下手里的剑，一把将守林人紧紧抱住。守林人一只手放在男孩的头上，温柔地抚摸他的头发。

"我还以为你死了，"戴维感叹地说，"我看见狼把你拖走了。"

"狼取不走我的命。"他说，"我设法杀出一条路，到了牧马人的屋子。我挡住门，接着就因为伤势过重而昏迷了。过了好多天我才好起来，开始追寻你的足迹，直到现在才穿过了狼群大军的队伍。不过我们必须快点离开这个地方，这儿撑不了多久了。"

戴维感觉到城垛围住的平台在脚下晃动，墙上有一道裂缝，一些主要的建筑上也有，砖和泥灰滚到下面的鹅卵石地面上。城堡下面的地道迷宫正在崩塌，国王和扭曲人的世界正在消失。

守林人带领戴维往下走，来到院子里，一匹马正等在那里。守林人叫他上马，可戴维却去马厩找到了赛拉。被战斗的声响和狼的嗥叫吓坏了的马儿一看到戴维，如释重负地长嘶一声。戴维拍拍它的前额，低声说了些安慰的话，然后骑上马背，跟着守林人离开城堡。骑马的卫士们已经在追击逃命的狼，逼迫它们离战场越来越远。一群人正依次走出大门，仆人们和城民们身担重负，把能带的食物和财产全都带上了，在城堡在他们眼前垮成废墟之前弃城而去。戴维和守林人选了一条带他们离开这一团混乱的路线，直到安全地远离狼群和人群，站在山脊上俯瞰城堡的时候才停下来。他们从那儿凝视城堡，只见它轰然倒塌，地面上只剩下一个充塞着木头、砖块的大洞，一团污秽的云，呛着灰尘。然后他们转身离开。他们一起骑马多日，最后来到戴维进入这个世界的那片森林。现在只有一棵树上系着细绳，因为扭曲人一死，他的魔力便解除了。

守林人和戴维在那棵大树前面下马。

"是时候了，"守林人说，"现在你必须回家去了。"

三十二　罗斯

戴维站在树林中央，盯着再次现身的那棵树上的细绳和树洞。附近的一棵树刚被动物的爪子抓过，血似的树液从树干上的伤口滴下，污了下面的雪。一股小风吹来，摇动了它的邻居，它们用枝杈爱抚着它的树冠，使它平静，叫它安心，让它知道它们的存在。天上的云开始散去，阳光透过云缝喷射而出。这个世界正在改变，由于扭曲人的终结而改天换地。

"现在是离开的时候，可我并不确定是不是想走。"戴维说道，"我觉得还有好多东西没有看到。我不想让事情又变回原来的样子。"

"那边有人等着你呢，"守林人说，"你得回到他们身边。他们爱你，没有你，他们的生活会更加乏味。你有爸爸，有弟弟，还有一个只要你愿意就会成为你母亲的女人。你必须回去，不然他们的生活就会因为少了你而没有生机。某种程度上，你已经做了决定，你抵制了扭曲人的交易。你选择的不是生活在这里，而是生活在你自己的世界。"

戴维点点头。他明白守林人是对的。

"要是就这副样子回去，大家肯定会问这问那的，"守林人说，"你得把身上穿的全留在这儿，包括剑在内。在你自己的世界，这些都用不着。"

戴维从马背上拿下包裹，里面装着他破旧的睡衣裤和睡袍，到灌木后面把它们换上。以前的衣服现在穿着很奇怪，他已经改变了许多，这些衣服仿佛属于另一个人，一个隐约有些熟悉，却又比他年轻得多、傻得多的家伙。它们是一个孩子的衣服，而他已经不再是个小孩了。

"请告诉我一些事。"戴维说。

"你想知道什么都行。"守林人说。

"我来这儿的时候，你给了我一些衣服，一个男孩的衣服。你有过孩子吗？"

守林人笑了。

"他们都是我的孩子，"他说，"每一个迷失的，每一个找到的，每一个活过的，每一个死去的，所有的，都以他们的方式成为我的孩子。"

"你一开始带我去国王那儿的时候，就知道他是假的吗？"戴维问。这个问题从守林人再次出现之后就一直困扰他。他无法相信这个人会故意把他带入危险的境地。

"假如我早早地把我所知道的，或者我所猜测的关于国王和那骗子的事告诉你，你会怎么做？你刚来到这儿的时候，整个儿浸在愤怒和悲伤里，你会陷入扭曲人的诱骗，那样的话，一切都将失去。我原本希望能亲自带你去国王那儿，一路上，我又努力想帮你看清自己面临的危险，可是事与愿违，倒是其他人一路帮了你。最后，是你自己的勇气和信心指引着你，让你理解了你在这个世界和你自己那个世界的位置。我第一次发现你的时候你还是个孩子，可是现在，你正在长大成人。"

他向男孩子伸出手去。戴维握了手，然后放开，抱住守林人。过了片刻，守林人也抱住他，他们就那么拥抱着，阳光为他们戴上花环。直到男孩要离开。

戴维走向赛拉，亲吻她的眉毛。"我会想你的，"他轻声对她说。马儿轻轻嘶鸣，用鼻子摩挲男孩的脖子。

戴维走向那棵老树，回头望望守林人。"我还能回到这儿来吗？"他问。守林人给了一个诡异的回答。

"到最后，"他说，"大多数人都会回到这儿来。"

他抬手告别。戴维深吸一口气，走进树干里。

戴维先闻到麝香、泥土和老叶干枯的味道，他触摸树的内壁，手指抵着树皮，感觉很粗糙。虽然树很大，可他没走几步就一头撞进了内部。被扭曲人指甲抓伤的胳膊还在疼，他感到有点幽闭恐惧症状。看来似乎无路可出了，可守林人不会骗他的。不，一定是哪儿出了岔子。他决定返回到外面，可当他转回去的时候，先前的入口不见了。树已经把自己完全密封起来，现在他是被困在里面了。戴维开始大声喊救命，用拳头捶树，可是喊出的声音只在他身边回响，嘲讽地弹回到他脸上，直到消逝于无声。

突然有了光。树被封住了，可从上面有光照亮。戴维抬头一看，只见什么东西星星般闪烁着，他看着它越来越大，朝他站立的位置下降，抑或是他在升高，向上去迎接它，他所有的感觉都乱了。他听见不熟悉的声音——金属与金属碰撞，车轮的刺耳尖响——捕捉到一阵刺鼻的化学气味从很近的地方散过来。他看见了——光，树干里的凹槽和裂缝——可渐渐地他意识到自己是闭着眼的。果真如此的话，一旦睁开眼睛，他能看到更多吗？

戴维睁开眼睛。

他躺在一张金属床上，房间很陌生，两扇大窗可以眺望宽阔的草坪，孩子们在护士的陪伴下散步，或是坐在轮椅上，由穿白衣的护理人员推着。他的身边摆着花，右手臂上扎着吊针，上边一根管子连在金属架子的一个瓶子上。他的头上缠着绷带，伸手去摸，只摸到绷带，没摸着头发。他慢慢掉头向左，这动作把脖子弄疼了，头也突突抽痛。在他身边的椅子上睡着的，是罗斯。她衣服起了皱，头发没洗，有点油污。一本书放在她腿上，书页用一根长长的红带子做了记号。

戴维想说话，可嗓子太干，又试了试，终于发出了嘶哑的声音。罗斯慢慢睁开眼睛，难以置信地瞪着他。

"戴维？"她说。

他还是不能很好地说话。罗斯从水瓶里倒了一杯水，把玻璃杯递到他唇边，撑起他的头，让他喝水容易一点。戴维看见她在哭，她把杯子拿走的时候，几滴眼泪滴到他脸上，滴到他嘴里的，他尝了尝滋味。

"哦，戴维，"她低声说，"我们都好担心。"

她把手掌放在他的脸颊上，温柔地抚摸着。她止不住地哭泣，可戴维明白她是高兴得流泪。

"罗斯。"戴维说。

她身子向前倾。

"我在，戴维，什么事？"

他将她的手握在手里。

"对不起。"他说。

然后，他沉入无梦的酣睡中。

三十三　所有失去的与所有找回的

之后的日子里，戴维的爸爸时常向他谈起那段时间的事：戴维险些就被夺走了。轰炸发生之后他们找不到他的踪迹，于是不得不相信他已经在飞机残骸里活活烧死了，接着，因为找不到任何他的痕迹，又害怕他可能是被人绑架了。他们在朋友、警察以及为他们的哀伤所动容的陌生人的帮助下，搜遍了房子、花园和森林，最后连农田也搜过了。他们回到他的卧室，希望他曾留下什么信息，说过要去什么地方。最后他们在沉园一堵墙后的隐蔽处发现了他，正躺在尘土里。他不知怎么爬进了这个石头建筑，被掉下来的碎石困在了空洞里面。

医生说他又发作了一次突发性晕厥，有可能是飞机轰炸使他受伤造成的，这一次晕厥使他陷入了昏迷。戴维已经沉睡了许多天，直到那天早上醒来，叫了罗斯的名字。即便是现在，关于他失踪的方方面面，还是无法解释清楚——他当时跑到沉园是要干什么？他醒来的时候身上为何有疤痕？——他们只是为他回来而高兴，没有人说一句责备或生气的话。直到很久以后，他已经脱离危险回到自己的房间了，罗斯跟他爸爸晚上在床上，这才谈到那场意外如何改变了戴维。他更平静，更为别人着想；更爱罗斯，更理解这个努力在戴维和爸爸这两个男人的生活中找到自己位置的女人有多难了；对突然的声响和潜在的危险反应更快了，当然也就更懂得保护那些比他弱小的人，特别是他的异母弟弟乔治。

●

一年一年过去，戴维渐渐地，却又那么迅速地，从一个男孩变成了一个男人——对他来说太慢，可对他爸爸和罗斯来说太快。乔治也长大了，他和戴维一直保持着同胞兄弟应有的亲近，即使在罗斯和他们的父亲分手之后——大人常会发生这种事——依然如此。他们友善离婚，两人都没有再成家。戴维上了大学，他爸爸在一条小溪边找到一间木屋，退休后在那里钓鱼。罗斯和乔治一起住在那幢大旧宅里，戴维只要有空就去看他们，有时一个人，有时跟爸爸一起去。如果时间允许，他会走进自己以前的卧室，倾听书本间的低语，可是它们总是保持缄默。如果天气好，他会下到沉园的废墟中，修理点什么，它们自飞机轰炸之后跟原来不太一样了。他默默地盯着墙上的裂缝，不过没有再试着钻进去，其他人也没有进去过。

但是随着时间的流逝，戴维发现至少有一件事扭曲人没有说错：他的生活总是伴随着大喜大悲，既有苦难和遗憾，也有成功和满足。戴维三十二岁时失去了父亲。父亲心脏衰竭的时候正坐在小溪边上，手里握着鱼竿，脸上沐浴着阳光，因此当他死后几个钟头被路人发现时，皮肤还有温度。乔治穿着制服参加了父亲的葬礼，东边又起了战事，乔治满怀壮志地去履行他的义务。他远征到一个遥远的地方，和其他年轻人一起战死了，他们的光荣与梦想终止在泥泞的战场上。他的遗体被船运回家，安葬在国家墓园里，一块石碑上刻着他的名字、生卒日期，还有一行字："深爱的儿子和弟弟"。

戴维娶了一个黑发碧眼的女子，她的名字叫爱莉森。他们共同设计了一个家，接着爱莉森生孩子的时刻也到来了。可是戴维很为他们母子忧虑，因为他不能忘记扭曲人的话："你所在乎的那些人——爱人、孩子——会倒在路旁，你的爱也无法拯救他们。"

生产过程中出现了困难。戴维的儿子，为了向叔叔表示敬意而取名为乔治的孩子，因为不够健壮而没能存活，而给了他短暂生命的爱莉森也自身难保，就这样，扭曲人的预言变成了现实。戴维没有再婚，再也没要过孩子。后来他成了一位作家，写了一本书，他把它命名为《失物之书》，你手里的这本书就是他写的。当孩子们问他里面的故事是否真实时，他就会告诉他们，是的，都是真的，或者说就像这个世界上的所有事情一样真实，他记忆中就是这样子的。

某种程度上，他们都成了他的孩子。

罗斯越来越老，身体越来越弱，戴维照顾着她。罗斯死后，把她的房子留给了戴维。他本来可以把房子卖掉，因为那时候它值很多钱，可他没卖，而是搬了进去，在楼下建了间自己的小办公室。他心满意足地住了好多年，总是为前来拜访的孩子应门——他们有时跟父母一道来，有时自己来——因为这房子太出名了，许多男孩女孩都想来看看。如果他们表现很好，戴维会带他们下去到沉园，不过石头建筑上的裂缝早已经修好了，因为他不想让孩子们爬进去，遇到麻烦。不过，他会跟他们说说书和故事，向他们解释，故事渴望被讲述，书渴望被阅读，他们需要了解的一切事情——生活中的，他写的那个世界中的，还有他们能够想象的国度和疆界中的——都在书中。

有的孩子理解，有的却不懂。

●

后来，戴维自己也衰老了，生病了。他不能再写作了，因为记忆力和视力都不行了，甚至不能像以往那样走远路去和孩子们打招呼了。(这也是扭曲人曾经预言过的,仿佛他在地牢里曾经看过那女人的镜面双眼似的。)医生对他无能为力,只能尽量帮他减轻一点疼痛。他雇了个护士照料生活,朋友们也常来陪他共度时光。最后的日子临近的时候,他请人做了一张床,放在楼下的大书房里,每天夜里他就待在那儿,身边围绕的是他作为一个男孩、作为一个男人所深爱的书籍。他还悄悄请园丁为他做了一件事,并且不能告诉任何人,园丁照他的要求办了,因为他很喜欢这个老人。

在夜里最深沉、最黑暗的时刻,戴维会在床上醒来,侧耳倾听。书又开始轻言细语了,不过他并不害怕。它们轻轻地说一些安慰、美好的话,有时候说些他一直喜爱的故事,不过现在他自己的故事也在其中了。

终于,在一天夜里,当他呼吸越来越短促,眼里的光开始暗淡的时候,戴维从书房的床上起身,慢慢挪到门口,停顿了一下,顺路拿起一本书。这是一本皮面的旧册子,里面是照片、信件、卡片、小饰物、绘画、小诗、几缕头发和一对结婚戒指,全是漫长生命的纪念品,只是这一次,生命是他自己的。书的呢喃越来越响,书册的声音抬高,变成了一场充满喜悦的大合唱,因为一个故事即将结束,新的故事即将诞生。老人爱抚着一个个书脊,跟它们告别,他最后一次离开书房,走出房子,穿过夏日潮湿的草地,来到沉园。

角落里,园丁打开了一个洞,洞大得能够容下一个上了年纪的老人。戴维趴下,用手和膝盖撑住身体,艰难地爬进那个洞,一直来到砖墙后面的一个空洞里。然后他坐在黑暗中等待着。一开始,什么也没有发生,他挣扎着不让眼睛闭上,可过了一会儿,他看见一道光线越来越亮,脸上感到一缕凉风。他闻到树皮、新草和盛开的鲜花的味道。一个大洞在他面前打开,他抬脚走过,发现自己站在一片大森林的中央。土地发生了永久的变化。再也没有像人的野兽，再也没有等着给鲁莽的人设下陷阱的不成形的噩梦。没有恐惧，也没有没完没了的混沌暮色。就连娃娃脸花朵也消失了，因为孩子们的血不再流淌到阴影地带，他们的灵魂得到了安宁。太阳西沉，可是景致很美，它将天空映成了紫色、红色和橙色，漫长的白天安详地落幕了。

一个男人站在戴维面前。他一只手提着斧头，另一只手拿着一个花环，他走过森林的时候一路采花，然后用长草将它们扎在一起。

"我回来了，"戴维说。守林人笑了。

"到最后，大多数人都这样。"他回答道。戴维有点奇怪，守林人多像他的父亲啊，而他之前从来没有留意过。

"跟我来，"守林人说，"我们一直在等你。"

戴维看见了守林人眼中映着的自己的影子，里面的他不再年老，而是一个年轻人。一个人，不管到了多大年纪，也不管和父亲分别了多久，他总是父亲的孩子。

戴维跟着守林人走上森林小路，经过空地，蹚过小溪，最后来到一栋炊烟袅袅的屋子。一匹马站在不远处的小块田地里，惬意地啃草，戴维一走近，它便抬起头，快活地嘶鸣起来，鬃毛摇晃着小跑过来和他打招呼。戴维走到篱笆边，向赛拉低下头。他亲吻她的眉毛的时候，赛拉闭上眼睛，然后跟随他的脚步向屋子走去，时而轻轻蹭一下他的肩膀，仿佛在提醒她的存在。

屋子的门打开了，一个女人出现在眼前。她黑发碧眼，怀里抱着一个刚刚出世的男婴，妈妈走路的时候他攥着她的衣衫——在那儿，一生的光阴也不过是一瞬，而每个人都有自己的梦中天堂。

黑暗中，戴维闭上眼睛，一切失去的都又找回来了。

另一种穿越

严　锋

"从前——故事都这么开头——有一个孩子，他失去了妈妈。"

《失物之书》的第一句话打动了我。因为我曾经就是那样一个孩子，我们都会在某一天成为那个孩子。所以我深深地理解十二岁的戴维为挽回妈妈的生命所做的那些奇奇怪怪的努力：起床的时候，他总会让左脚先落地；刷牙的时候，他总是数到二十；浴室里的龙头和门上的把手，他总是接触双数。他相信，只要他坚持这么干，妈妈就会活下来。

但是妈妈还是被癌症夺走了生命。从小到大，我们会失落很多东西，可是有比失去妈妈更大的痛苦吗？没有。不要说孩子小，不懂什么是悲伤。我们懂，比大人更懂，因为我们更敏感，更需要。

没有一个孩子会真的相信妈妈的离去。戴维想尽办法要抓住妈妈留下的一切痕迹。其中最重要的，就是妈妈留下的书，那些他们一起阅读，一起分享的世界。戴维沉浸其中，不能自拔，越陷越深。

让戴维更加痛苦的是他的父亲又有了新的女人，名叫罗斯，他们很快就结婚了，还让戴维很快就有了一个小弟弟。继母的疏异，庶嫡的争端，这是人类的故事吧，我们的戴维也不能免俗吧。他感到双重的抛弃，感到嫉妒，感到孤寂。这一切都发生在二战德军猛烈轰炸下的伦敦，一个恐惧、短缺而阴冷的年代。

这个开头，看上去像是关于孩子、家庭、战争与成长的现实主义小说，带着淡淡的忧伤和青涩的滋味，文笔相当不坏。照这个路子走下去，无疑可以吸引一批读者，或怀旧，或唏嘘，或沉迷。

但是从这里开始，故事要走上另一条路了，一条非常可怕的道路。作为逃避和解脱，戴维沉浸在他的故事之间，与那些书的关系越来越密切。那些书籍仿佛获得了自己的生命，朝他发出各种各样的声音，向他发出难以抗拒的召唤。

终于有一天，现实与书本的藩篱冒出了一个裂缝，戴维看到妈妈的身影，听到她求救的哀鸣，他不顾一切地追随这个声音，穿过裂缝，进入了一个非常奇异、非常黑暗的另类世界。这世界有半人半狼肆虐，小矮人不堪白雪公主的欺凌，变态女猎人肢解各种动物和人的肢体进行重新组合的试验，更有名为"扭曲人"的终极大BOSS操控人类的阴谋。弱小无助的戴维能够战胜自己的恐惧和动摇，面对这个阴森狂暴的世界，最终找到回家的路吗？

穿越，这是现今中国多么响亮的核心词汇！从黄易的《寻秦记》开始，中国人终于找到了把自己现实中的梦想投射到一个另类空间的办法。到今天热火朝天的起点网去看看，起码有一半的网络小说在那里穿越。所有这些中国穿越小说的主人公，有点像这个戴维，在今天的现实中卑小无力，人微言轻，可是突然一道闪光，他们就被传送到另一个时空，开启改变历史的旅程。

但是这里面有差别。中国式的穿越小说，小人物一旦回到过去，小宇宙多半可以爆发。要么统一秦时的天下，要么从金元手中拯救可怜的宋朝，要么在甲午海战中把日本舰队打个落花流水。小人物本身呢？披蟒带玉、封王列士自不用说，更不能少的是香衣鬓影、粉黛环绕，那叫一个爽！

再看看这个戴维，所有这些南柯一梦式的荣华富贵与他完全无缘，他所要做的只是在这个险恶的世界中很不容易地活下去，寻找自己的妈妈，也寻找回家的路。但是在这条艰难的路上，他会知道一些事情，学到一些东西，认识一些人，更重要的是，他会开始真正地了解自己，面对自己。

这就是传说中的成长。《失物之书》是一部真正意义上的青春小说，成长小说，教育小说。相形之下，我们的穿越小说表面上大起大伏，挖坑无数，骨子里却是静态的，人物从一开始就是完成时，缺血少肉，没有发展。即使是金庸这样的大师，他笔下那些出门远行的少年，翻越千山万水，尝尽人间冷暖，到最后提升的是力，圆满的是功，他们的内心，又何尝有一丝一毫的改变？

一九四九年，一个叫约瑟夫·坎贝尔的学者写了一本叫作《千面英雄》的书，透露了一个关于我们人类的巨大秘密：人类所有的文化现象背后都深藏着神秘的神话内核，而世上的宗教和神话都有共同的叙事模式，普天之下所有的故事都是同一个故事，这个故事的名字叫"英雄的冒险"：一开始的时候，英雄（这时还是个凡夫俗子或三尺童儿）在家里（日常世界中）发呆，然后使命就开始来召唤他了，于是出发上路，进入神秘迷人凶险可怕的异常世界，结识朋友，遭遇敌人，经受考验，获得知识、奥秘和超能力，最后功德圆满，载誉归来。

这故事听上去有点老套乏味，但是戏法人人会变，各有巧妙不同，真正能够运用之妙、存乎一心的又能有几个呢？看上去，《失物之书》的结构与《千面英雄》中的英雄冒险模式几乎如出一辙，丝丝入扣。作者康诺利自己也承认，他的这部作品中融汇了大量经典的童话元素，像《小红帽》、《汉赛尔与格莱特》、《白雪公主》、《睡美人》和《灰姑娘》等等。但是经过作者的改造，这些温馨可爱的童话或荒诞滑稽，或面目狰狞，令人胆寒。

我们得知，美丽的小红帽看不上她身边所有的猥琐男，毅然孤身一人，深入森林，去追寻她的心中的狼图腾。她看中的那匹狼，屡次想摆脱她（这样的女孩，连狼都避之不及啊），未果。他们生下了双足行走、半人半狼的怪物，具有狼的残忍和人的卑劣狡诈，施虐森林，横行天下。这样的故事，是否比汤潮那软绵绵的"当狼爱上羊"更契合我们的时代，更加直指人心？

还有白雪公主，"一位他所见过的最高大最肥硕的女士。她的脸蛋上覆盖着一层厚厚的白粉，头发是黑的，用艳色的棉发带束在脑后，嘴唇涂成了紫色。"这个白雪公主，同巴塞尔姆笔下那个倚窗独立，忧郁地想着自己的淋病的白雪公主有得一拼。但是不要忘了，《失物之书》是一本通俗的畅销小说，而巴塞尔姆的《白雪公主》，则通常被认为是所谓的纯文学。与巴塞尔姆笔下争风吃醋、谈论垃圾的七个小矮人相比，康诺利的小矮人充满强烈的阶级意识和反抗精神，他们不堪忍受白雪公主的压迫和欺凌，企图毒死这位有产阶级的超级肥婆。尽管他们杀气腾腾，面目狰狞，戴维还是忍不住喜欢上这些呆头呆脑、童真未泯的小矮人。他们无休止的争吵和搞笑的言论还很容易让中国的读者想到《笑傲江湖》中的桃谷六仙。没错，现在我们该明白了，格林兄弟的原版《白雪公主》，是这些中外矮人的真正祖先。

这是"大话西游"式的无厘头，"馒头"式的恶搞，还是后现代的戏拟？你觉得受不了了吗？想回到那纯洁无瑕的原作吗？恐怕已经不那么容易了，而事情的"原貌"也远比你想象的要复杂得多。在《睡美人》一六三六年最早的版本中，被灌下毒药的睡美人在毫无知觉中被王子强奸了，她继续在睡梦中生下一对双胞胎，可怜小宝宝吃不到奶，就拼命地吮妈妈的手指头，吮啊吮啊吮出了毒液，妈妈终于醒来，却被无耻的王子（还不知道她已经觉醒）再次强奸。怎么样，你会更喜欢这个真正"古典"的版本吗？

现在我们终于可以谈谈"失落"这个词的真正含义了。戴维失落的不仅仅是他的妈妈，更是他的童真。他走进的与其说是他的虚妄的幻想，还不如说是一个真正的现实。与他一起掉落进奇异世界的德军轰炸机强烈地暗示了这一点。这是一个充满血腥、欺凌和虐杀的世界。这本书不是给胆小的人准备的，但未必"儿童不宜"。我们，他们，总有一天需要面对这一切。也许，早作准备，可以避免事到临头措手不及。

但"失落"绝不是堕落。《失物之书》也绝不是游戏人生，解构价值的后现代迷宫。在很大程度上，道德已经成为通俗文学坚守的遗产，这一点在本书中也表露无遗。戴维，这个敏感孤独的男孩，面对压倒性的暴力，无边的黑暗，潮水般的恐惧，难以抵挡的诱惑，他犯了过错，走了弯路，连累了他者，但是守住了底线，也守住了人性，最终得以直面自我，也直面恶的挑战，找到了回家之路。全书的大结局无比震撼，感人至深。

康诺利说，他这本书写的是孩子的恐惧、无助、忧伤和成长，他写着写着，就把自己的童年写进去了。那时候，他如饥似渴地阅读着各种童话和传说，这些故事帮助他度过了那些困难的阶段，到如今已经成为他的一部分，与他密不可分。

在《论文学》(中文版很恶搞地译成《文学死了吗?》)一书中，希利斯·米勒把文学称之为"魔法"。一部文学作品就是一个能开启新世界的咒语。当戴维房间里的书向他窃窃私语之时，也就是文学的魔法开始向他绽放光芒的时刻。文学是虚幻的，可是这种虚幻，具有真实力量。《失物之书》，就是对这一力量的信念。

驱魔，或者着魔

毛　尖

中学那阵，特别渴望离家出走。无数次我坐在阳台上，构思在早饭的时候，很平常地和父母告别，想着他们大概头也不会抬地嗯一声，我的眼泪就涌上来："这是我最后一次和你们说再见了，你们居然感觉不到！"

虚拟出走了很多次，后来读大学，一个寝室八个人，每个人都这样想象过，甚至实践过，所以，约翰·康诺利《失物之书》的主人公一出场就掌握了我们的同情，因为这个失去母亲的孩子，有更强大的理由要离开继母的家，躲开爸爸在妈妈死后马上结婚马上生下的小弟弟，于是，我们陪着满是辛酸满是嫉恨的戴维穿过古宅后的废园，进入了童话世界。

是童话世界。不过让我先提醒你，康诺利是爱尔兰出身，他写作的发端和兴趣都在惊悚。所以，千万不能拿着《失物之书》哄孩子上床，因为故事有点黑：小红帽不仅不怕大野狼，还爱上狼，生下狼人；七个小矮人和白雪公主的关系，啊欧，那是压迫者和被压迫者的关系；而著名的骑士罗兰跟我们的主人公戴维讲的几个故事，更黑。不过，倘你因此认定《失物之书》要讲反转童话的"坏人坏事"，那离题更远，康诺利的小说决心不是制造，比如恶婆娘白雪公主，虽然他一定有那么点小恶意，但从头到尾，扭曲人也好，老国王也好，魔幻森林中的恶意终究不能磨损戴维的善良，性命攸关的时刻，他也没有出卖自己的小弟弟。人魔一刹那，戴维醒来第一眼看到守护床侧的继母，她叫一声"戴维"，他说，"对不起"。如此回到人间。

戴维的故事发生在战火纷飞的二战，所有的魔幻因为有战争这个终极魔幻的掩护，显得似幻却真，所以康诺利的书和"哈里·波特"放在一起卖，就是貌合神离。《失物之书》的结尾非常动人，显示了康诺利作为作家的功力：岁月荏苒，父亲和继母离婚，独自乡间垂钓，钓鱼时离开人间。戴维娶妻生子，但孩子和妻子都应了魔咒森林的预言："你所在乎的那些人，爱人，孩子，会倒在路旁，你的爱也无法拯救他们。"都死了，小弟弟乔治也死在远方的战场，遗体安葬在国家墓园；继母罗斯也死了，留下她的房子给戴维。终于，戴维的最后一天也到了，他走出房子，穿过夏日潮湿的草地，去和死去的亲人汇合。

康诺利还挺年轻，处女作《夺命旅人》(*Every Dead Thing*) 发麻惊悚，我的意思是，如果辣分麻辣和劲辣，那么《夺命旅人》是麻辣。该书全球拿下二十多国语言译本，创下新人预付版税记录，出手就开创惊悚新类型，而完成《失物之书》后他继续惊悚路线，预备劲辣夺人，"不能白当了爱尔兰首席惊悚大师"，而他的粉丝则待他为英语世界第一惊悚师傅。不过，让多少人魂飞魄散不管，他自己却在一次访谈中，相当伤感地说，也许，我再也写不出《失物之书》。

这的确是不可复制的作品。《失物之书》最迷人的地方是，在这样一部既可以称为寓言又可以叫作魔幻，既是童话又是写实的作品中，作者自始至终保持了干净灵魂，好像一直穿着校服还是人生第一张脸；又或者，是行吟诗人奥尔菲斯前往阴间带回自己妻子，他只有一次机会，倘若回头看她，她就永远消失。《失物之书》后，康诺利真正告别写作和灵魂的少年时代，就像影片《梅兰芳》，随着一声"芝芳"，黎明登场，青年梅兰芳的灵韵就此消失。

奥尔菲斯回头，妻子再次被死神带走。《失物之书》具有的水晶质地，在它完成之日，就成了康诺利，当然也是我们每个读者的乡愁。其实我们都知道，发生在废园里的一切，可怖的也好可亲的也好，都是我们走过的或即将要走的道路，所以《失物之书》中的惊悚从来不曾让我们放下书掩面惊叫，青春悲情压过了奇情路线，还有什么比童年消逝更让人惊恐？

没有了，岁月里的白雪公主也好，白雪恶婆也好，都是梦，只是，有时候，现实不够好，我们向梦里出逃，有时候呢，梦不够好，我们向现实出逃，戴维一进一出，一出一进，不过表明了，童话和现实分享一个因果一个世界。就像康诺利自己，为了驱魔，拿起笔，结果是自己着了魔。而我们读者，虽然中了康诺利的招，但也看到了他的心。

悲伤，但是依然有力量

寂　地

　　这是一本童话书。但绝不是一本写给孩子的童话书。它在黑暗的角落里絮絮低语，悄悄地啃食孩童的天真。让我们不得不回过头去寻找自己童年的影子。

　　书里说，故事是有生命的，但是它如何生长，取决于读它的人。

　　这是一个非常奇特的故事，可以说它是残酷惊悚的黑暗童话，也可以说它是一个哲思童话，还可以说它是关于人内心深处的嫉妒、仇恨的思考，或者是关于勇气和体谅的故事……

　　我想每个读完这个故事的人，最后都会若有所思，或是在未来人生里的某个时刻回想到书中的某一幕，感觉到些许的熟悉。

　　这个故事在人们心中各自成长出不同的果实，我们摘下来，或者品尝到带着血腥甜味的刺激，或品尝到黑巧克力般醇厚微苦的思考，或者香脆的一点幽默……如果你的人生曾经经历过挚爱的亲人死亡，读完这本书，会让你品尝到翻涌在心里厚重的酸涩。

　　我觉得，还是先去阅读这个故事吧。

　　这个故事要在你心里结出什么味道的果实，要由你自己决定。

　　故事是从死亡开始的，母亲的死亡彻底改变了这个孩子的小世界。

　　在那个动荡的年代，大人的世界已经天翻地覆，在残酷的战争中，大人们想要守护的是留给孩子造梦的至少是安全的家园。在寒冷漫长的冬季里，他们不得不去寻找可以相互依偎着可以取暖的人。

　　没有谁知道戴维为挽留妈妈的生命做的一切，那是一个孩子徒劳无功却又十分固执的坚持。母亲还是被夺走了。于是戴维的心里长出一块黑斑。那个黑斑腐蚀了他的小世界，原来世界跟我们以为的那么不同。

戴维也许以为，只要顺着黑暗的声音，找回自己的妈妈，世界又会变回原来的样子。

就是跟着这个小男孩一起经历了一个长长的冒险，他现实世界里发生的一切被作者轻描淡写地带过，才在文章的结束，有了撞击人心的力量。

现实生活在童话故事中投射下自己的影子，无论多厉害的变形，都能在现实里找到根源。而现实生活的荒诞，有时候更甚于童话故事中张牙舞爪的怪物——最恐怖的就是人心，最痛苦的就是妒忌。

总以为童话就是童话，如果主角遭遇了那么多，总该为自己赢得一个幸福的人生吧。

但是没有。仿佛扭曲人还在黑暗尽头的灰烬里嗤笑着："看，这便是你在真实生活里将要遭遇的一切，你后不后悔你的选择？"

而那个诅咒也仿佛伴随了戴维一生，现实生活总要复杂得多。在平淡的日子流逝里，一点点地偷走大人们的爱情，偷走小孩子的天真，偷走年轻人的梦想，悄无声息的，我们已经老去。病痛缠身。

而我们只能一直往前走。在乎的人倒在路边了，也要一直往前走。直到生命的最后。

是的。这本书在我心里结出的果实就是酸涩的。"现实里的结尾好悲惨啊"，也许有的人会这么想。

也许吧。我不知道怎么去定义一个故事是否属于悲剧。

书中的戴维面对了一个选择题。两个选项，一个是内在的悲剧——终生生活在悔恨中。另外一种是承受无法用人力抵抗的命运，也是悲剧。

戴维选择了后者。一生的经历苍凉得触目惊心。

但他内心温和平静。哪怕只有一瞬间，在生命结束的瞬间找回了所有失去的，忽然之间这悲剧变成上天赋予的体验——悲伤，却依然有力量。